I0534671

La Caza de la Cocaína

Libro Dos
La Serie McBride

Edición en Español
2nd Edition

Dorothy May Mercer

Nombre Original, "The Cocaine Chase" The McBride Novels-Book Two

©2017 Mercer Publications & Ministries, Inc., Publisher

Stanwood, Michigan, USA 49346

Visitanos en: **www.mercerpublications.com**

Reconocimientos

Gracias a mi maravilloso esposo, jefe de publicidad y ayudante, David, sin el cual me habría perdido.

Gracias a El nombre de traductor es Alesandro T. R

ISBN 13: 978-1-62329-056-6

ISBN 10: 1-62329-056-2

La siguiente novela es un trabajo de ficción; producto enteramente de mi imaginación, y no tiene relación con ninguna persona, viva o muerta.

El Autor

La Serie McBride está dedicada a los honorables hombres y mujeres que protegen y prestan servicio en la madre patria, especialmente a esos que valientemente han sacrificado sus vidas en el desempeño de su deber.

El Segundo Libro está dedicado a los hombres y mujeres que prestan servicio en la Guardia Costera de los Estados Unidos de América.

Tabla de Contenido

La Caza de la Cocaína
Por Dorothy May Mercer

CAPÍTULO UNO

La Pelea de Lucha Libre

Mike se inclinó y le ofreció palomitas de maíz a Juli. "Come un poco".

Juli revisó en su bolso y le ofreció a Mike los cacahuates.

Mike estaba demasiado ocupado gritando para notarlo. "¡Atrápalo, Asesino! ¡Derríbalo!" El árbitro retiró a Asesino del otro hombre.

"Ahora, ¿por qué el árbitro detuvo eso?" preguntó Juli.

"Estrangular es ilegal," explicó Mike.

Este fue el primer partido de lucha profesional que vio Juliette. *Oh Cielos, el gruñido y los olores-Eeuew! No puedo imaginarme a Mike haciendo esto*, pensó, sabiendo que él había sido campeón de lucha libre y de kickboxing en todos los estados en la escuela secundaria y la universidad.

Juliette Carolle fue la cita de Mike McBride para la noche. Una pelirroja de cinco pies y siete pulgadas, de ojos verdes, tenía que estar a la altura de los seis pies y dos pulgadas de puro músculo de Mike, y el magnífico conjunto de cabello negro y ojos castaños del apuesto policía.

El Teniente Detective Michael McBride Jr. envolvió casualmente un brazo alrededor de sus hombros y le lanzó una de esas sonrisas suyas que debilitaban rodillas. "¿Te estás divirtiendo, Juli?"

"¿Quién no lo estaría?", preguntó, con la lengua en la mejilla. "Esto es tan... um ... esclarecedor."

Mike se rio internamente. *Esto debería curarla de cualquier idea romántica y enviarla gritando de vuelta a San Francisco. Entonces podré empezar mi búsqueda de una chica agradable de pueblo que se parezca a mi madre. Alguien que quiera ocuparse de la casa y los hijos de un policía de la Ciudad de Carson.* Mike se había gastado medio sueldo pagando por esos asientos en primera fila. Quería que Juli experimentara todas las vistas y todos los olores.

Justo en ese momento, Asesino rebotó en las cuerdas, voló hasta su oponente y lo derribó en el suelo. Agachado sobre sus manos y rodillas el árbitro colocó una mano en el suelo y contró "… uno… dos…" Los espectadores estaban gritando. El árbitro dejó de contar cuando Maravilla Enmascarada levantó un hombro del suelo. Killer lo levantó y volvió a derribarlo. "Uno… dos…" Una vez más Maravilla Enmascarada logró levantar un hombro y el árbitro dejó de contar. Esta vez Asesino lo levantó por encima de su cabeza, y derribó a su oponente con toda su fuerza, además de caerle encima con toda la fuerza de su cuerpo. Maravilla se dejó caer, claramente fuera para el conteo. "Uno… dos… tres." Asesino saltó, levantó sus puños en señal de triunfo y se contorneó por todo el cuadrilátero para recibir los gritos y silbidos.

Mike gritó y chocó su puño con el del árbitro, mientras la multitud rugía en desaprobación. "Cuenta corta," gritaban algunos. Maravilla se recuperó y se mofó desde las cuerdas ante los "Boo" y algunos silbidos chillones de otros. Juli se cubrió los oídos y escondió su cara en el amplio pecho de Mike. Mike pudo sentir que sus suaves pechos se apretaban contra su brazo.

"¿Terminó?" preguntó Juli.

"Sí, ya puedes abrir los ojos."

Juli abrió un ojo y espió; decidiendo entonces quedarse entre los fuertes brazos de Mike.

Mike se quedó parado bajo su hechizo por algunos momentos. Luego gentilmente soltó sus brazos uno a la vez y la ayudó con su chaqueta. "Fue tremendamente divertido, ¿cierto?" preguntó Mike retóricamente.

Él estaba completamente desanimado como Juli, pero Mike sabía que muchos de los movimientos eran medio fingidos y cuidadosamente ensayados previamente. Asesino y Maravilla eran, probablemente, compañeros de cuarto. Si no, al menos eran mejores amigos y socios de negocio, compartiendo equitativamente los procedimientos. A diferencia de la lucha libre universitaria, la lucha libre comercial debía ser divertida. La mayoría de los fanáticos y seguidores sabían eso y sabían justo cuando animar, burlarse y/o abuchear para unirse a la diversión.

"Oh, bueno, supongo que… tengo que ser completamente honesta contigo," tartamudeó Juli… "Yo, eh, bueno, ya sabes, es algo… ¿Tú qué dices, Mike? ¿Te divertiste?"

Mike se estaba divirtiendo. "Oh claro, fue –como ya dije- tremendamente divertido. ¿Estás de acuerdo?"

"Quiero agradecerte que me invitaras a salir, Mike, lo aprecio. Fue muy educativo." Juli se giró para ver a la gente en la arena, haciendo su mejor esfuerzo por esquivar la pregunta.

"¿De qué forma fue educativo para ti, Juli?" Mike no parecía querer dejarla escapar.

"Bueno, siempre me he preguntado por qué las personas pagan precios tan ridículamente altos por ver lucha libre en televisión."

"¿Por qué lo hacen?"

"Esa es una buena pregunta," dijo Juli, "una muy buena pregunta, de hecho. No lo he descubierto aún. Tendremos que volver alguna vez."

Oh no, creo que acabo de joderme yo mismo, pensó Mike.

CAPÍTULO DOS

Solo Otro Día de Patrulla

Era un tiempo tremendamente horrible para tener que ir al trabajo. El sol ni siquiera había salido, cielo santo. Leroy hizo sonar levemente la bocina, por tercera vez. *Vamos, Mike, no me hagas entrar y sacarte de la cama.* Leroy suspiró y sorbió un poco del café que hacía comprado en el servicio para conductores de McDonald's. Los policías no podían permitirse Starbucks.

Mike ajustó su pistolera, insertó su arma y la hizo entrar, tomó la chaqueta de su uniforme y acarició a la Perra Lady en la cabeza. "Vigila bien el lugar, Lady."

Mike escuchó que Leroy sonaba la bocina otra vez. *Calma los caballos, Bratkowski. Ya voy. Ya voy.*

"Buen día Brat," dijo Mike mientras entraba y cerraba la puerta. "¿Tienes un poco más de café?" Leroy en silencio le tendió a Mike un vaso de McDonald's. "Podría estar frío ya," dijo Leroy con algo de sarcasmo.

"Gracias, compañero," dijo Mike. Se recostó hacia atrás, ajustó su cinturón y sorbió su café. "¿A dónde vamos, emocionado?"

"Tenemos mediodía de patrulla. Luego iremos a donde el Capitán Baker para una nueva tarea."

"Tú buscaste el café. Yo me encargaré del desayuno," ofreció Mike.

"Gracias amigo. ¿En dónde será, McDonald's o I-Hop?"

"Escoge tú," dijo Mike, con un tono generoso.

Leroy condujo hasta McDonald's. "Qué bien, somos los segundos en la fila."

Una voz sonó desde la radio de la policía. "Despacho a la unidad doble-o 6."

Mike respondió, "Unidad oo6. Adelante, Despacho."

"Posible mujer con sobredosis en la Calle Broad. Número 802 al Sureste de la Calle Broad. ¿Copiado?"

"Unidad oo6 respondiendo a 802 sureste de Broad, posible sobredosis. Tiempo Estimado de Llegada, 07:12, diez-cuatro."

Leroy encendió la sirena y las luces. "Mierda, ahí va nuestro lugar en la fila."

Cinco minutos después encontraron la dirección.

"Aquí es, Brat, estaciona. Ambos caminaron hacia el frente y golpearon la puerta. "Policía. Abran la puerta." Un adolescente delgaducho abrió la puerta. Mike y Leroy entraron. "¿Dónde está la chica?" preguntó Mike. El jovencito señaló una habitación con un dedo tembloroso. Mike entró por la puerta. Leroy se mantuvo detrás y empezó a interrogar al testigo, "¿Tu nombre?"

El chico tragó y sacudió la cabeza.

"¿Qué ocurrió aquí?" preguntó Leroy.

"Yo no sé nada."

"¿Quién llamó a la policía?"

"Uno de los chicos llamó a la policía y luego se fueron corriendo. No podía dejarla así. Ahora tengo que irme. Mi papá debe estar preocupado."

"Lo siento, hijo, pero no vas a ir a ningún lado. Le explicaremos todo a tu papá."

"No le va a gustar. Déjenme ir," gritó e intentó irse.

Leroy retuvo al joven con un agarre firme en su brazo. "No puedo hacerlo. O vienes conmigo, por las buenas, o tendré que colocarte esposas." Leroy dejó al chico sin opción, mientras lo llevaba al automóvil, abría la puerta trasera y lo ayudaba a entrar. Leroy cerró la puerta con firmeza, automáticamente encerrando al testigo dentro. A través de la ventana vio al chico sollozar.

Leroy levantó el micrófono y reportó al Despacho, "Unidad oo6 reportando. Estamos investigando la posible sobredosis. Tenemos un adolescente en custodia y estamos revisando una posible víctima. Fuera."

"Prosigan doble-o6. Diez-cuatro."

Mike entró en la habitación. Una joven inconsciente, posiblemente de catorce años de edad, yacía en la cama, con su ropa y su cabello desarreglados. Hipodérmicas usadas estaban por todo el suelo y la parafernalia de la cocaína estaba en una mesa de noche junto a la cama. Mike revisó su pulso y revisó debajo de sus párpados. Habló en su comunicador. "Oficial McBride reportando. Tenemos una chica, catorce años, 110 libras, 5 pies 4 pulgadas, encontrada inconsciente; pulso de 45 y filiforme, respiración normal, presunta sobredosis de narcóticos. Recomendamos su transporte inmediato. Fuera."

"Despacho a McBride. El TEM está en camino. Asegure el área. Refuerzos van en camino. Diez-cuatro."

Mike sabía que no podia involucrarse emocionalmente. Desligó su mente de su corazón y procedió. Primero, bajó la falda de la chica donde estaba levantada alrededor de la cintura y peinó su cabello. Colocó su cabeza y su pecho sobre almohadas para ayudarla a respirar, y la cubrió con una manta. Llevaba un corte de cabello de última moda, tenía ropa de moda y un reloj costoso. Mike miró alrededor en la habitación en busca de un bolso o mochila escolar, algo que pudiese ayudar a identificarla. ¿Desde hacía cuánto tiempo estaba ahí acostada en esa condición?

Mike pudo oír sirenas en la distancia. Caminó a la otra habitación y prosiguió con su búsqueda. Una mochila de la Secundaria Católica de St. Luke estaba abierta en el mesón de la cocina. Mike la revisó en busca de alguna identificación. Tras abrir un bolsillo exterior se encontró con una identificación laminada estudiantil de Mary Beth Baker, 15 años, 5 pies y 4 pulgadas de altura, 11 libras, del segundo año. Mike siguió revisando en la mochila. Encontró un calendario escolar, varios trabajos calificados con A y A+, y una imagen de Mary Beth en su atuendo de porrista. *¡Cielos!* Pensó Mike, incapaz de divorciarse por completo. *¿Qué rayos hacía una chica bien en un lugar como este?* Mike esperaba encontrar un número telefónico o una dirección.

Los TEMs habían llegado y preparado a Mary Beth Baker para transportarla al Hospital de St. Luke. Mike les entregó su identificación de estudiante, pero retuvo la mochila. "Voy a revisar a ver si encuentro una dirección. Quizás pueda localizar a algún pariente o guardián y los contactaré más tarde."

Incapaz de encontrar nada más en la mochila, Mike llamó a la escuela esperando que alguien hubiese llegado temprano a la oficina.

"Secundaria St. Luke," respondió una voz dormilona. "¿En qué puedo ayudarlo?"

"Buen día, es el Teniente McBride de la Policía de la Ciudad de Carson. Estoy buscando el número telefónico de la casa de uno de sus estudiantes, la señorita Mary Beth Baker."

"Oh, sí, Teniente, Mary Beth es una de nuestras estudiantes más populares. Déjeme traer su archivo. Ah, aquí está. ¿Le gustaría también el número de la oficina?"

"Sí, por favor, deme ambos números."

La mujer lentamente dictó los números, enunciando claramente. "¿Es todo, Teniente?"

"Sí, gracias por su ayuda."

Mike marcó el primer número y lo dejó repicar. Sin respuesta. Prefirió no dejar un mensaje. Intentó luego con el segundo número. *¡Cielo santo! ¡Esa es la estación de policía!*

"Oficina del Capitán Baker. ¿En qué puedo ayudarlo?" respondió una voz femenina.

"Betty Lou, ¿está el Capitán?" Mike esperaba que no.

"Sí, está disponible. Te conectaré."

Oh cielos, aquí vamos.

"Baker aquí. Mike, ¿eres tú?"

"Soy yo, Capitán," Mike tomó un profundo respire. "Tengo noticias."

"Sí," dijo el Capitán Baker.

7

"Um, Capitán, Leroy y yo fuimos llamados a… Capitán, Señor, creo que debería ir a la sala de emergencias del Hospital St. Luke. Hubo un accidente."

"¿Es importante, McBride? Tengo la agenda apretada esta mañana."

"Quizás quiera posponer algunas cosas, Capitán. Necesito que vaya allá tan pronto le sea posible."

"¿De qué se trata todo esto, McBride?

"No puedo decírselo por teléfono, Señor."

"¡No, claro que no puedes, joder!" Rugió Baker.

Mike colgó el telefóno y lo escuchó golpearse contra el suelo.

CAPÍTULO TRES

Sala de Emergencias del Hospital St. Luke

Un hombre enorme, vistiendo uniforme de policía, corrió a través de la puerta de la sala de emergencias acompañado por dos patrulleros policiales. Sus barras de capitán brillaban y sus ojos parecían echar chispas. "¿Qué carajo está ocurriendo aquí?" preguntó con una voz atronadora. "¿Dónde está el (pitido) policía, McBride?" Caminó decididamente hacia el escritorio. "Tendré la (pitido) cabeza de ese fracasado en una bandeja, apenas lo encuentre," bramó mientras daba un fuerte puñetazo en el mostrador con una mano. Con la otra, le indicó a sus dos patrulleros recorrer los pasillos a la izquierda y la derecha. "Traigan a McBride," ordenó. "Lo quiero aquí, ¡AHORA!"

Los dos patrulleros desaparecieron en los pasillos, dejando caos tras de sí mientras buscaban en una habitación tras otra, molestando a las enfermeras, los doctores, y a los pacientes.

El Capitán Allen "Cap" Baker siguió caminando de la entrada al mostrador una y otra vez, sudando, a pesar del aire acondicionado. Se secó la frente con un pañuelo blanco extragrande. Mientras lo guardaba, sacó un cigarro del bolsillo de su camisa. Tenía un encendedor a medio camino de su rostro cuando sus penetrantes ojos grises se detuvieron para mirar un aviso de No Fumar. Por no más de una fracción de segundo, consideró el encenderlo, desafiante. Luego, se encogió de hombros y salió a través de las puertas automáticas.

Deteniéndose para encender su cigarro, accionó el encendedor varias veces en el viento. Cubriendo la llama con sus manos, paseó sus ojos furiosos de izquierda a derecha mientras se dejaba llevar por las primeras inhalaciones satisfactorias. El Cap trató de no inhalar pues casi podía oír la voz de Catherine en su mente. *Allen, cariño, sabes que fumar no te hace bien.* A lo que él habría respondido, *Solo un cigarro al día, Catherine. No más, lo prometo.* Luego, ella se reiría y le daría un beso en la mejilla. *"Sabes que no podría vivir sin ti,"* le advertiría. Ambos asumían que él sería el primer en morir. Su corazón se apretaba de solo pensarlo. El destino les había hecho una mala jugada. Allen, aún sin alcanzar los cincuenta se quedó solo en la crianza de su única hija, Mary Beth, que aún no tenía trece en ese momento. No había sido difícil. Hasta entonces, su hija había sido la única cosa favorable en su vida. Ella era su orgullo y su alegría. *Puedo darle gracias al Señor por Mary Beth*, pensó. *Ella se parece tanto a su madre que a veces me impacta.*

El Cap se quedó allí con el ceño fruncido mientras una fuerte brisa hacía que ráfagas de humo de cigarro se arremolinaran a su alrededor. Los oídos del Cap pillaron el tenue sonido de una ambulancia, acercándose. Apenas notó un vehículo cuadrado y robusto, blanco y rojo, mientras reducía la velocidad y giraba, tenía la palabra Emergencia pintada a la inversa en negrillas rojas en el frente. Su lamentable llanto se apagó cuando se estacionó frente a la entrada.

Tres figuras se apresuraron a salir de la puerta del frente – dos internos y una enfermera. Los técnicos de emergencias salieron del vehículo mientras las puertas traseras se abrían. El equipo bajó gentilmente una camilla de la van. Personal vestido de blanco rodeó la ligera figura que se dibujaba debajo de la sábana. Manos fuertes y seguras sujetaron la cabeza y los pies y cogieron la bolsa de intravenosa y el oxígeno.

El Cap se apartó y se recostó de una columna, inhalando vagamente su cigarrillo y prestando poca atención al drama que se desarrollaba cerca de él. Lo había visto con anterioridad y no le gustaba el recuerdo. Pronto el grupo desapareció en las entrañas del hospital, dejando que el Cap hirviera en silencio.

***

El Sargento Sam Mulholland guió la patrulla en el tráfico. Sam sabía que era mejor guardar silencio. Podía ver que el Teniente McBride estaba perdido en sus pensamientos.

Mike McBride miraba fuera por la ventana del pasajero; el peso de la conversación que estaba por tener con el Cap Baker estaba convirtiéndose en una verdadera carga en su corazón. Mike había entregado antes malas noticias a familiares ansiosos. Después de todo, era parte del trabajo de un policía —una que todo policía odiaba. Mike sabía que esta noticia iba a romperle el corazón al Capitán. Mary Beth era la manzanita de sus ojos. Incluso, cuando la esposa del Capitán, Catherine, murió lentamente de cáncer, Mary Beth fue todo lo que le quedó. Era el epítome de todas sus esperanzas y sueños.

Sam hizo entrar la patrulla policial en el estacionamiento. "¿Debería estacionar y venir con usted, jefe?" preguntó.

"No, está bien, Sam. Me encontraré con Leroy. Él traerá nuestra patrulla aquí cuando termine en el centro. Déjame en la puerta y te llamaré luego."

"Seguro, Jefe," respondió Sam.

"Gracias por el aventón," dijo Mike mientras salía del vehículo. Mike cuadró sus hombros y tomó un profundo respiro. Vio al Capitán Baker esperando por él, literalmente respirando fuego. *Dios dame fuerzas*, pensó Mike.

Baker estaba de pie; con las piernas separadas, y los brazos cruzados. Tenía un cigarrillo en la boca, miró a Mike, luego miró su reloj. "Bueno, ahora, Teniente McBride. ¡Qué amable de su parte presentarse" se burló. "Será mejor que sea algo bueno." El Capitán colocó el cigarro entre dos dedos y escupió en la acera; antes de volver con el cigarro, exhaló una serie de aros de humo, y volvió a cruzar sus hombros.

Mike cedió para reconocer el humor del Capitán. Saludó. "Sí, señor. Lamento haberlo hecho esperar. Todo tendrá sentido en un momento," afirmó Mike enérgicamente. "Por favor acompáñeme. Por aquí, Señor." Mike le ofreció la mano al oficial y señaló hacia la puerta.

Perplejo, el Capitán Baker dejó su cigarrillo en un recipiente y le permitió al Tte. McBride escoltarlo a través de las puertas frontales hacia una oficina privada. Mike le hizo señas a una enfermera registrada para que los acompañara. Mike le acercó una silla. Escogió para sí mismo una silla lateral, dejando la silla del escritorio libre para su oficial al mando. "Por favor tome asiento, Capitán, solo un momento. Le explicaré todo."

El Capitán se sentó con rigidez tras el escritorio. Se inclinó hacia adelante e hizo puños con las manos frente a él. Miró directamente a Mike. "Bueno, ya sácalo, McBride."

Mike se quitó el sombrero y lo dejó en su regazo. Cogió un pequeño hilo imaginario de sus pantalones inmaculados. Para entonces, ya había cogido aliento, parpadeado, y levantado sus simpáticos ojos marrones para encontrarse con los ojos grises como el acero del Capitán. "Señor," empezó Mike, "Me temo que tengo malas noticias." Mike esperó un par de segundos para dejarlo procesar. Su corazón sufrió por su capitán cuando soltó la bomba. "Capitán, lo siento muchísimo, Señor, se trata de Mary Beth."

Una sacudida de alarma se disparó en el Cap. Escuchó un sonido que rugía en sus oídos. Por un momento se quedó asombrado mientras la oscuridad lo rodeaba. Luego sus ojos volvieron a la vida y se movían de un lado a otro entre Mike y la enfermera.

Mike lo miraba, cuidadosamente calculando cuándo debía continuar. Los ojos del Cap estaban fijos en Mike mientras él contenía el aliento y movía sus manos para sujetarse a los brazos de la silla, preparándose para lo peor.

Mike prosiguió, "Lo siento, Capitán, pero ha ocurrido un accidente que involucra a su hija." Mike hablaba cuidadosamente, "Está *viva*, Señor, pero en condición crítica. Los doctores y las enfermeras la están cuidando ahora," Mike hizo una pausa.

El corazón del Capitán se detuvo mientras una serpiente se enrollaba y lo estrangulaba en el pecho. Se sentía como si hubiese sido picado por mil escorpiones. Interiormente gritó, "¡NO!" mientras que externamente se entumeció y se puso pálido.

Mike le asintió a la mujer. Ella se levantó y se movió hasta detrás del Capitán. Sus manos tibias se ubicaron sobre sus hombros.

Sin estar consciente de su presencia, el Cap cerró sus ojos y esperó que el dolor lo golpeara. Parecía estarse consumiendo por un frío terror a su alrededor. Finalmente, levantó su mirada hacia Mike. Tomó aliento y habló con calma, "Dime qué ocurrió, Mike."

"Sí, Señor, lo siento tanto, Señor. Ella es una chica adorable, maravillosa. No sé cómo ocurrió, Señor; pero la encontramos. Leroy y yo atendimos el llamado de un posible accidente. La encontré yaciendo inconsciente en una cama de una casa ajena, Capitán."

El Capitán sintió que cada frase era un nuevo golpe. La voz de Mike parecía ser un eco desde una gran habitación oscura.

"Había parafernalia relacionada con drogas junto a la cama, Señor. Leroy se llevó a un jovencito en custodia. Están en el centro, ahora. El jovencito está bien. Leroy le tomará su declaración, Capitán. Algunos otros se asustaron y corrieron; pero este se quedó con ella hasta que llegamos. Me ocupé de su hija, Capitán," terminó Mike de la forma más gentil que pudo. Esperó.

***

Cinco minutos antes, en el mismo piso, en el mismo hospital, la delicada figura de una jovencita yacía bajo una sábana blanca. Su piel estaba teñida de azul. El personal médico revoloteaba a su alrededor. Una enfermera ajustaba una vía intravenosa que iba desde el pecho de la paciente hasta una máquina de electrocardiograma. Un monitor de su corazón repicaba en silencio. Un técnico leía el ritmo cardíaco, "Ritmo cardíaco veinte, débil y bajando… diez… uno… ¡paro cardíaco!"

Un interno joven y fuerte situó una mano sobre la otra y hundió dos pulgadas su pecho justo en donde su corazón estaba, a un ritmo de cien veces por minuto. El técnico ajustó los marcadores y se fijó de nuevo en el lector, "Respiración cero, ritmo cardíaco cero." Un médico especialista, entrenado en medicina de emergencias, dio órdenes. "Prepárenla para desfibrilación inmediata."

Un medico residente sostenía una paleta en cada mano mientras un equipo de enfermeras cubría las paletas del desfibrilador con una sustancia pegajosa. El residente las sostuvo listo, y se preparó para gritar "Despejen," y cargar el corazón de la paciente con electricidad. Esperó por la orden.

Las paletas estaban suspendidas. La adrenalina fluía mientras el equipo se tensaba para la acción. Todos estaban asustados por los riesgos. La tasa de supervivencia para desfibrilación en hospitales en las mejores condiciones iba de un veinte a un treinta por ciento. Las tasas de supervivencia en otras situaciones iban de un uno a un seis por ciento, dependiendo del tiempo transcurrido. No solo eso, las paletas en sí mismas podían causar efectos secundarios como "quemaduras en la piel, daños al músculo cardíaco, ritmos cardíacos irregulares, y coágulos de sangre."

"Espera," gritó el técnico. Todos los ojos se giraron hacia él. Levantó un dedo, "Espera un segundo… Estoy recibiendo un latido…" Al principio, pequeños bultos débiles cruzaban la pantalla, incrementando su fuerza. Pronto un beep, beep, beep constante y fuerte le dio una fuerte ola de alivio a todo el equipo.

"Manténganse alerta, equipo," ordenó el especialista. "Mantengan las paletas listas. Técnico, mantén los ojos en el lector. Ahora, veamos qué podemos hacer para mantener este corazón latiendo. Necesito los signos vitales, enfermero."

"Pulso de sesenta sobre treinta," respondió el enfermero, "Respiración normal en doce; ritmo cardíaco es cuarenta y constante."

"Curiosa combinación," remarcó el residente, "¿La cocaína no causa hiperactividad, Doctor? Deberíamos administrar Valium y preparar una manta de frío para ella."

"No aún, Doctor," respondió el especialista. "Quizás fue una combinación de drogas," se aventuró. "Podría haber algo de alcohol mezclado, pero no lo creo."

"¿Ah?" preguntó el residente.

"No creo que eso sea suficiente para explicar la bajísima ECG," remarcó el especialista.

Las enfermeras intercambiaron miradas cómplices, "¿Se refiere a la Escala de Coma de Glasgow?" preguntó la Enfermera Blossom en un intento de romper la tensión.

"Sí, Enfermera, ella está en un coma muy profundo, de apenas tres en la ECG. Rara vez tenemos casos tan bajos. Ni el alcohol ni otra droga conocida lo causaría."

"¿Ah sí? Entonces, ¿qué es?" exclamó sin temor el residente.

"Hay una cosa más que debemos revisar, Doctor." Girándose hacia la enfermera dijo, "Lea su temperatura, por favor, Enfermera".

"Sí, Doctor." La Enfermera Blossom introdujo un dispositivo en el oído de la chica. "Noventa y cinco, punto tres."

"¡Eso es! Tenemos que calentar a esta chica. Saca la manta eléctrica, de inmediato. Esta chica está sufriendo de una sobredosis de GHB, gama-hidroxibutirato, conocido en las calles como Jugo-G, Bebida Energética, o éxtasis líquido."

Los enfermeros se inclinaron mientras envolvían a la paciente en una manta eléctrica. "¡La droga para violar en citas!" susurró el enfermero.

"Oh Dios Mío, esa pobrecilla," se lamentó la Enfermera Blossom. "¿Qué tan alto quiere esto, Doctor?" ella hablaba en tono normal mientras sostenía el control.

"Colócalo bajo, al inicio, y monitorea su temperatura corporal. Necesitamos calentarla gradualmente."

Los minutos pasaron antes de que el calor hiciera efecto. El equipo notó una mejora en el ritmo cardíaco, la fortaleza, y la presión sanguínea.

Una enfermera de planta entró por un momento, "Disculpe, Doctor, pero el padre de la paciente llegó. Lo tenemos en la oficina con un oficial de policía y con una enfermera. Creemos que está a punto de entrar en estado de shock."

"Creo que nuestra chica lo está haciendo bien por ahora," dijo el especialista. "Equipo," dijo él, "Los dejaré encargarse de todo. Dr. Ralph, usted estará a cargo por cinco minutos, máximo. Tendré mi localizador en la mano, en modo vibratorio." Alcanzó su bolsillo, sacó su localizador, y lo sacó, para hacer énfasis. "Llámame inmediatamente si hay aunque sea el más mínimo cambio en su progreso. *¿Todos* entendieron?" preguntó él, mientras miraba a cada uno directo a los ojos.

"Sí, Doctor," respondieron en coro.

"Enfermera Blossom, por favor prepare un equipo de violación mientras estoy fuera."

"De inmediato, Doctor," dijo la Enfermera Blossom.

***

Mike se levantó mientras un doctor alto entraba en la habitación. "Buen día, Doctor."

"Oficial," le asintió él a Mike. "Por favor disculpe que no le estreche la mano. Preferiría no tocar nada puesto que debo volver con mi paciente."

"Claro, Doctor Read, ¿es así?" Mike preguntó mientras miraba su identificación.

"Oh, sí, disculpe. Soy el Doctor Clarence Read. ¿Y usted es?"

"Teniente Detective Michael McBride, Policía de la Ciudad de Carson. Llámeme Mike."

"Gracias, Mike. Llámame Bud." El Dr. Read miró al hombre herido tras el escritorio. "Enfermera Stanley, parece que este hombre podría necesitar tomar una bebida energética."

Evelyn Stanley salió disparada de la habitación.

Bud acercó una silla al escritorio y se sentó junto al Capitán Baker. "Hola, soy Bud Read," comenzó.

El Cap levantó la vista, sin mostrar signos de reconocimiento.

"Usted debe ser el Sr. Baker. ¿Es así?"

Mike complementó, "Capitán Baker."

"Claro, Capitán Baker," corrigió Bud. "He estado ocupándome de una jovencita que llegó a la sala de emergencias hace algunos minutos. Estaba en muy mala condición, al inicio."

La Enfermera Stanley regresó con un vaso delgado. Lo sostuve frente a Allen Baker, "Bebe esto, Allen," le pidió mientras insertaba un sorbete en su boca.

El Capitán tomó un sorbo y tragó.

"Otro trago," dijo Evelyn.

El Cap succionó.

"Siga," instruyó ella. *Ella* no iba a irse a ningún lado.

El Cap dejó reposar una mano sobre ella y siguió bebiendo por algunos segundos. Un tercio de su bebida había desaparecido. Abrió su boca y giró su cabeza. "Es suficiente."

"Está bien, tome un pequeño descanso y luego tomaremos más." Su brazo lo acarició mientras bajaba el vaso frente a él.

El Cap la miró como si la hubiese notado allí por primera vez.

Bud se lo tomó con una pequeña sonrisa satisfecha. La Enfermera Stanley estaba haciendo su magia, una vez más. "Como estaba diciendo," empezó.

El Cap se giró para escucharlo.

"Capitán Baker, ¿está usted relacionado con Mary Beth Baker?"

"Es mi hija," respondió ásperamente el Cap.

"Ah, pensé que ese podría ser el caso. Ella se parece a usted, Señor. Ahora, como estaba diciendo, Mary Beth fue traída aquí hace alrededor de diez o quince minutos. ¿No alcanzó a verla, cierto?"

"Oh, esa debió ser ella… mi pequeña bebé." El Cap ahora se daba cuenta de que Mary Beth fue la persona que había visto en la camilla. Estaba conteniendo las lágrimas. "¿Ella está… está…?"

"Ella está muy enferma, Capitán Baker, pero creemos, esperamos, que *logre salir de esta.*"

El Capitán se hundió de nuevo. El labio le temblaba.

"Usted pensaba que estaba muerta, ¿no es así?" preguntó Bud.

El Cap solo pudo asentir y tragar.

"Ella está viva, Capitán Baker, pero tengo que serle sincero. Podríamos haberla perdido en un momento. Su corazón se detuvo por algunos segundos. Estábamos listos para cargarla nuevamente cuando empezó a palpitar de nuevo espontáneamente, *gracias a Dios*. Eso ocurre muy rara vez."

Con la cabeza entre las manos, el Capitán sacudió lentamente su cabeza. Una lágrima se le escapó.

Mike se acercó al escritorio y le ofreció al Capitán su pañuelo. El Cap se limpió los ojos y se sonó la nariz. Evelyn volvió a introducir el sorbete en su boca. "Aquí, toma un poco más," lo instruyó. El Capitán obedeció mansamente.

"No puedo dejar que la vea justo ahora, Capitán. Nuestro equipo está trabajando para sacarla de un coma profundo y calentando gradualmente su cuerpo. Necesito volver con ella ahora, pero enviaré aquí a alguien con noticias cada quince minutos. ¿Qué le parece?"

El Cap asintió.

"La Enfermera Stanley se ocupará muy bien de usted, estoy seguro de eso."

El Cap asintió y lo agradeció.

Mike acompañó a Bud mientras dejaba la habitación. Irrumpieron en el pasillo, juntos. Bud le dio un recuento rápido a Mike sobre lo que había descubierto.

"Estuvo muy cerca, Capitán McBride," empezó Bud.

"Es Teniente McBride, y por favor, llámame Mike."

"Apenas la habíamos ubicado y conectado cuando tuvo un paro cardíaco. No podría haber estado en un mejor lugar para que eso ocurriera. Empezamos inmediatamente el masaje cardíaco. Podría haber perdido dos latidos, si acaso. Di órdenes de preparar el desfibrilador y luego su corazón volvió a empezar por su cuenta."

"Asumimos sobredosis de cocaína, con base en la parafernalia, pero, ¿hicieron algún diagnóstico tentativo?" preguntó Mike, apresurándose para mantener el paso.

"Sí, hasta que tengamos los resultados de laboratorio, apuesto a que fue GHB."

"Ajá, ¡la droga para violar!" exclamó Mike, "Se ajusta a las circunstancias."

"Tenía todos los síntomas, excepto uno; coma profundo, respiración normal, baja temperatura corporal, baja presión sanguínea."

"¿Qué síntoma no tenía, Doctor?"

"No había señales de nausea."

"Había señales de vómito en las sábanas," agregó Mike voluntariamente, "además, sabemos que varones de secundaria estaban involucrados."

"Eso completa el cuadro," dijo Bud.

"Gracias, Doctor," dijo Mike. "Seguiremos en esa dirección. Por favor siga en contacto."

Bud agitó sus brazos brevemente y desapareció en la sala de emergencias.

Mike hizo una pausa en un sitio tranquilo y abrió su teléfono celular.

Leroy respondió al segundo repique, "Adelante, Mike."

"¿Puedes hablar?" preguntó Mike.

"No ahora, pero te escucho."

"Asumo que estás con el chico."

"Sí. Adelante, por favor."

Mike hizo su mejor imitación de la esposa de Leroy. "Leroy, necesito que vayas a comprar pan rebanado, algo de carne para el desayuno del niño y algo de boloña para el tuyo antes de volver a casa."

Leroy se río alegremente, "Por última vez, Lorainne, te he dicho que no me llames al trabajo. Estoy bastante ocupado ahora."

Mike se apresuró, "Mary Beth está en coma profundo, en una condición crítica. Su corazón se detuvo una vez. Tuvo una sobredosis de GHB, la droga para violar, también conocida como Jugo G, Bebida Energética o Éxtasis Líquido. Supe que Mary Beth es estudiante del segundo año en la secundaria de St. Luke, una excelente estudiante y animadora. Su padre, el Capitán Baker tomó la noticia muy mal, claro. Está bajo el cuidado de una enfermera muy amable. Te reportaré si hay alguna novedad."

"Oh, está bien, Lorainne, lo haré; pero solo si prometes no volver a llamarme al trabajo. Hasta luego." Leroy cerró su teléfono celular y lo colocó en su bolsillo.

Leroy se giró hacia el chico. "Hijo, voy a salir, ahora, por algunos minutos. Tengo que encender el equipo de grabación. Nuestra entrevista será grabada en video. Mientras esté fuera, quiero que pienses muy cuidadosamente en tu historia. No hay razón para que te contengas, a menos que estés involucrado. Si estás diciéndonos la verdad y no hiciste nada malo, entonces estás limpio, a menos que me mientas. Mentirle a un oficial de la ley es delito y puede traerte más problemas de los que te puedas imaginar. También significa decirle adiós a las becas, a las oportunidades en la vida, como una buena universidad, una carrera militar o política, o un buen trabajo, para principiantes."

El chico bajó la mirada a sus manos juntas sobre su regazo y asintió.

"Piénsalo," dijo Leroy y salió de la habitación.

***

"Hola Sam," Leroy saludó al Sargento Mulholland, "¿Cómo te va, colega?"

"Todo bien, Leroy. ¿Qué tal tú?"

"Tan bien como podría estar," respondió Leroy. "Escuché que tienes una nueva conquista."

"De hecho sí," dijo Sam. "Suzanne Carolle, la hermana de Juliette. Estoy tan loco por ella como Mike por Juliette."

"Wow. ¿Qué acabas de decir?" preguntó Leroy.

"¿Te refieres a Mike y Juliette o a mí y Suzanne?"

"Mike y Juliette," dijo Leroy.

"¿Eso quiere decir que no lo sabías?"

"Supongo que Mike no quería que lo supiera."

"Bueno, no quise decir eso. De hecho, creo que todo el mundo se ha dado cuenta excepto Mike." Bromeó Sam.

"¿Ah sí?"

"Sí, escuché decir que Mike pretende guardarse para una chica de pueblo pequeño, casera," se rió Sam. "No sabe qué es lo que le va a tocar."

"Eso es rico," dijo Leroy con una sonrisa. "Tengo un interrogatorio que hacer, Sam. ¿Puedes ser mi testigo?"

"Oh, claro, Leroy. ¿Te importa si me quedo detrás del vidrio unidireccional? Tengo que comer algo."

"Está bien. Solo coloca el video por mí, vale."

"Lo haré."

"Gracias amigo."

CAPÍTULO CUATRO

Sammy en la Silla Caliente

Leroy colocó dos gaseosas en la mesa. Abrió una y se la ofreció al chico. El chico sacudió la cabeza. Leroy le dio un sorbo y dejó la que estaba cerrada frente al chico "Hijo, tienes que saber que esa cámara de video está grabando esto." Leroy la señaló. "Tienes derecho a permanecer en silencio. Cualquier cosa que digas aquí puede ser usada en tu contra en una corte, si se llega a eso. Preferimos que tus padres estén contigo."

"Sin padres," el chico sacudió la cabeza firmemente.

"Bueno, en ese caso," continuó Leroy, "Tienes derecho a un abogado. Si no puedes pagar uno, te asignaremos uno. ¿Entiendes?"

El jovencito asintió con la cabeza. "Entiendo."

"Está bien. Ahora, tengo algunas preguntas para ti. Para empezar, dime, ¿qué tan bien conoces a Mary Beth Baker?" preguntó Leroy.

"Somos buenos amigos."

"¿Pasan mucho tiempo juntos en la escuela?"

"Tenemos dos clases juntos—Álgebra y Español 201. Pero eso es todo."

"¿Por qué eso es todo?" preguntó Leroy.

"Bueno, ella está un grado por delante de mí en la escuela, así que no nos reunimos muy a menudo."

"¿Te agrada Mary Beth?"

"Ella está bien."

"Ya veo," dijo Leroy.

"¿Cómo te gusta que te llamen?"

"Mi nombre es Isaac Samuel Monroe, tercero; pero me gusta que me llamen Sam o Sammy."

"Me agrada, Sammy. Tengo un buen amigo llamado Sam. ¿Fuiste nombrado como tu padre o tu abuelo?"

"Mi abuelo."

"Una especie de tradición familiar," Leroy le sonrió y tomó otro sorbo de su gaseosa. "Eso fue bastante amable de tu parte—el quedarte con Mary Beth, quiero decir," dijo Leroy.

Sammy entrecerró sus ojos y abrió su soda.

"Una cosa que no entiendo, Sammy," preguntó Leroy, "es: ¿por qué estabas ahí en primer lugar?"

Sammy se encogió de hombros.

"Bueno, algo debe haber pasado. Debe haber habido alguna razón. Quiero decir, dijiste que ella estaba bien y que eran buenos amigos. ¿Es por eso que estabas ahí?"

"Bueno… es parte de eso," dijo Sammy.

"¿Hay algo más?"

Sammy se encogió de hombros.

"¿Fue idea tuya ir a esa casa esta mañana?"

Sammy se incorporó. "¡De ninguna manera!"

"Oh, así que no fue idea tuya."

Sammy sacudió su cabeza, vigorosamente, "No fue mi idea, no, Señor."

"¿De quién fue la idea?"

Sammy se mordió el labio.

"Está bien, Sammy, no necesito nombres, solo dime lo que ocurrió, desde el inicio. Sé que no fue tu idea. Apuesto a que fuiste solo para hacer lo que pudieras para proteger a Mary Beth. ¿Estoy en lo cierto?"

"Sí."

"Entonces, ¿qué tan bien te fue?" preguntó Leroy.

Sammy desvió la mirada.

"Había más de ellos que tú, ¿cierto?"

Sammy levantó la mirada brevemente y la volvió a bajar.

Sin cambiar su tono de voz casual, Leroy preguntó, "¿Los viste violarla?"

Sammy negó, "No sé nada sobre ninguna violación."

"Creo que sí sabes."

Sammy se retorció en su silla.

"¿Debería llamar ahora a tus padres, Sam?"

"¡No, por favor, a mis padres no!"

Leroy esperó.

"Entonces díme, Sammy, ¿no crees que haya sido violada?"

Sammy sacudió su cabeza.

"¿Por qué no?"

Sammy murmuró hacia su pecho, "Ella lo pidió."

"¿Cuántos chicos había aparte de ti?"

"¡Yo no! ¡Yo no lo hice!"

"¿Por qué no? Si ella lo quería y te gusta, ¿por qué no lo hiciste?"

"Yo… yo… ah… no pude."

"Sammy, vas a tener que alzar la voz. No pude oír eso."

"No pude hacerlo."

"Dilo otra vez…"

"¡NO PUDE HACERLO!" gritó Sammy, con lágrimas saliendo de sus ojos.

Leroy esperó.

Sammy se secó y se sonó la nariz con la manga de su camisa.

"¿El resto sí lo hizo?"

Sammy asintió y se volvió a sonar.

"¿Todos lo hicieron?"

Sammy asintió.

"Todos lo hicieron, ¿excepto tú?"

Sammy asintió.

"¿Cómo se sintió eso?"

Sammy se encogió de hombros.

"¿Qué te dijeron los demás?"

"Se rieron."

"Así que, ¿los demás se rieron de ti?"

Sammy asintió.

Leroy había visto mucho en su día, pero esto rompía el corazón. Se esforzó para no mostrar sus verdaderos sentimientos en ese momento.

"Sammy, ¿ya me lo dijiste todo?"

Sammy permaneció en silencio.

"Está bien, Sammy. Entonces déjame hacerte algunas preguntas sencillas. Cosas que puedes responder sin delatar a tus amigos, ¿está bien?"

Sammy se encogió de hombros.

"Bien. Primero, voy a adivinar cuántas personas había allí aparte de ti y de Mary Beth. ¿Eran seis?"

Sammy sacudió la cabeza.

"¿Menos de seis?"

Sammy asintió.

"¿Tres o más?"

Sammy asintió.

¿Cuatro?

Sammy negó.

"¿Cinco?"

Sammy asintió.

"Entonces había cinco personas mas. ¿Correcto?"

Sammy asintió.

"¿Eran todos hombres o chicos?"

Sammy asintió.

"¿Eran todos de tu escuela, St. Luke's?"

Sammy negó.

"¿Cuántos eran de tu escuela?"

"Cuatro," dijo Sam. "Uno tenía dieciocho o diecinueve, creo"

"¿Conocías a ese sujeto?"

"No."

"Permíteme preguntarte esto: Si no conocías al chico, ¿te importaría decirme quién era?"

"Era solo un chico que sale con algunos de los demás. No lo conozco."

"¿Podrías reconocerlo si lo vieras otra vez?"

"Quizás."

"¿Eran todos chicos blancos?"

Sam negó.

Leroy esperó. "¿Y bien?"

"Dos," dijo Sammy.

"¿Dos qué?" Leroy esperó.

"Dos negros," dijo Sammy.

"Entonces, contándote, eran cuatro blancos y dos negros. ¿Es así?"

Sammy asintió.

"El chico más grande… ¿de qué color era?"

"Era un chico blanco."

"Entonces los dos negros eran de la escuela de St. Luke's"

Sammy asintió.

"¿Cuántos de los demás eran de tu mismo grado en la escuela?"

Sammy levantó dos dedos.

"Entonces, tres de ustedes son del primer año. ¿Es así?"

Sammy asintió.

"Así que, los otros eran mayores. ¿Es así?"

Sammy asintió.

"¿En qué grados están los demás?"

Sammy bajó la mirada, "No lo sé."

"¿Qué tan mayores crees que eran?"

"Quizás eran del último o penúltimo año."

"¿No eran del grado de Mary Beth?"

"No lo creo."

"Sabes, Sam, no puedo imaginarme qué estaban haciendo tú y tus amigos de primer año con estos sujetos mayores. Me sorprende que los hayan llevado a una fiesta como esa."

Sammy se encogió de hombros.

"¿Se te ocurre algo?"

Sammy sacudió su cabeza.

"Déjame preguntarte, Sammy; ¿estaban los chicos mayores en el equipo?"

Sammy levantó la mirada. Se quedó boquiabierto.

"¿Sería el mismo equipo en el que Mary Beth es animadora?"

Sammy se quedó mirando a Leroy.

"Eso te da una idea, ¿cierto?" Leroy esperó. Podía ver los engranajes alrededor de la cabeza de Sammy. Leroy adivinó, "Esos chicos querían estar con Mary Beth, ¿no? ¿No crees que te invitaron solo para llegar a Mary Beth?"

"Sí, puede ser, pero, ¿por qué?"

"¿Eso tiene sentido para ti?"

Sammy asintió lentamente.

"¿Hicieron que invitarás a Mary Beth?"

Sammy asintió, "Pero, ¿por qué?"

"Sammy, has estado por ahí. ¿Has oído alguna vez sobre el jugo G?"

Sammy parecía dudoso.

"¿Has oído de la Bebida Energética?" preguntó Leroy.

"Bueno, claro, todos saben sobre las bebidas energéticas."

"¿Los chicos tenían de esas bebidas en la fiesta?"

"Bueno, sí, hablaron de buscar algunas, pero no las vi. La mayoría eran solamente colas y bebidas de frutas."

"Sam, ellos podrían haber estado hablando de otras bebidas energéticas. Ese es un término que se usa en la calle para la GHB, la droga para violar. A veces se le llama Bebida Energética. También se le conoce como G, o Jugo G, o Éxtasis Líquido, o la Gran Hormona. ¿Los chicos usaron alguno de esos términos? Piénsalo, Sammy."

Sammy asintió, "Creo que sí." Soltó.

"Sammy, alguien puso GHB en la bebida de Mary Beth para poder aprovecharse de ella sexualmente. Esa es la definición de violación, Sammy. La violación es ilegal, claro. Es un delito. Sammy, has sido cómplice involuntario de violación. Es importante que establezcas tu inocencia, si de verdad eres inocente."

"Soy inocente. No lo sabía, lo juro," declaró Sam.

"Sammy, ellos se reían de ti, pero por una razón diferente a la que crees. Se reían porque sabían lo que iban a hacer; y creyeron que era muy gracioso que hubieses caído en sus mentiras. Personalmente, puedo decirte que: ¡No fue gracioso!"

"Déjame hablarte sobre la droga para violar GHB. Viene en presentaciones fáciles de manejar sin que la víctima se entere. A menudo viene como un polvo blanco o una tableta o una cápsula; pero también puede ser líquida. La forma en la que se usa es mezclándola en la bebida de la víctima. Se disuelve rápidamente y virtualmente es indetectable en una cola o bebida de frutas. Una vez que el chico o chica lo bebe, en unos minutos, ella empieza a actuar… bueno… relajada y sexy, quizás borracha. No se da cuenta de lo que hace; ni recordará lo que le ocurría. Cuando se mezcla con alcohol la reacción puede ser peor. Puede haber debilidad y nausea. La dosis correcta es difícil de determinar, por lo que puede ocurrir fácilmente una sobredosis. Esto puede resultar en pérdida de la consciencia, coma, e incluso la muerte."

Sam enterró su cabeza entre sus manos y empezó a sollozar y llorar.

"Llamé al hospital mientras iba por las gaseosas, Sammy. ¿Sabías que Mary Beth fue llevada al hospital, por una sobredosis de GHB, Sammy?"

Sammy sacudió su cabeza y lloró con aún más fuerza.

"May Beth casi muere, Sam. Su corazón dejó de latir. Los doctores siguen trabajando para salvar su vida. Está en el coma más profundo posible, cerca de la muerte. Si muere, Sammy, serás un cómplice de asesinato."

Sammy sollozó en voz alta.

Leroy esperó.

Sammy levantó su rostro lleno de lágrimas y se secó la nariz con la mano. "No quería hacerlo. Honestamente no quería."

"Isaac Samuel Monroe, tercero, ¿no es cierto que sabías que esos chicos planeaban "tener algo de diversión" con Mary Beth Baker?" preguntó Leroy.

Sammy levantó la mirada y sacudió la cabeza.

"¿No es cierto que sabías que iban a "jugarle una bromita" a Mary Beth?"

Sammy no podía dejar de sacudir su cabeza. "No, eso no es cierto."

Leroy se levantó sobre Isaac, casi gritando, "Vamos, Sammy, esperas que crea que no sospechabas que algo olía mal con seis hombres y solo una chica. Tú sabes más que eso. No soy estúpido y tú tampoco lo eres."

"¡NO, NO, NO!" gritaba Isaac, "No lo haría. ¡YO LA AMO!" colapsó en sollozos.

Leroy se detuvo… mirando… con las manos en las caderas… y luego giró sobre su talón y tiró la puerta.

Leroy caminó hacia el vidrio unidireccional donde Sam Mulholland estaba mirando a Sammy. "Hola, Leroy," dijo Sam.

"Hola," suspiró Leroy. "Wow, es difícil de hacer. Ese chico me recuerda a mi propio hijo."

"Seguro que sí, pero lo hiciste bien. Lo asustaste bastante," dijo Sam.

"¿Alguna conclusión?" preguntó Leroy.

"Creo que la alcanzaste. Diez a uno, el chico mayor es el despachador. Los chicos del equipo conspiraron contra la pequeña animadora. De algún modo, usaron a Sammy para llevarla a la fiesta. No estoy seguro de por qué incluyeron a los otros dos del primer año, pero claramente también fueron engañados. Es solo cuestión de obtener los nombres y rodear al grupo. En el mejor de los casos podremos rastrear al despachador."

"¿Crees que Sammy está listo para escupirlo todo?" preguntó Leroy.

"¿Quieres que lo intente?" preguntó Sam.

"Hombre, esperaba que te ofrecieras. Podría tomar un descanso," dijo Leroy.

"Iré con un block y usaré el viejo "asumido y cerca"."

"Excelente plan. Actúa como si hubieses sido enviado para anotar los nombres. Es todo. No sabes nada de nada. Solo los nombres. Si se pone reacio, actúa inocentemente y pregúntale si le gustaría que llames a sus padres."

"Cuando hiciste eso le diste un buen susto. Se abrió después de eso." Sam miró su reloj.

"¿Tienes algún problema con el tiempo, Sam?" preguntó Leroy. "No quiero imponerme si tienes otro compromiso."

"Bueno, sí, de algún modo. Más o menos le prometí a Suzanne que la recogería para almorzar si podía. Pero está bien, esto va primero."

"Oh… bueno… en ese caso, no dormiría…" Leroy torció los ojos y sonrió satisfecho.

"¡Ya basta, Bratowski!" sonrió Sam. "Haré tu trabajo. Solo quédate ahí. Voy a cambiar de lugar contigo y tener esto listo en diez minutos. Tendré tiempo de sobra para buscar a Suzanne."

"Eso es motivación," se rió Leroy.

Diez minutos después, Sam caminó a la habitación con la lista. "Aquí tienes, Leroy. Cinco nombres, edades, grados, descripciones y un chico mayor, solo con la descripción. Sammy no pudo decirme mucho más sobre él. ¿Qué quieres hacer con Isaac Samuel?"

"Me gustaría retenerlo por su propia protección hasta que podamos rodear al resto de los chicos, pero es todo lo que podemos hacer. No quiero levantarle cargos y poner esto en sus antecedentes. ¿Qué opinas?"

"Bueno, normalmente, lo hablaríamos con el Capitán, pero está fuera por ahora. ¿Quién es el siguiente al mando?"

"Uno de los Tenientes, supongo, Mike o Lou."

"Quizás debería llamar al Fiscal del Distrito."

"No, yo no haría eso. Creo que deberías llamar a Mike."

"Está bien, lo haré. Mientras tanto habla con el chico."

***

"Hola, Sammy, estoy de vuelta," dijo Sam, "¿o debería llamarte Isaac?"

"¿Por qué llamarme Isaac?"

"Isaac Samuel, pero me dicen Sam o Sammy."

"Sammy será. Mi nombre es Sam, por cierto."

"Oh, ya veo. Sam y Sam *es* algo confuso."

"Sí. Entonces, ¿está bien si yo soy Sam y tú eres Sammy?"

"Me recuerda uno de mis libros favoritos de cuando era niño," dijo Sammy.

"Yo también lo recuerdo."

"El libro neto."

"Entonces, Sammy, ¿tienes alguna pregunta para mí?"

Sammy hizo una pausa para pensar, "Supongo que estoy preocupado por Mary Beth."

"Todo lo que el Sargento Bratowski te dijo es cierto. Llamó al hospital, así que esa era la última novedad. No sé nada más, pero puedo revisar a ver si se sabe algo más. ¿Alguna otra cosa?"

Sammy se encogió de hombros.

"Debes estar preocupado por ti mismo, Sammy."

"Sí."

"Bueno, esto es lo que puedo decirte. Solo tienes catorce años, lo que significa que aún eres juvenil. La ley trata a los menores de forma distinta a como trata a los adultos. No deberías haber estado en una fiesta donde se rompieron las leyes. Sin embargo, has cooperado con la policía. Dependerá del procurador decidir si tiene sentido levantar cargos contra ti."

"Pero yo no sabía lo que esos chicos iban a hacerle a Mary Beth."

"Así es. Bueno, creo que aún falta mucho por ver. Lo que me preocupa aquí es… si te dejamos regresar a la escuela o a casa con tus padres, ¿qué va a pasar contigo?"

Gotas de sudor aparecieron en la frente de Sammy.

"¿Alguna idea?" preguntó Mulholland.

"No puedo ir a casa."

"¿No? ¿Por algo en particular?"

"Mi mamá y mi papá me matarán."

"¿No crees que lo descubrirán de alguna forma?"

"Oh, cielos."

"No suena bien, ¿eh?"

Sammy sacudió la cabeza.

"¿Qué va a pasarte si vuelves a la escuela?"

"¿Qué quieres decir?"

"Estaba pensando en los otros chicos, ya sabes. ¿Vas a estar seguro? Quiero decir, están en serios problemas y tú eres el único testigo en su contra."

"Oh, cielos. ¿No van a ponerlos tras las rejas?"

"Bueno, los traeremos para interrogarlos, si podemos encontrarlos; pero solo podemos retenerlos por algunas horas sin levantar cargos contra ellos. Y luego, el juez fijará una fianza, a menos que se convierta en un cargo de asesinato."

Sammy palideció y se sostuvo la frente. "¿Qué voy a hacer?"

"No lo sé, Sammy. ¿Qué *vas* a hacer?"

"No puedo dejar que esos chicos se salgan con la suya, especialmente los mayores. ¡Ellos lo arreglaron todo!"

"¡Bien por ti!" dijo el Sargento.

"Podría necesitar algo de protección." El mentón de Sammy se levantó. Se incorporó algo mejor en su silla.

"Realmente me gustaría tenerte aquí, Sammy. De verdad que sí. Pero," Sam miró su reloj, "no podemos retenerte mucho más sin notificar a tus padres a menos que levantemos cargos en tu contra. Lo siento, pero es la ley."

"Adelante, levanten cargos," dijo Sammy desafiante.

"No podemos hacerlo, hijo. Incluso si los cargos son retirados, no querrás eso en tu expediente. Hasta ahora has sido interrogado y liberado. Es todo. Ni siquiera podemos usar tu nombre."

"No me importa, Señor. No voy a ir a ningún lado. ¡Solo inténtenlo!"

"¿Qué es tan malo sobre decirle a tus padres?"

"Me matarán."

"No es eso lo que quieres decir, Sammy."

"Sí, sí es."

"¿Estás seguro, Sammy? ¿Has sido abusado antes?"

"Bueno… realmente no… supongo," escupió Sammy.

"¿Ellos te aman y cuidan de ti?"

"Sí, pero son terriblemente estrictos."

"Entonces mientras no te hayan descuidado o abusado o usado algún castigo cruel, no creo que puedan ser considerados malos padres. ¿O sí?"

"Supongo que no," admitió Sammy.

"Dame un ejemplo de cómo podrían castigarte," dijo Mulholland.

"Bueno, una vez se llevaron mi televisión; ¡la sacaron de mi habitación por toda una semana! Otra vez se llevaron mi teléfono celular. Me pusieron a hacer tareas del hogar. Tienen reglas para todo. Tengo que terminar mis tareas y hacer las tareas de la casa antes de poder jugar. No puedo comer meriendas antes de la cena… ese tipo de cosas."

"¿Alguna vez te han pegado, te han retenido el agua o el alimento, te han atado o encerrado en una habitación o un armario?"

"Bueno, no, pero a veces me mandan a estar en mi cuarto. A veces yo me encierro," admitió Sam.

"Ya veo," dijo Sam. "Cuando te castigan es por algo que hayas hecho específicamente. Quiero decir, ¿estás confundido sobre por qué te castigan?"

"Cielos, no. Ellos lo gritan bastante fuerte."

Sam estaba teniendo dificultades para mantener la cara seria. Al no tener hijos propios, encontraba esto divertido. "Bueno, Sammy, hasta ahora no me has dicho nada que justifique mantener a tus padres fuera de esto. Déjame pensar… ah… ¿tienes algún hermano mayor, abuelo, o algún pariente o amigo cercano con quien podamos hablar, que pueda servir como abogado con tus padres?"

"Mi hermano está en la universidad, pero es un tonto. Supongo que serían mis abuelos. Son bastante geniales."

"¿Te gustaría que *yo* hablara con tus padres?"

"Sí, eso podría ayudar."

"Está bien, intentaré arreglar eso. Mientras tanto, puedes quedarte aquí por una hora o dos. Encontraré algún sitio en el que puedas usar una computadora."

CAPÍTULO CINCO

Mike Toma el Mando

Leroy marcó un número. "Hey, Mike, soy yo, Leroy."

"¿Cómo te va, Colega?"

"Sam Mulholland y yo hemos estado interrogando al joven que encontramos en la casa del incidente. Su nombre es Isaac Samuel Monroe, tercero; le dicen Sammy. Tiene agallas."

"Eso me gusta," respondió Mike.

"Sammy nos dio los nombres de cuatro de los otros, jóvenes de la secundaria de St. Luke. Dos de ellos están en el equipo de baloncesto, el mismo equipo en el que Mary Beth es animadora. Dos de ellos eran de primer año, amigos de Sammy. Había un hombre mayor que Sammy no conocía, quizás de dieciocho o veinte años de edad. Esta persona no era un estudiante."

"Ya veo. Probablemente sea el despachador."

"Parece que los dos chicos mayores —los miembros del equipo— planearon esto. Engañaron a los de primer año para que llevaran a Mary Beth a la fiesta. Isaac Samuel se quedó con Mary Beth para protegerla, parece. Dijo que la ama. Está bastante impactado por lo que le pasó a ella. Asevera que todos tuvieron sexo con ella mientras estaba inconsciente, excepto él. Parece que está determinado a vengar lo que le hicieron."

"Eso puede cambiar."

"Cierto. La verdad sobria es que Sammy está en peligro pues es el único que puede señalar a los demás, a menos que Mary Beth despierte y recuerde algo."

"Lo bello de la GHB, en lo que a sus usuarios respecta, es que crea amnesia en la víctima," ofreció Mike. "Incluso si recuerda, un fiscal defensor puede usar eso para apartar su testimonio."

"Lo que hace del testimonio de Sammy algo crucial. Aquí está el problema, Mike: No podemos retener a Sammy por su protección. Apenas tiene catorce años. Quiere quedarse en la estación. Le dijo a

Mulholland que no podíamos forzarlo a irse. Mulholland ha desarrollado un vínculo con Sammy. El chico tiene dos buenos padres, pero son algo estrictos de acuerdo a la forma de pensar de Sammy. Tiene miedo de ir a casa porque sabe que está en problemas. Alguien va a tener que llamarlos. Así que, Mike, ¿qué hago con nuestro testigo?"

"Lo primero es enviar cuatro patrullas separadas tras los otros chicos. Busquen a los mayores primeros pues son los que más probablemente quieran escaparse. Luego a los dos de primer año. No permitan que se hablen entre ellos. Intenten primero en la escuela, luego en sus casas. Llévenlos en patrullas separadas para interrogarlos en salas separadas. Asegúrense de que todo quede grabado. Envíen un equipo de investigadores a la escena del crimen. Queremos fotografías, huellas digitales, muestras, sábanas, todo. Necesitamos una búsqueda más profunda para señales de drogas, ADN, esperma, etcétera. Revisen los drenajes, vidrios, los papeles en la basura, los trabajos. ¿Entendido?"

"Entendido, Jefe," dijo Leroy.

"Luego, enviarán a Sam Mulholland con el chico a su casa y a los sitios de trabajo de sus padres. Háganlo pedir una reunión familiar. Sam debe tomarse tanto tiempo como necesite para cumplir con esto y consultar la mejor forma de mantener a Isaac Samuel seguro."

"Probablemente los padres le prohibirán a Sammy testificar. Querrán llevárselo a un lugar seguro. El trabajo de Mulholland será convencerlos de que no habrá diferencia si Sammy acepta testificar o no. De cualquier modo, la red de narcotráfico lo querrá muerto."

"Lo mejor será que toda la familia esté bajo protección. Si no aceptan eso, intenten hacer que dejen a Sammy quedarse con Mulholland. Ubiquen a un oficial para proteger a los padres."

"Tarde o temprano los federales van a querer meterse en esto. No sé lo que eso significa. Tendremos que lidiar con eso cuando ocurra. Mientras tanto, seguiré en contacto con el comisario de policía para ver si puedo conseguir una autoridad temporal para la estación hasta que el Capitán Baker vuelva a bordo."

"¿Cómo están los Baker?" preguntó Leroy.

"Mary Beth está respondiendo al tratamiento. La temperatura corporal y el corazón están mejorando. Se espera que su coma dure entre cinco y diez días —más probablemente el tiempo más largo. Ha sido trasladada a terapia intensiva. El Capitán Baker ahora está con ella. La Enfermera Evelyn Stanley está con ellos, además de las enfermeras de cuidados intensivos."

"Iré tan pronto como encuentre quien me lleve. Así que, por favor haz que todo empiece y me haré cargo apenas llegue allí."

"Entendido, Jefe. Nos vemos en algunos minutos."

"Hasta entonces, cambio y fuera," dijo Mike.

Mike inmediatamente ingresó el número del Comisario de Policía.

"Oficina del Comisario Crawford," dijo una voz amable.

"Hola, es el Teniente Detective Michael McBride que llama al Comisario Crawford, por favor."

"Un momento, por favor."

"¡Mike, hola!"

"Hola, Comisario," dijo Mike.

"¿Qué tal está todo en la estación, chico?"

"Un día típico en las trincheras, Señor," respondió Mike.

"Bueno, debe haber alguna razón para que me llames, Hijo."

"Sí señor. Necesito que me autorice a tomar el mando en la ausencia temporal del Capitán Baker, solo hasta que él regrese, Señor."

"¿Qué pasa con Baker? ¿No está haciendo su trabajo?"

"No es eso, Señor. Hay una emergencia familiar. Está en el hospital con su hija. No puede dejarla en este momento. Tenemos trabajo importante que hacer en la estación que no puede retrasarse."

"¿Por qué no enviar a mi asistente, Sargento?"

Mike inmediatamente cambió la táctica. "Le ruego me perdone, Señor; es Teniente. Teniente McBride, Señor."

"Oh sí, sí, claro, Teniente. He-he."

"Esta es solo una llamada de cortesía, Señor, para avisarle que estaré a cargo por el breve período en que el Capitán Baker esté fuera. Puedo asegurarle que no es problema, en absoluto. Soy perfectamente competente y estoy entrenado para hacerlo. De hecho, es el procedimiento estándar que el siguiente al mando se haga cargo en ausencia del Capitán. Después de todo, él no puede estar allí las veinticuatro horas, ¿cierto?" Mike se esforzó para esconder el tono condescendiente en su voz.

"No, no, claro que no. Procedimiento estándar. Sí, claro."

"Bueno, ahora que hemos arreglado eso," dijo Mike. "Si puede perdonarme, no le tomaré más de su tiempo. Usted es un hombre muy ocupado."

"Sí, sí, muy ocupado… ajá… Eso es. Bueno, aprecio su preocupación."

"No hace falta, Señor. Tenga un buen día, Señor. Hasta luego."

Mike llegó a la estación de policía para encontrar que todo estaba en marcha. "Hey, Leroy, ¿qué tal va todo?"

"Todo en orden," dijo Leroy. "Solo tenía tres automóviles para despacho, así que pensé que saldría apenas tú llegaras aquí a hacerte cargo. Mulholland está al teléfono intentando localizar a los padres de Isaac."

"¿Alguna palabra de la escuela?"

"No aún. Envié un auto a revisar en la escuela. Los otros dos están patrullando cerca, fuera de la vista. El plan es sacar a uno de los chicos de clase, montarlo a una patrulla y llevarlo antes de sacar a otro. De esa forma, esperamos evitar que se adviertan unos a otros."

"Buen plan," dijo Mike.

"Voy saliendo ahora," dijo Leroy.

"Buena suerte, Bratowski."

Mike se paseó por el corredor para ponerse al día con Sam Mulholland, que estaba al teléfono. Isaac Samuel (Sammy) estaba sentado cerca de Sam, tragándose todo. Mike esperó, en silencio.

"Sí, Señor," dijo Sam. "Lo entiendo, Señor. Reúnase conmigo y con la Sra. Monroe en su casa entre cuarenta y cinco minutos a una hora. Estaré allí. Muchas gracias… No, preferiría esperar a que estemos todos juntos para discutirlo, si no le importa… Sí, para estar seguro… Está bien, vale. Nos vemos entonces. Hasta luego."

Sam se giró hacia el chico, "Bueno, Sammy está todo listo. Me reuniré contigo y con tus padres. Ahora, ¿qué tal si hacemos una tormenta de ideas? Quizás si trabajamos en conjunto, se nos puede ocurrir un plan —un buen enfoque para tus padres. ¿Alguna idea?"

"Uh… bueno… quizás, ¿podrías declararme inocente?"

"¿Algo como 'inocente hasta que se demuestre lo contrario'?" Sam sonrió. "¿Crees que eso podría funcionar?"

"Uh… bueno… quizás no."

"Probablemente no haya otra forma de decirles, ¿es eso?"

Sammy lucía triste y sacudió su cabeza.

"Quizás la honestidad es la mejor forma. La única pregunta es, ¿cuánta honestidad? Con eso quiero decir que quizás no sea una buena idea decirle *todo* a tus padres."

Mike se paró detrás de Sammy, encontrando que el intercambio era divertido, incluso si tenía una cara de póker. Se preguntaba *¿A dónde quiere llegar Sam con todo esto?*

"¿Qué quieres decir?" preguntó Sammy.

"Bueno, para ser justos, tus padres tienen derecho de saber lo que *su* hijo ha hecho; pero no estoy seguro si debemos decirles lo que otros han hecho; a menos que eso involucre a su hijo. Por ejemplo, hay algunas cosas de estos eventos que serían particularmente dañinas para la reputación de alguien, si se hacen de conocimiento público."

"Oh, sí, entiendo," dijo Sammy.

"Así que, si algún chico hiciera algo, en una habitación separada y tú no estuvieses involucrado, quizás deberías guardarte eso para la corte. Entonces, solo tendrás que responder preguntas sobre lo que sabes por tu propia experiencia. Todo lo demás es inadmisible; así que hay algunas cosas que no tendrías que decir. Ni siquiera sabemos si habrá cargos, mucho menos un juicio. En realidad, la mayoría de los casos se resuelven sin un juicio."

Sammy era lo suficientemente brillante para atrapar la idea. "Quizás tú deberías hablar, Sam. No estoy seguro ahora de lo que debería o no debería decir," dijo Sammy.

"Puede que estés en lo correcto, Sammy. Podemos hacerlo juntos. Puedo hablar de los detalles de lo ocurrido, dejando fuera lo que es confidencial; y, luego te pasaré la pelota cuando sea algo que puedas decir. ¿Qué tal suena eso?"

"Suena como un buen plan," dijo Sammy.

"Bien. Tenemos un plan," miró su reloj. "Es hora de ir saliendo. ¿Qué te parece, vamos marchando?"

Sam y Sammy chocaron palmas con el otro, se sonrieron y dejaron la habitación.

Mike los miró irse sorprendido.

CAPÍTULO SEIS

Lars Caruthers, Departamento de Policía de San Francisco

Solo en su escritorio en la estación, Mike marcó un número de San Francisco.

"Unidad de Narcóticos, habla el Teniente Caruthers."

"Lars, viejo amigo, Mike McBride aquí."

"¡Mike! Es bueno escuchar tu voz. Ha pasado mucho tiempo. ¿Cómo están las cosas en la Ciudad de Carson estos días?"

"Tranquila y en calma comparada con la gran ciudad," dijo Mike, "¿y cómo están las cosas contigo? ¿Cómo está nuestro amigo, Joseph la Rata? Espero que sentado en la cárcel sintiéndose arrepentido.

Lars rugió, "Oh sí, Mike, arrepentido como un pecador en el paraíso. En realidad no. Siento decirlo pero, John Jacobs, también conocido como Joseph la Rata, también conocido como el Kingpin del Cártel de la Costa Oeste, está fuera pagando una fianza de treinta millones de dólares ".

"¡Treinta millones! ¡Increíble!" Mike soltó un silbido bajo.

"La más alta fianza jamás establecida por este juez. Adivina cuánto tiempo le tomó a Jo pagar la fianza."

"No quiero saberlo. Cielos, Lars..."

"Sí, lo sé, Mike, a veces resulta desalentador. Pero, suficiente de eso. Dame buenas noticias."

"No puedo decir que tenga muy buenas noticias, Lars. Bueno... atrapamos a los cuatro matones de Jacobs que estaban aquí en la Ciudad de Carson. Los tenemos congelados. Hasta ahora, ninguno de ellos ha delatado a la Rata, pero es sólo cuestión de tiempo. ¿Cierto?"

"No me digas que eres lo suficientemente ingenuo como para pensar que el ejército de Jacobs se va a romper pronto," dijo Lars.

"Un hombre tiene que tener esperanza, Lars."

"Es cierto," convino Lars. "La esperanza es lo que nos mantiene en marcha."

"¿Alguna noticia sobre el submarino de Jacobs?" preguntó Mike.

"Bueno, sabes que la Marina de los Estados Unidos lo siguió, después de que el submarino transfiriera la cocaína al bote de cigarrillos de Jacobs, en alta mar desde el centro receptor del océano. Todavía tenemos el bote de cigarrillos y la docena de tripulantes y trabajadores bajo custodia que arrestamos esa noche. Además, tenemos a los cuatro miembros de la tripulación del submarino que quedaron varados en cubierta cuando el submarino se sumergió. El equipo de Jacobs no ha hecho ningún intento de rescatar a esa gente. Supongo que calcula que son «daños colaterales» y se permite mandarlos a prisión. Probablemente se declararán culpables de un cargo menor y estarán fuera en unos meses o años."

"¿Cómo es que eso tiene sentido?"

"En lo que respecta a la operación de Jacobs... si te pillan, vas a la cárcel por un tiempo corto. De esa forma, en cualquier momento, hay un montón de miembros del cártel en las cárceles en toda la parte occidental del país. Hacen cumplir la disciplina de sus miembros dentro de la población carcelaria. Al mismo tiempo, hace que las estadísticas parezcan buenas para los federales y los políticos. Mantiene a todos contentos."

"Entonces, ¿dónde está el submarino, estos días?" preguntó Mike.

"Suponemos que está en camino a Columbia. La Marina de Estados Unidos y la Guardia Costera lo están siguiendo, esperando que lo pongan en puerto. El sub tendrá que reponer combustible y suministros pronto, pensamos. Cuando lo haga, lo atraparán."

"Eso debe ser interesante," observó Mike.

"No sabemos dónde saldrá a la superficie. Cuando lo haga, podremos destapar otro enlace en la ruta de suministro."

"Caray, es una batalla interminable, ¿verdad, Lars?"

"Nos mantiene a todos en el negocio, amigo."

"Tal vez así, pero espero que no sea lo único que nos motive," observó Mike.

"Punto tomado," reconoció Lars.

"Tengo una pregunta para ti, Amigo," dijo Mike.

"Déjamelo a mí," dijo Lars.

"¿Has tenido que lidiar con la droga de la violación GHB?"

"¿Que si he lidiado?... ¡Puedes apostar lo que quieras!"

"¿Por qué no me sorprende?" se burló Mike.

"Oye, un montón de cosas buenas salen de la ciudad de Golden Gate," se defendió Lars.

"Bien," Mike bromeó. "Puedes dejar de enviarnos esas golosinas en cualquier momento".

"Ah, así que has avanzado de la mera adicción a la cocaína hasta la droga de la violación. Estás ascendiendo en tu camino," observó Lars.

"Podría decirse así," murmuró Mike.

"¿Qué pasó?"

"¿Puedes creerlo, la hija del Capitán?"

"Oh no. Lo siento, Mike. ¿Qué tan malo es?"

"El clásico Modus Operandi. La atrajeron a una casa con algún pretexto -una fiesta sorpresa de cumpleaños o lo que fuera- y luego deslizaron la droga en su bebida. Solo un problema. Era demasiado potente. La encontramos inconsciente."

"¿Pudiste salvarla?"

"Todavía está en cuidado intensivo, en condición crítica. Solo nos queda esperar."

"Entiendo, amigo. No puedo decir mucho más."

"¿Qué piensas?"

"No hay duda, esto salió directamente de la organización de Jacobs. Tiene toda la parte occidental de los Estados Unidos cerrada con más fuerza que un tambor."

"Eso pensé," dijo Mike.

"¿Alguna pista?"

"Había cinco sujetos, todos estudiantes de secundaria, excepto uno que es mayor. Los estamos rodeando, mientras hablamos. Parece que el hombre mayor es el proveedor."

"Ese sería el escenario más probable. Al cartel le gusta reclutar a hombres que ya han terminado la secundaria -no hace más de cinco o seis años- para que se aprovechen de esos escolares vulnerables de la escuela secundaria."

"No hay muchas posibilidades de que atraparemos al proveedor, ¿verdad?"

"No soy un hombre de apuestas, Mike, pero no, no es una oportunidad."

"Estoy pensando que él puede conducir de nuevo hasta Frisco."

"Es posible."

"Espero tener a algunos del grupo bajo interrogatorio dentro de una hora. ¿Y si te llamo más tarde?"

"Suena bien. Mantenme informado sobre cualquier descripción que obtengas acerca del proveedor, y lo vigilaremos."

"Gracias, Lars. Eres un buen amigo."

"Lo mismo digo."

"Adiós."

"Cuídate, Amigo."

CAPÍTULO SIETE

A bordo del CGCEU (Cúter de la Guardia Costera de los Estados Unidos), El Merrimac

"Marinero Mark Mahoney al habla, Señor." Mark hizo un saludo inteligente.

"Relájese, Marinero," repuso el Capitán Burns. "Necesito las últimas comunicaciones de la US Navy Cruiser que están con nosotros en esta misión."

"Sí, Señor. Aquí están, Señor." Mark le entregó al capitán un fajo de impresiones.

"¿Tiene alguna otra observación, marinero Mahoney?"

"Está todo allí, Señor, en la impresión."

"Gracias, marinero, eso será todo."

"Sí, Señor. Buen día, Señor." Mark saludó, giró sobre sus talones y dejó el bergantín.

El capitán echó un vistazo a la primera impresión y luego se la entregó a su Oficial Ejecutivo. "Echa un vistazo a esto, Eugene."

"Parece que no creen que el submarino nos haya detectado. Están diciendo que el submarino ha cambiado de rumbo hacia pequeñas islas no identificadas al oeste de Puerto Vallarta, México. La preocupación es que las aguas son demasiado superficiales allí para que el crucero entre. Sugieren que hagamos planes para aprehender el submarino cuando atraviese el Canal de Panamá."

"No me gusta cómo suena eso, Eugene," dijo el Capitán Burns. "No quiero darles la oportunidad de escapar. Una vez que salga a la superficie, ese pequeño submarino podría serpentear alrededor de los islotes, llaves y atolones durante días. Podríamos no encontrarlos nunca. Podrían llegar a lugares a los que no podemos ir. Además, ¿cómo sabemos que se dirigen hacia el Canal de Panamá?"

"Estoy completamente de acuerdo, Señor," dijo Eugene.

"Conéctalos de nuevo y avisa que preparamos nuestras fichas de persecución de la Clase Defender. Sugiere[1] que tengan sus helicópteros de ataque en espera."

"Sí, Señor," dijo el Oficial Ejecutivo.

---

[1] El barco de la clase Defender se desarrolló en respuesta a la necesidad de activos adicionales de seguridad nacional. 457 están actualmente en funcionamiento. Con una longitud total de 25 pies, dos motores fueraborda de 225 caballos de fuerza, un radio de giro único y monturas de pistola hacia adelante y hacia popa, son los últimos activos de agua para llevar a cabo persecuciones de alta velocidad (velocidad máxima de 45 nudos) y maniobras.

Capítulo Ocho

Cuidado Intensivo

Capitán Allen Baker contempló la pálida figura que yacía en la cama. Observó cómo la sábana que cubría su pecho se levantaba y caía con su respiración. Un monitor del corazón rompió el silencio con un ritmo constante. La mano inerte de Mary Beth se sentía casi sin vida en su gran mano caliente. A Allen le resultaba difícil seguir las órdenes de la enfermera de hablar con Mary Beth sobre temas agradables. "Habla con ella sobre cosas cotidianas comunes", dijo ella. "Mantente optimista y esperanzado. Nunca diga nada sobre su estado o lo que sucedió. Recuérdale los tiempos felices. Es importante que ella oiga una voz familiar. Ayudará a que salga del coma."

Los cinco minutos de visita de Allen ya casi habían terminado. No sabía qué era peor: esos cinco minutos cada media hora, o los veinticinco minutos de tortuosa espera en medio. Por supuesto, tenía muchos visitantes que le hacían compañía mientras esperaba. Se sorprendió de cuántos amigos tenían él y Mary Beth. La sala de espera ya estaba llena de tarjetas y flores. A nadie se le permitía visitar su cama excepto a la familia. Sin embargo, hubo un desfile constante de amigos, vecinos, policías, maestros y estudiantes de secundaria, dentro y fuera de la sala de espera. Todos tenían las mismas preguntas.

Allen les dio a todas las mismas respuestas, "Ella todavía está en un estado de coma profundo, pero creen que se está haciendo un poco más ligero. Se espera que su coma dure hasta diez días. Los efectos durarán mucho más. Los efectos incluyen insomnio, ansiedad, temblores, sudoración y amnesia. Probablemente, ella no recuerde lo que le pasó.

Sus amigos invariablemente respondían: "Eso es una bendición, ¿no?"

Y "¿Hay algo que podamos hacer?"

Allen tomó esta oportunidad para extraer una promesa de cada uno, "Sí, hay. Puedes protegerla de saber lo que le ocurrió en ese lugar de drogas. No menciones nunca 'droga de violación' ni a ella ni a cualquier otra persona. ¿Lo entiendes?"

"Por supuesto, Capitán, no diré una palabra."

Allen sabía que de verdad querían decir lo que decían. También sabía que sería una promesa difícil de mantener. Tenía el deseo más fuerte de pedirles que levantaran sus manos derechas y lo juraran. Si sobrevivía a esta crisis, Mary Beth necesitaría terapia a largo plazo por parte de un profesional capacitado. Idealmente, recuperaría su memoria bajo su cuidado, en lugar de los chismes y rumores. De hecho, eran chismes jugosos. El Cap sabía que probablemente estaba peleando una batalla perdida.

Allen caminó por el pasillo hasta la sala de espera y se dejó caer en una silla. La enfermera Evelyn Stanley se movió a través de la habitación con suelas de goma acolchadas, su uniforme blanco y rígido crujiendo. "Allen... ¡Hola!"

Él levantó la mirada y le respondió a su brillante sonrisa. Señaló con un gesto una silla vacía junto a él. Gracias a dios, ella no prosiguió con la pregunta absurda, "¿Cómo estás?" como habían hecho todos los demás. Había algo en la Señorita Stanley que parecía tan… tan… *No lo sé… pacífico, quizás*. El Cap fijó la mirada en el cuarto dedo de su mano izquierda. ¿Era Señorita o Señora? No había anillo. Sin embargo, podría igualmente estar casada. *Las enfermeras no usan joyas, ¿o sí?* Por alguna razón, le parecía importante saberlo.

Mientras ella se sentaba, se giraron el uno hacia el otro, "Hola, Srita. Stanley", dijo, con la esperanza de que lo corrigiera, de una manera u otra.

"Es Señora Stanley o Enfermera Stanley," dijo Evelyn con una hermosa sonrisa.

El corazón de Allen parecía haberse decepcionado por alguna razón.

Evelyn no había dejado de percibir su mirada en su mano izquierda. Movió su dedo anular. "No llevo anillo de bodas porque soy viuda."

"Oh," dijo Allen. "Lo siento" suena un poco trivial, ¿no?"

"Gracias," dijo Evelyn. "Han pasado cinco años."

"Bueno, entonces no lo siento tanto," dijo Allen al encontrarse con sus ojos. "*He* sido viudo por dos años." Sus ojos se cerraron por un largo segundo.

"¿Cómo era?", Preguntó Evelyn, rompiendo el hechizo, "si no es demasiado personal".

"No, en absoluto," respondió Allen. "Catherine era una mujer encantadora, una gran esposa y madre. La quería mucho y todavía la extraño."

"Estoy segura de que sí."

"A veces todavía hablo con ella. ¿No es eso una locura?" preguntó Allen.

"De ningún modo. Siempre estará contigo. Fue lo mismo con mi marido, Fred, al principio; Ahora no tanto. Me imagino que esta crisis con tu hija te ha hecho necesitar mucho a Catherine."

"Sí," dijo Allen mientras miraba hacia fuera, profundamente sumido en sus pensamientos.

Evelyn resistió el impulso de tomar su mano. En lugar de eso, tocó su hombro durante unos segundos, con simpatía y luego retiró la mano a su regazo.

Allen miró su mano, y luego cuidadosamente la tomó en la suya. "¿Le importa?", preguntó.

"No," dijo ella. "Entiendo. Si el tacto te ayuda, adelante."

Allen tomó su mano en la suya, apoyó la cabeza en la espalda y cerró los ojos. En cuestión de minutos, comenzó a roncar suavemente. Su mano quedó floja. Evelyn se llevó un dedo a los labios mientras otro visitante entraba en la habitación. Allen no había dormido desde que todo empezó. De hecho, podría haber continuado durmiendo, si un anuncio en el altavoz no lo hubiese despertado. Sus ojos cayeron sobre el oficial uniformado que estaba junto a él. "Patrullero Hardy," el Cap reconoció su saludo. "¿Qué te trae por aquí?" preguntó el Cap.

"Dos cosas," respondió Harold Hardy. "Estoy aquí para recibir un informe suyo para los hombres en la estación. Todo el mundo envía saludos y sus mejores deseos."

El Capitán le dio a Hardy las mismas respuestas que le dio a todo el mundo.

"Además, voy a darle una información sobre lo que está sucediendo en el caso," dijo Hardy.

"Por todos los medios, póngame al día."

"El Tte. McBride ha tomado el mando, solo hasta que usted pueda regresar, por supuesto," aseguró Hardy. "Él le manda a decir que se tome el tiempo que sea necesario. Le mantendremos completamente informado."

"Gracias, Harold. McBride es un buen hombre," admitió el Capitán Baker.

"Leroy y Sam interrogaron al muchacho. Parece ser inocente y no se unió al... er... ataque. Isaac Samuel Monroe III y el Sargento Mulholland se encuentran con sus padres."

"Los otros cuatro perpetradores están bajo custodia y están siendo interrogados. El mayor ha desaparecido. Descubriremos más con los interrogatorios, pero, hasta el momento, sospechamos que él era el proveedor. Creemos que puede estar relacionado con John "Jo" Jacobs y el cartel de la costa oeste. McBride ha solicitado la ayuda de la unidad de narcóticos del Departamento de Policía de San Francisco para localizarlo. Mike habló con nuestro antiguo enlace, el Teniente Lars Caruthers. Lars cree que la cocaína, el GHB y otras drogas ilícitas siguen llegando a través de la ruta de drogas de San Francisco, y se distribuyen a través de su red."

"¡Cielo santo! ¡No puedo creerlo, Hardy!" El Capitán estaba indignado. "¿No pusimos a ese pez gordo en prisión? ¿Qué se supone que están *haciendo* en San Francisco? ¡Esos imbéciles no pueden detener a una rata que opera desde una celda en la cárcel, por el amor de Dios!"

"No está en la cárcel, Capitán," le informó Hardy.

"¿Qué quieres decir con que no está en la cárcel?" preguntó el Cap.

"Está en libertad bajo fianza."

"¿Qué? ¡No puedes estar hablando en serio! ¿Qué clase de sistema de justicia se está ejecutando allí afuera?" gritó el Capitán.

"Obviamente, el cartel también tiene jueces." respondió a su propia pregunta, sacudiendo la cabeza, "¡Maldita sea!"

"No necesariamente," proclamó Hardy. "En realidad, el juez le sacó una fianza de treinta millones de dólares. La Rata lo pagó al día siguiente en cajas de billetes de cien dólares sin marcar. Dos de sus secuaces las llevaron."

"¡Santos cielos, quién ha oído hablar de algo semejante!"

"La máxima fianza jamás establecida por ese juez, tal vez por cualquier juez," agregó Hardy.

"Voy a atrapar a Joseph la Rata así sea lo último que haga," juró el Capitán Baker.

Reunión Intensa

"Sargento Sam Mulholland, Señor." Sam le tendió la mano. "Gracias por reunirse con nosotros." El señor Monroe estrechó la mano de Sam con firmeza.

"Señora Monroe," Sam asintió con la cabeza hacia la mujer de mediana edad. "¿Nos sentamos?" Sam acercó su silla. Los demás se reunieron alrededor de una mesa.

Sam comenzó, "Les he pedido reunirnos aquí porque su hijo, Sammy," Sam sonrió en dirección a Sammy, "se ha metido en un lío. ¿No es cierto, Sammy?" Sammy asintió.

"Se llama Isaac," susurró su madre. "¿Qué quiere decir con un lío?"

"Nada drástico, en lo que se refiere a la ley, pero algo que tenemos que abordar. Estoy aquí para tratar de explicarlo lo mejor que pueda y pedirles ayuda."

"Queremos saber qué está pasando," dijo el señor Monroe. "¿Qué has hecho, ahora?" le frunció el ceño a Sammy.

Sam interrumpió, "Por favor, permítame explicárselo, si es posible."

La pareja Monroe se centró en Sam.

"Creo que comenzó con algunos de los miembros del equipo de baloncesto admirando a una de las animadoras."

"¿Qué tiene eso que ver con nuestro hijo?" bufó el señor Monroe.

"Creo que lo verá en un minuto, si me permite explicarlo, por favor," continuó Sam sin detenerse. "Los miembros del equipo tramaron un plan para que Sammy, quiero decir Isaac, invitara a la chica a una fiesta de cumpleaños sorpresa. Isaac podía invitar a algunos de sus amigos. Todos iban a reunirse antes de la escuela en una casa y preparar la sorpresa. Todo el equipo y todas las animadoras debían estar allí. Le advirtieron a Sammy, er, Isaac que debía guardar el secreto. Isaac, siguió la corriente con la sorpresa. Él y dos de sus amigos trajeron a la muchacha a la casa esta mañana."

"Bueno, cuando llegaron allí, encontraron que dos del equipo y un hombre mayor estaban allí, nadie más. Estoy seguro de que eso parecía extraño, pero se les aseguró que los demás estarían pronto, ¿no es así, Sammy?"

Sammy asintió, "Sí, eso es correcto."

"Había colas, jugos y bocadillos; Todos se sirvieron por sí mismos. La fiesta continuó y nadie más llegó. Pronto, la chica comenzó a actuar... bueno... extraña... como si no fuese ella misma."

"Creemos que alguien -tal vez el hombre mayor- puso una sustancia peligrosa en su bebida."

"En poco tiempo, se puso muy enferma. El hombre mayor y los muchachos se asustaron y huyeron. Uno de ellos llamó a la policía. Su hijo, Isaac, fue el único que se quedó con la chica. Eso fue valiente de su parte. Estaba asustado, pero hizo lo correcto; se quedó y trató de ayudarla."

"Cuando llegó la policía, la chica estaba inconsciente. Uno de ellos se encargó de ella, llamó a la gente de emergencia de inmediato. El otro habló con Isaac y lo llevó a la comisaría para interrogarlo."

"¿Cómo está la chica?" preguntó la señora Monroe, preocupada.

"Bueno, estuvo muy cerca de morir. La cantidad de droga que recibió era mucho más de lo que su organismo podía soportar. Sigue en estado crítico, pero ya no es tan grave. Esperamos que se recupere, pero tomará mucho tiempo."

"Isaac ha cooperado plenamente con la policía," continuó Sam. "En lo que a nosotros respecta, él es inocente de la mala conducta. No hay duda de que está avergonzado por lo ocurrido, está horrorizado y fue engañado, víctima de una conspiración, tan simple como eso."

El padre respiró hondo y frunció el ceño a su hijo. "¡Deberías haberlo visto venir, Isaac Samuel!"

Sammy asintió con la cabeza, "¡Fui tan tonto y estúpido!"

"Me avergüenzo de ti," se burló su madre.

"Yo también," aceptó Sammy.

"¡Cómo pudiste!" lo reprendió ella.

"¿Qué vamos a hacer contigo?" añadió el señor Monroe.

"¡Lo siento!" gritó Sammy.

"¡Sentirlo no basta para sanarlo!" afirmó el señor Monroe.

El ojo de Sammy se elevó.

El señor Monroe se levantó y empezó a caminar. Extendió una mano a Mulholland. "Gracias por venir," dijo, en un despido.

Sam ignoró la mano, "No tienen nada qué agradecer, señor y señora Monroe, sin embargo hay otro asunto que debemos discutir antes de irme."

"¿Ah?" el señor Monroe sonó escéptico mientras regresaba al borde de su asiento.

"Me temo que hay una cuestión con su seguridad," dijo Sam.

"¿Seguridad?"

"Sí, la seguridad de todos ustedes. No solo la de Isaac, sino de ambos, así como de cualquier otro miembro de su familia inmediata."

"No lo entiendo," dijo el señor Monroe mientras se sentaba en su silla.

"Tiene que ver con el tráfico ilícito de drogas en esta parte del país."

"Aún no lo entiendo," dijo el señor Monroe.

"Déjeme tratar de explicarlo," dijo Sam. "Verá, hay un sindicato del crimen bien organizado que controla la importación y distribución de drogas ilegales en esta parte del país, con sede en la costa oeste y con tentáculos que llegan a cada ciudad y pueblo."

"Creemos que el hombre mayor que suministró la droga esta mañana era un vendedor del sindicato del crimen. Su trabajo es atraer a los estudiantes de secundaria en su red con medicamentos gratuitos y golosinas y convertirlos en usuarios. Él es uno de los eslabones pequeños en la cadena. Sin embargo, puede guiarnos hacia la aplicación de la ley a los niveles más altos."

"Ahora, el cartel no puede tolerar los cabos sueltos. Su hijo, siendo una persona inocente, será un testigo excelente e irreprochable contra el proveedor. Verán, todos los otros muchachos huyeron. También son culpables."

"Bueno, nunca permitiremos que Isaac se ponga en peligro al testificar. Su policía tendrá que atrapar a esas personas del cartel de alguna otra manera," declaró el Sr. Monroe.

"Perdone, señor, eso puede ser cierto. Sin embargo, no hará ninguna impresión en los jefes de la droga. No pueden permitirse esa oportunidad. La preocupación importante para ellos es que Isaac pueda testificar, no si testificará o no."

"Ya veo." el señor Monroe se sintió desinflado. "Pero, debe haber alguna manera en que Isaac se puede mantener a salvo de estos monstruos," razonó.

"No solo Isaac," le advirtió Sam. "Usted y la Sra. Monroe y el resto de su familia inmediata están en el mismo peligro. Piénselo. Si no pueden atrapar a Isaac, pueden intimidarlo muy fácilmente llevándose a uno o más miembros de su familia."

La mano de la señora Monroe voló hacia su boca. Jadeó y envolvió sus brazos alrededor de su cuerpo mientras se balanceaba de un lado a otro.

El señor Monroe miró, impotente.

Sammy miró fijamente a Sam.

Mulholland esperaba que sus palabras hubiesen tocado la tecla adecuada.

CAPÍTULO NUEVE

Reunión en la Estación

Mike miró a los cinco policías que estaban sentados alrededor de la mesa. "Mis felicitaciones por su buen trabajo para conseguir a los cuatro sospechosos. Desafortunadamente, el quinto escapó; pero eso no es ninguna sorpresa. Lo más probable es que se encuentre en camino a San Francisco para llevarle información a su jefe."

"Esto parece ser, a primera vista, un crimen de pequeña escala — una violación en una cita que se transformó en una violación colectiva. Podríamos concluir que podemos acusarlos por violación, mandar el caso al Fiscal del Distrito y pasar a cosas más importantes."

"Por otro lado, si indagamos un poco más, podríamos descubrir pistas invaluables que nos llevarían a un cartel del crimen. ¿Alguna pregunta hasta ahora?"

"¿No deberíamos dejarle eso a los grandes?" preguntó Hardy.

"No lo creo," respondió Sam.

"Bueno, en mi opinión, nosotros somos únicamente una pequeña fuerza de la policía," señaló Leroy. "No tenemos el equipo ni el personal."

"Si, ¡como si pudiéramos derribar a todo el Cartel de la Costa Oeste!" rió el Teniente Leo MacGrady.

"¡No se subestimen, chicos!" dijo el miembro más reciente del equipo, el Oficial Tom Turbulo. Tommy era el chico de revista joven, alto y apuesto del Departamento de Policía de la Ciudad de Carson.

Mike le sonrió a Tom. Su aire fresco de ingenuidad era bienvenido en la discusión. "Gracias por sus comentarios, caballeros. Tenemos cuatro presuntos autores pasando un momento difícil en cuatro salas de interrogatorio separadas. Propongo que empecemos por los dos novatos. Tom y Leo trabajarán como un equipo; Hardy y Bratowski se unirán; yo estaré alternando entre los dos. Pueden turnarse, uno después del otro, o uno puede preguntar mientras el otro observa. Mantengan la cinta de video encendida y grabando.

"Su objetivo es averiguar qué sucedió exactamente, obtener confesiones firmadas y grabadas de estos jóvenes; y, más importante aún, conseguir evidencia del tipo que se escapó. Averigüen todo acerca de él, cómo luce, qué lugares frecuenta, qué dijo, qué drogas trajo a la fiesta, si él mismo las usaba. No dejen ningún cabo suelto. La pista más pequeña podría ser el detalle que lo haga caer. Después de que hayan terminado con los más novatos nos reuniremos aquí, compararemos las notas y decidiremos los siguientes pasos. ¿Está claro?"

Mike miró los ojos de cada de uno de sus hombres mientras asentían.

"Perfecto. De acuerdo. Empecemos," dijo Mike.

***

El chico tembló y miró fijamente a sus manos entrelazadas como si estuviera aferrándose a su vida.

El Policía Tom Turbulo hizo una gran producción para sacar su silla, quitándose el sombrero, apoyando en la mesa su libreta y alineando cuatro lápices perfectamente afilados a su lado. Luego, conectó un grabador de voz, sirvió un vaso de agua fría para él, aclaró su garganta y miró al sospechoso.

El chico se removió en su silla, mientras miraba por debajo de sus pestañas al Oficial. Pequeñas gotas de sudor bajaban desde su frente.

Tom hizo caso omiso de eso. Presionó "Grabar" y dijo en voz alta la fecha, la hora, la ubicación y su nombre. Sacó una pequeña tarjeta de su bolsillo y leyó los derechos de Miranda en la grabadora.

 Por último, se dirigió al chico, "Por favor, di tu nombre, tu fecha de nacimiento y la última dirección conocida para efectos de la grabación.

El chico se atragantó con la información. "Así que tu nombre es Albert E. Guggenheim; ¿correcto?" "¿Y tienes catorce años de edad?" "Sí, señor." "Eres un estudiante de primer año en la Escuela Secundaria St. Luke, en la ciudad de Carson; ¿correcto?"

"Sí, señor."

"¿Te dicen Albert?"

"No, señor."

"¿Qué nombre prefieres?"

"Al."

"De acuerdo, Al, déjame preguntarte algo; hace un momento leí los derechos que tienes por ley. ¿Entiendes esos derechos?"

Al asintió.

"Veo que asientes afirmativamente. De todas maneras, di tu respuesta en voz alta, para la grabación."

"Sí, señor."

"¿Entiendo correctamente que estás renunciando a tus derechos a un abogado en este momento?"

Al asintió, "Sí, señor."

"Albert E. Guggenheim, ¿estás respondiendo a estas preguntas honestamente y por tu propia voluntad?"

"Sí, señor."

"¿Estuviste esta mañana, antes de la apertura de la escuela, con un grupo de amigos en una casa en Vine Street?"

"Sí, señor," respondió Albert.

"¿Cómo terminaste en esa fiesta?"

"Me invitó uno de mis amigos"

"¿Quién?"

"Joey."

"¿Y quién invitó a Joey?"

"No lo sé."

"¿Joey te dijo qué tipo de fiesta era?"

"Sí."

"¿Y qué tipo de fiesta esperabas que fuera?"

"Una fiesta de cumpleaños sorpresa."

"Y cuando llegaste, ¿parecía ser una fiesta?"

"Sí."

"¿En qué sentido?"

"Había gaseosas, jugos y aperitivos."

"En algún punto de la fiesta, ¿empezaste a sospechar que algo iba mal?"

"Sí."

"Por favor, describe lo que viste y lo que sucedió."

"Bueno, después de que estuvimos un rato ahí, la chica y el hombre mayor entraron al cuarto y cerraron la puerta. Minutos después nos invitaron a entrar a ver, si queríamos. Fui al cuarto con algunos de los otros chicos. Todos vimos que el hombre estaba con la chica. Noté que la habitación estaba bastante desordenada y sucia. Había cosas tiradas en todo el sitio."

"¿Qué tipo de cosas, Al?"

"Bueno, no estoy seguro de qué era todo eso. Puedo decir que habían agujas hipodérmicas y cosas de ese estilo."

"¿Cómo te sentiste?"

"Asustado y un poco emocionado."

"¿Crees que alguien estaba usando drogas?"

"Quizás."

"Entonces, ¿qué sucedió después?"

"El hombre se alzó y se alejó de la chica y luego otro de ellos se subió encima de ella. Permaneció un rato ahí y luego otro se subió en la cama también. Estaban riéndose y tomaban turnos; y, luego el más grande de ellos también se metió en la cama y todos estaban ahí juntos, riéndose y pasando el rato."

"¿Hiciste algo?"

"Lo pensé."

"¿Y?"

"Bueno, tenía miedo de hacerlo porque he leído sobre esas cosas y he tomado clases. Pero, los jugadores del equipo, ellos simplemente se burlaron de nosotros, los chicos más jóvenes, y nos llamaron bebés y pequeños gatitos. Empezaron a bajarme los pantalones y a burlarse de mí, ya sabes."

"No, no lo sé. Dime."

"Dije que no me metería en la cama porque no era seguro y ellos pensaron que era muy gracioso."

"¿Qué hicieron después?"

"Ellos me alzaron y me tiraron en la cama con ella, empezaron a empujarme y a moverme por mis brazos y mis piernas. Estaba casi llorando, pero no podía dejar que ellos me vieran. Simplemente les rogué que me dejaran ir."

"¡Dios mío!" dijo Tom. "¿Qué hacía la chica mientras pasaba todo eso?"

"Parecía estar dormida. Solo estaba tirada ahí. A veces gemía un poco."

"¿Eso te parecía extraño?"

"No lo sé. Nunca he tocado a una chica."

"¿Y cómo lograste salir de ahí?"

"Bueno, pues hice lo que le había visto hacer a los otros chicos. Lo hice durante unos minutos mientras ellos me alentaban y se reían. Y luego me senté como los había visto hacer y fingí que había terminado."

"Supongo que estaban satisfechos, porque me dejaron levantarme y salirme de la habitación."

"Entonces, ¿cómo te sentiste con respecto a eso?"

"Me sentía mal del estómago."

"Ahora, Al, es muy importante que nos digas todo lo que sabes sobre el hombre mayor. Como su edad, color de piel, altura, peso, apariencia, nombre, acento, cicatrices, tatuajes. Simplemente descríbelo lo mejor que puedas.

***

Media hora más tarde los cinco policías se reunieron alrededor de la mesa para comparar sus notas. Mike estaba en la pizarra haciendo anotaciones, mientras que Leo operaba la grabadora.

"Armemos esta descripción," dijo Mike. "¿Qué tienes tú, Sam?"

Sam respondió, "Un metro setenta y cinco, ciento cuarenta libras, flaco, blanco, ligeramente curtido, cabello largo castaño, ojos color avellana, tatuaje en la parte superior del brazo derecho: esvástica, en la parte superior del brazo izquierdo: cráneo y huesos cruzados, anillo dorado en el vientre, un pendiente de diamante en la oreja derecha, voz media, acento, de edad universitaria más o menos, sin anillos en los dedos, un collar dorado pesado con un amuleto turquesa, camisa negra, pantalones vaqueros.

Mike siguió escribiendo por un minuto. "¿Lo he puesto bien?"

"Sí," respondió Sam.

"Muy bien. Ahora, Leo, ¿puedes añadir o quitar algo de esta lista?"

"Está muy bien. Mi chico se acercó bastante, pero dijo que los ojos eran gris-azules. No notó los tatuajes ni el anillo del vientre, pero vio un anillo rosado en su mano derecha. Parecía un anillo de clase de algún tipo. Tampoco sabía el nombre. Había visto al chico algunas veces, en juegos de fútbol de la escuela.

"¿Algunos de ellos notó alguna particularidad en la anatomía del hombre?" preguntó Mike.

"Debí preguntar eso," dijo Tom. No pensé en eso. "Esa es una buena pregunta. Los chicos son curiosos.

"Lo hare cuando cambiemos," dijo Leo.

***

Una hora después, se reunieron nuevamente.

Sam empezó, "Nuestro chico dio más detalles acerca de cómo empezaron con esta idea. Como sospechábamos, el proveedor se acercó a los jugadores después de un partido de baloncesto. Los invitó a comer pizza. Era bastante delicado. Se tomó su tiempo para generar confianza antes de poner en la mesa su idea de hacer una fiesta de "pijamada". De hecho, les preguntó dónde podía conseguir drogas recreativas. Afirmó que era nuevo en la ciudad.

"Se reunió con ellos muchas veces antes de hacer planes para esta fiesta. Dijo que traería a tres chicas, si ellos traían a una y que los dejaría escoger la que ellos quisieran. Sugirió maneras para hacerla venir. Les prometió un buen momento, pero insistió en que sería agradable y legal. No sucedería nada desagradable."

Leo añadió, "Eso se alinea con la historia que tenemos, excepto que nuestro chico admitió que había Vodka. Lo usaron para potenciar las bebidas, solo para avivar la fiesta un poco. Por la manera en la que habló, sospecho que el hombre dejó caer una pequeña cantidad de GHB en sus bebidas, así como el alcohol."

"Entonces, chicos, ¿creen que podemos retener a estos dos jóvenes?" preguntó Mike.

"Ciertamente no a los de primer año," dijo Leroy.

"¿Todos están de acuerdo?" preguntó Mike.

Todos asintieron.

"Está claro que debemos acusar a los de último año, ¿de acuerdo?"

Todos asintieron.

"Veamos, conspiración, violación, posesión, asalto, contribución a la delincuencia de un menor; ¿qué piensan?"

"Eso debería ser suficiente," dijo Sam.

"Bastante bueno para principiantes," dijo Leroy.

"Lo pasaré al Fiscal del Distrito," dijo Mike. "Leo y Tom, pueden bajar a los dos chicos mayores y registrarlos, uno a la vez. Leroy, tú y yo liberaremos a los de primer año, con una advertencia severa. Sam, supongo que puedes irte, a menos que tengas algo más que hacer aquí."

"Te diré algo antes de irme," dijo Sam.

"Claro, Sam," Mike lo miró con ojos interrogativos. "¿En qué puedo ayudarte?"

"Solo una pregunta. ¿Te gustaría salir conmigo y Suzanne esta noche?" preguntó Sam.

"¿Qué tienes en mente?"

"Bueno, a Suzanne y a mí nos gustaría que Juli y tú se nos unieran. Iremos a cenar y luego a los bolos. ¿Qué dices?"

Ah, bolos, Pensó Mike. *No he sido capaz de mandarla a volar llevándola a la lucha libre o a una carrera de Nascar. Quizás ella deteste los bolos.*

"Suena divertido," dijo Mike, "pero estoy un poco ocupado ahora."

"¿Quieres que llame a las chicas por ti?"

"¿Te importaría?"

"De ninguna manera. De todas formas debo hablar con Suzanne. ¿Puedes salir de aquí a las 6:30?"

"No antes. Dame una hora para llegar a casa y ducharme."

"Te recogeremos a las 7:30, ¿vale?"

"Suena bien."

"Te veo luego," dijo Sam.

"7:30."

***

Mike se sentó, sonriendo y admirando la linda parte trasera de Juli mientras ejecutaba su lanzamiento con suavidad. La bola azul y plateada parecía acelerar justo antes de que cortara perfectamente entre el primer y tercer pin enviando a los diez de ellos volando y girando en todas direcciones. Juli hizo un pequeño giro y soltó un puño en el aire, "¡Yahoo!" Ella sonrió cuando se volvió hacia atrás y se dejó caer al lado de Mike. Le dio una palmada amistosa en el muslo. "¿Qué tal eso teniente McBride?"

"Te ves muy bien, de verdad," sonrió Mike.

Juli expuso su hermosa garganta mientras contemplaba la X en el marcador que estaba sobre su cabeza. Mike alargó la mano para hacerle cosquillas en el cuello y apartó la mano cuando ella se encogió de hombros y giró la cabeza para ver qué le hacía cosquillas. Mike abrió los ojos con una mirada inocente.

"¿Fuiste tú?" lo acusó Juli.

"¿Quién? ¿Yo? No he hecho nada," dijo Mike, mientras la rodeaba y le hacía cosquillas por el otro lado.

Juli giró la cabeza. "¡Ajá! Fuiste muy lento esta vez. ¡Te atrapé!"

Mike la rodeó con las dos manos y le hizo cosquillas bajo los dos brazos. Juli se disolvió en una risa incontrolable, curvándose para protegerse. "No, para," susurró entre risas.

Sam terminó su turno y gritó, "Vas primero, Mike"

Mike tuvo que soltar a Juli para tomar su turno. Recogió su bola, asumió su mejor postura, se dirigió al carril con su bola, dio tres pasos hacia delante mientras balanceaba la bola uniformemente. Derecha-izquierda-derecha y desliza. La bola besó los brillantes tableros de roble liso y rodó por el carril, girando mientras rodaba. *Oops, parece demasiado alto.* Pensó Mike. Puso tanto "Inglés" en la bola como pudo, agitando su antebrazo para impulsarla a la derecha. ¡Tortazo!

Conectó con el pin principal, directamente. Ocho pines se derritieron, dejando dos gemelos blancos de pie, casi mirándolo con curiosidad. Fue la horrible "division de siete y diez."

"Bueno, allí se fue mi juego perfecto," Mike se encogió de hombros mientras esperaba que su bola regresara. Trató de no hacer ninguna mueca.

"Algunos podrían decir que cosechas lo que siembras," comentó Sam en voz baja. Suzanne se rió y se agachó para atarse el zapato.

Mike tomó su medicina como un hombre y recogió la bola siete, dejando un marco abierto. 9 apareció en su marcador.

Sam hizo un strike. Suzanne logró un spare y volvió a ser el turno de Juli.

Juli se empolvó las manos, las frotó, las limpió con la toalla, cogió la bola y tomó su postura en el carril.

Los ojos de Mike estaban pegados, una vez más, a su parte trasera mientras ella hacía otro strike perfecto. "¡Wazoo!" Gimió mientras hacía un pequeño baile de victoria de regreso a su asiento junto a Mike. Mientras se acercaba, Mike fingió un estiramiento practicado y puso su brazo alrededor de ella tan suave como un graduado de la escuela secundaria. La acercó a él y le plantó un beso en la mejilla, "Felicitaciones, Juli, eres una belleza." Juli sonrió y estudió el marcador. Dos gordos XX estaban al lado de su nombre.

Mike murmuró en el oído de Juli mientras Sam jugaba su turno y regresaba a su puesto. "Te toca de nuevo, Mike," le dijo.

La primera bola de Mike rodó en la cuneta. El segundo dejó cuatro pines de pie. 15 apareció en el segundo cuadro de su marcador. Suzanne jugó su turno nuevamente.

Una vez más fue el turno de Juli. Se empolvó las manos, se las limpió con una toalla, tomó su linda bola azul y tomó su postura. Los jugadores de bolos vecinos hicieron una pausa para mirar. ¿Podría hacerlo de nuevo? Tres strikes en una fila cuentan para el número máximo de puntos-treinta-en el primero de los diez cuadros. Juli se concentró en su postura, en su equilibrio, en su tempo y en su forma. Miró su objetivo, se deslizó hacia delante y colocó su bola en ese punto exacto. Su columpio era un círculo perfecto sin balance ni vacilación. Oops, la pelota estaba demasiado alta, dirigiéndose directamente hacia el pin principal. Juli señalaba frenéticamente la tronera. No funcionó. Justo al final, la bola se curvó exactamente como debía para zambullirse en la tronera entre el uno y el tres, excepto que se cruzó y se vertió en la tronera de uno-dos. Derrumbó el uno-dos-cuatro-siete en una fila, golpeándolos a la derecha, sacando también el tres-cinco y ocho. El pin seis golpeó al nueve, que a su vez rozó al diez y lo puso a mecerse. El tiempo se detuvo mientras el pin diez se tambaleaba. Juli saltaba de arriba a abajo agitando sus puños "¡Vamos, vamos!" gritaba.

Mike se encontró a sí mismo animándola, "¡Abajo, diez! ¡Abajo!"

Se giró dos veces, se tambaleó a la izquierda y la derecha, luego se puso de lado y lentamente rodó en la cuneta. Juli soltó un grito, saltó y corrió hacia Mike. La giró una vez y la besó en la boca.

"Limpien el piso, gente," gimió Sam.

Mike y Juli se sentaron, sonriendo y chocándose las manos. Juli aplaudió mientras otra X apareció en su marcador y un 30 apareció en su primer cuadro. La puntuación de Mike mostró un decepcionante 9 y 15 para los dos primeros cuadros.

"Oh, no sabía que jugar bolos era tan divertido," exclamó Juli mientras se movía en su asiento y daba un pequeño aplauso con las manos.

"Sí, realmente lo es," aceptó Mike mientras la acurrucaba.

A pesar del alboroto, Sam consiguió un spare. Suzanne tenía un marco abierto.

Mike y Juli, demasiado absorbidos entre sí, no se dieron cuenta.

Sam se consideraba un jugador de bolos decente, pero su paciencia era delgada. Estaba acostumbrado a ciertas cortesías. Por ejemplo, la gente no hacía ruido mientras que otra persona estaba concentrada. Era similar a los estornudos durante el swing de golf de sus oponentes. Además, cuando era tu turno, no podías dejar a todos esperando.

Esta vez, dejó su asiento, con las manos en las caderas y se paró delante de Mike, esperando a que lo notara.

Mike y Juli continuaron hablando.

Sam frunció el ceño y aclaró su garganta.

Juli levantó la vista. Mike no respondió.

Sam agitó una mano delante de la cara de Mike.

"Oh, hola Sam," Mike miró hacia arriba.

"Bueno... ¿?" Sam frunció el ceño.

"¿Quieres algo?" preguntó Mike.

"No puedo creer esto", Sam gimió y se golpeó la frente.

Juli le dio un codazo a Mike. "Creo que es tu turno, de nuevo," susurró.

"Oh, sí, claro," Mike corrió al regreso de la bola y examinó las cuatro bolas buscando por la suya.

"¡Dios, Mike! La tuya es la primera en la línea," se quejó Sam. "¡¡Cógela, por el amor de Dios!!"

Mike miró a Sam como si dijera: *¿Qué te pasa, amigo?*

Suzanne tomó a Sam por el brazo y lo atrajo hacia ella. "Cariño, tienes que ver el lado gracioso de esto," susurró. "Ese hombre está enamorado y no lo sabe."

"Es un desastre," acordó Sam. "Debería saberlo," le dijo sonriéndole a Suzanne.

"Oh, ¿en serio?" Suzanne lo miró de reojo.

"No importa, querida" dijo Sam. "Solo presta atención al juego." le tomó la mano y le dio un apretón.

CAPÍTULO DIEZ

La Mañana Siguiente

"Buenos días, Leroy." Mike sacó su silla del escritorio.

"Buenos días, Mike. ¿Qué tal el bowling?"

Mike se sentó con un golpe. Colocó dos manos sobre el escritorio y respiró hondo mientras sacudía la cabeza. "No lo sé, Leroy. Nada parece funcionar de la manera que planeo. Pensé que Juliette era una chica de ciudad sofisticada, inteligente. Debería odiar el bowling, ya sabes... demasiado clase obrera para su gusto..."

"Tomo eso como que la pasó bien," dijo Leroy con simpatía.

"Se podría decir que sí," dijo Mike.

"Probablemente esté fingiendo. Te lo advertí, Mike. No puedes confiar en las mujeres. Tomarán cerveza, verán fútbol y jugarán póker mientras estén saliendo, pero una vez que consiguen el anillo, ¡ten cuidado!"

"Te oigo, bro'," Mike sintió una poco de tristeza.

"No te preocupes, ella debe volver pronto a San Francisco, ¿no?"

"Sí, creo que tomó tres semanas de vacaciones, además de un reposo. Debería ser pronto. Entonces se acabarán mis problemas," dijo Mike.

"Entonces, ¿cómo te fue con el puntaje?" Leroy tenía curiosidad.

"Oh, ella abrió con un triple, luego llenó todos los cuadros except uno. Creo que terminó con 180, algo así."

"¿Y tú?"

"Ah… no estoy seguro… Dejé de ver el puntaje después del tercer turno."

"¿Así de mal, eh?"

"Uh, Bratowski, ¿no tenemos ningún asunto pendiente en nuestra programación de hoy?"

Leroy escondió una sonrisa. "Vamos a la casa de seguridad, ¿recuerdas?"

"Oh, claro, vamos a recoger a Norton para traerlo. Veamos si puede identificar a alguno de estos cuatro matones que tenemos."

"Roger," dijo Leroy.

"Desayunemos algo en el camino. Estoy muriendo de hambre."

***

Mike se metió en el asiento del conductor de su vieja Crown Victoria familiar. "Esta cosa arranca mejor conmigo", advirtió. Mike se frotó las manos y sopló en ellas para tener buena suerte.

"Piensa positivo," le aconsejó Leroy.

Mike tomó las llaves y las giró. El motor gruñó. "Esa es una buena señal," dijo Mike.

"Sí, tu batería está viva," señaló Leroy.

Mike le dio dos segundos de descanso e intentó nuevamente.

"¿No comiste tus Wheaties esta mañana?" preguntó Leroy.

"De hecho, no," dijo Mike, "Quizás ese es el problema."

"Intenta de nuevo," dijo Leroy.

Mike arrancó el motor durante diez segundos.

"Tu turno," dijo Mike con resignación.

"Daré la vuelta," dijo Leroy. "Abre el capó."

Mike haló el seguro del capó, salió y caminó al lado del pasajero.

Leroy jugueteó con algo bajo el capó, lo golpeó y tomó su lugar en el lado del conductor. "¿Puedo?" preguntó, logrando mantener una cara seria.

Mike miró hacia adelante. "¿Necesitas preguntar?"

"¿Quieres hacer una apuesta?" Leroy preguntó dulcemente.

Mike sacó cinco dólares y los puso en el asiento. "Contra las probabilidades. Nada mejor."

Leroy tomó las llaves, le dio dos segundos. El motor cobró vida. Leroy tomó silenciosamente los cinco dólares y los guardó en su bolsillo. "Debe ser mi día de suerte," dijo.

"Cállate," Mike gruñó Mike mientras cruzaba los brazos y miraba por la ventana.

Leroy echó la cabeza hacia atrás y rió. "Alégrate, Jefe, las cosas van a mejorar".

Una hora después, Leroy estacionó en un patio sin pavimentar de la casa de seguridad. El Sargento Cal Culpepper tenía pleno conocimiento de que se acercaban. La nube de polvo que sus neumáticos formaban al pasar por el camino seco era visible por millas, una de las ventajas peculiares de este sitio en particular. La tierra alrededor era perfectamente plana y buena para nada excepto para las artemisas y el cactus. A pesar de la falta de restricciones o barras en las ventanas, ningún prisionero había intentado darse a la fuga alguna vez y ningún testigo había sido secuestrado, asesinado o herido. Las treinta o cincuenta millas en cualquier dirección sobre el desierto infestado de cascabel también sirvieron para disuadir los ataques. El único camino seguro era el de tierra.

El Sargento Cal Culpepper estaba de pie en el porche, sosteniendo una escopeta de calibre diez con cañón doble. Leroy dio la señal de esa semana, tres toques de la bocina muy largos, seguidos de tres toques más cortos. El Sargento Cal bajó la escopeta y les hizo una señal para indicarles que podían salir del auto.

"Bueno, ¡que me parta un rayo! Miren quién está aquí," sonrió Cal. "¡Bienvenidos al Pueblo de Dios!"

"Hola, Cal. ¿Cómo has estado?"

"No me quejo," dijo Cal. "Qué bueno verlos. No había recibido visita en semanas."

"Debes sentirte solo, me imagino," dijo Mike, "si no has tenido visitantes de clase alta."

"Como los monstruos de gila y los escorpiones que viven en las rocas," dijo Cal.

Mike y Leroy rieron. "No me digas que ese prisionero te está poniendo nervioso."

"Quizás sí," respondió Culpepper.

"Bueno, te dire algo. Tenemos un trato para ti."

"Oh, ¿sí? ¿De qué se trata?" preguntó Cal.

"Queremos quitarte al prisionero durante el día. Estamos planificando un reconocimiento con algunos de los matones de Jacob. Nos gustaría que Norton identifique a esos hombres, si puede."

"¡Eso suena bien! Me vendría bien un poco de paz y tranquilidad."

"Bueno, si quieres puedes regresar con nosotros y tomarte un par de horas para ir de compras, cortarte el cabello, visitar a tu amiga, o lo que sea."

"Gracias por la oferta, amigos, pero creo que esta vez la dejaré pasar, si no tienen problemas con eso."

"Como quieras, Cal"

"Pueden pasar un rato, si quieren. Prepararé un poco de comida," dijo Cal.

"No tenemos tiempo ahora, quizás cuando regresemos," dijo Mike.

"Buscaré a Norton," dijo Cal.

***

Mike se sentó con Norton en el puesto trasero. Leroy condujo nuevamente por el camino de tierra seca. Los dos policías se estaban divirtiendo con su prisionero.

"¿Qué pasa, hombre?" preguntó Norton

"El Capitán piensa que Culpepper necesita un poco de tiempo libre, eso es todo," respondió Mike.

"No entiendo," se quejó Norton.

"No necesitas entender más nada aparte del hecho de que mientras estés en custodia podemos llevarte a donde queramos."

"No me gusta esto," murmuró Norton. "¿Qué van a hacer conmigo?"

"Dios, esto parece un desierto, ¿verdad?" preguntó Leroy. "Qué dices, Mike, ¿cuánto tiempo duraría una persona en el desierto?"

"Dicen que un hombre puede sobrevivir solo 48 horas sin agua a temperaturas así," dijo Mike.

"¿Qué me van a hacer?" Norton se estaba poniendo nervioso.

"No te vamos a *hacer* absolutamente nada," dijo Mike.

"No, Norton," añadió Leroy. "No hay necesidad de hacer algo."

Norton empezaba a sudar y a temblar.

"¿Qué pasa, amigo?" dijo Mike, "¿Necesitas bajarte? ¿Te sientes mal?"

"N-No. No me bajaré," tartamudeó Norton, mientras se agarraba de la puerta y el reposabrazos.

"Si necesitas bajarte a orinar, solo avísanos," ofreció Leroy. "Estaremos encantados de encontrar un lugar limpio para ti, un lugar donde no tengas que meterte en un espeso matorral con cactus y cascabeles."

"No necesito b-bajarme," dijo Norton.

"Okey, amigo, lo que digas."

Cuando llegaron a la avenida principal, Norton estaba hecho un desastre, exactamente como habían planificado los policías.

A medida que se acercaban a la ciudad, cerca de la civilización, Norton se fue sintiendo menos nervioso, pero todavía estaba al borde de la incertidumbre acerca de su situación. ¿Y si lo reconocían alguno de los asesinos de Jacob? Sabía que había un contrato con él, un blanco en su espalda. No podían encontrarlo en la casa segura, pero en la ciudad, cualquier cosa podría pasar. ¿La policía lo dejaría ir? Norton se dejó caer en el asiento y apartó la cabeza de la ventana.

"Oigan chicos," dijo Norton, "ustedes saben que he cooperado con el Fiscal del Distrito ¿Recuerdan que señalé a esos traficantes?

"Sí, Norton, lo recordamos. ¡Gran cosa! No necesitábamos a esos peces pequeños."

"¿Qué quieres decir? Pensé que esa era la razón por la que me protegían, para que pudiera testificar."

"Te mantenemos en la casa de seguridad porque esperamos obtener información acerca del pez gordo. Hasta ahora, no nos has dicho nada. Sin embargo, tenemos otros testigos ahora. Personas que saben más que tú. Estamos pensando en usarlos a ellos en vez de seguir contigo," dijo Mike.

"¡No pueden hacer eso!" gritó Norton. "Ustedes prometieron protegerme," gimió.

"Hicimos un trato, Norton. Un trato en ambos sentidos. No has cumplido tu parte."

Norton frunció el ceño, estaba sumido en sus pensamientos.

***

Leroy estacionó en la cárcel. Mike apretó las esposas de Norton y lo ayudó a salir del auto. "Llegamos," dijo Mike.

"¿D-Dónde estamos?" preguntó Norton.

"Oh, ¿no reconoces este edificio? Supongo que nunca has disfrutado de la hospitalidad del sheriff," dijo Mike.

Norton miró con miedo a su alrededor. "Por favor, no pueden meterme preso."

"¿No? ¿Cuál es el problema? Sabes que la cárcel es segura, ¿no? Ninguno de los guardias te hará daño."

"¿Y-y los otros prisioneros?" Norton tenía la cabeza baja, tratando de esconder su cara.

"¿Prisioneros? No puedes tenerle miedo a los prisioneros, Norton," rió Mike.

Norton mordió su labio. Estaba contra la espada y la pared. ¿Qué pasaría si decía todo lo que sabía? Hasta ahora, había logrado evitar a los asesinos de Jacob. Si uno de ellos estaba en la cárcel, Norton era un hombre muerto. Podrían matarlo con sus propias manos.

"¿Quieres comer algo, Norton?"

El estómago de Norton se quejó. Mantuvo su cabeza baja y murmuró, "No"

"¿Quieres ir al baño?" preguntó Mike.

"No, solo terminemos con esto de una vez." Norton arrastraba los pies mientras lo llevaban por un largo pasillo pasando por algunas de las celdas. Norton trataba de esconder su cara en el hombro de Mike.

Mike y Leroy le hicieron un favor poniéndose a su lado, pues sabían que era un viaje aterrador para Norton. "¿Reconoces a alguien Norton?"

"¡Dios, no!" gritó Norton. Ese momento parecía una eternidad.

Al final, Mike lo llevó hacia una puerta y entraron en una habitación oscura. "Toma asiento," dijo Mike.

El tiempo pasó. Norton permaneció sentado en su puesto. Podía oír el sonido de unos pasos.

De pronto, sintió una luz brillante

"Mira hacia arriba," ordenó Mike.

"N-No puedo," dijo Norton.

"Ok, déjame desatarte las manos para que puedas estar más cómodo." Mike desató una de las manos de Norton y lo soltó.

Inmediatamente Norton se cubrió la cara con la mano que tenía libre.

"Mira hacia arriba, Norton. Este es un vidrio con visión en un solo sentido. Nadie puede verte," aseguró Mike. "Por favor, mira a estos hombres."

"¿Esto es un reconocimiento?" preguntó Norton.

"Sí," respondió Mike. " Mira hacia arriba, ahora!"

Norton abrió sus ojos. Su boca se abrió. Dejó escapar un jadeo, "¡Santo Cielo!" Sus ojos quedaron en blanco. "¡Los tienen a todos!"

"¿A todos tus amigos?" preguntó Mike.

"¡Dios mío!" exclamó Norton. "¿Cómo los agarraron a todos? ¿Cómo los tienen detenidos?"

"Fácil," dijo Mike. "Entonces, conoces a estos hombres."

"Quizás," dudó Norton.

"Me lo imaginé," dijo Mike. "Entonces, qué te parece si te metemos en la misma celda con uno de estos tipos?"

Norton se puso pálido. Se tocó la frente y tragó saliva.

"Podríamos arreglarlo," dijo Mike.

Norton empezó a temblar. Se veía afligido. Se sostuvo en la silla para tratar de detener los temblores.

"Cielos, Mike, pensé que éramos amigos," se quejó.

"*Somos* amigos, Norton. Te estoy dando la oportunidad de salvarte el cuello. Recuerda que hay dos partes en el trato. Cumples la tuya y nosotros cumpliremos la nuestra. La decisión es tuya; Coopera y regresarás a la casa de seguridad. Mantén tu boca cerrada e irás a la cárcel. Simple"

"Cooperaré," cedió Norton.

"Esto es lo que tienes que hacer: simplemente pruébame que conoces a estos tipos."

"Oh, los conozco bien."

"Eso no es suficiente. Necesito que señales a cada uno de los hombres de Jacob, que leas su número y que me digas correctamente sus nombres. Ya sabemos sus nombres, así que sabré si estás mintiendo. Este intercambio está siendo grabado. ¿Entiendes tu derecho a permanecer en silencio?"

Norton asintió, "Sí".

"Tienes derecho a un abogado. Si no puedes pagarlo, se te asignará uno. Todo lo que digas puedes ser usado en tu contra. ¿Entiendes tus derechos?"

"Sí, los entiendo," dijo Norton, con más determinación. Había tomado una decisión.

"Perfecto," dijo Mike, "puedes proceder."

Norton los nombró a todos sin vacilar.

"Certifico para la grabación que el prisionero nombró a los sospechosos correctamente," dijo Mike. "Sr. Norton, por favor explique cómo conoce a estos hombres."

"Los cuatro son miembros del Cartel de la Costa Oeste, liderado por John "Jo" Jacobs, llamado "Joseph la Rata". Su trabajo es hacer cumplir los derechos del cartel, usando la intimidación y otros medios, incluido el asesinato. Que los demonios estén en la cárcel no cambiará eso. Si la Rata te quiere muerto, te matarán en cualquier lugar.

"Cuando están desocupados, trabajan para Jo Jacobs, directamente, llevándolo a todos lados y protegiéndolo personalmente."

"¿Ha proporcionado esta información por su propia voluntad?" preguntó Mike.

"Sí, Señor," respondió Norton.

"Gracias, Sr. Norton," dijo Mike. "Ya nos podemos ir."

De vuelta a la casa segura, Norton los dejó y fue a su habitación para acostarse. Estaba agotado.

Mike, Leroy y Cal se sentaron en el porche para compartir una cerveza.

-¿Cómo les fue, muchachos? -preguntó Cal.

-Me temo que usamos a tu chico -dijo Mike sonriendo-.

"Heh-heh", rió Leroy. -Sí, lo teníamos en la palma de la mano, eso es seguro.

-¿Cómo es eso? -preguntó Cal.

"De hecho, no le mentimos," sonrió Mike.

"No haríamos eso," dijo Leroy. "Somos oficiales de la ley."

Mike se rió, "Solo señalamos algunas cosas para hacerle recordar el trato que hizo con el Fiscal del Distrito"

"Principalmente, el hecho de que hay dos partes en el trato," dijo Leroy. "Nos das información importante. A cambio, te protegemos."

"¿Y eso es algo nuevo?" preguntó Cal. "Cualquier idiota sabe eso."

"Parece que tu chico tenía que aprender algunas cosas acerca de mantener su palabra con respecto al trato," dijo Mike.

"Bueno…" dijo Cal, "nunca es demasiado tarde para aprender cosas estúpidas."

Mike y Leroy alzaron sus manos al aire y rieron.

Los tres brindaron con sus cervezas, "Salud por eso."

***

CAPÍTULO ONCE

Leroy

En camino de regreso al pueblo, Leroy rompió el silencio, "Bueno, ¿qué piensas?" preguntó.

"¿Te refieres al día?" respondió Mike.

"Sí."

"Creo que tuvimos un buen día. ¿Y tú?"

"Estoy de acuerdo," dijo Leroy. "Claro, aún tenemos que ver si tenemos lo suficiente para acusar a los cuatro guardaespaldas. Saber quiénes son y qué hicieron es una cosa; presentar eso en la corte es algo completamente diferente."

"Sí, tendremos que seguir construyendo un caso contra ellos. Quebrar a Norton fue una gran grieta en sus defensas. Ahora podemos seguir trabajando en ellos, poniéndolos en contra, analizando la evidencia que obtuvimos de sus autos y casas, y uniendo cabos con las fechas. Espero que con eso podamos conectarlos con casos de mafia que no han sido resueltos."

"Pondremos eso en las "cosas por hacer"," comentó Leroy.

"¿Y cómo están yendo las cosas con la ex-señora B y los niños, Brat? No he sabido mucho últimamente."

"¿Seguro que quieres saberlo?"

"Tan mal, ¿eh?"

"Con ese grupo, las únicas buenas noticias son las que no llegan."

Mike rió. "Espera un momento mientras me preparo… okey, adelante. Déjalo salir."

"Bueno," empezó Leroy, "recuerdas que tuve que comprar un nuevo calentador de agua para Lorainne, y comprar trajes para los niños. Angel necesitaba un nuevo traje de ballet; Bud necesitaba un uniforme de fútbol, un casco y los entrenamientos. Los trajes costaron más de cien smackers cada uno. Lorainne se quejó de tener que llevarlos a las prácticas todas las tardes de la semana y yo tuvo que ir a los juegos los Sábados."

"Sí, lo recuerdo," dijo Mike, tratando de no bostezar.

"Bueno, adivina qué pasó después."

"Cambiaron de idea," se aventuró Mike.

"¿Cómo lo supiste?" Leroy estaba sorprendido.

"Fue una deducción sencilla, Dr. Watson," dijo Mike. "Entonces, ¿en qué están ahora?"

"Angel ha decidido que quiere tomar lecciones de piano."

"Oh, eso estaría bien," dijo Mike.

"¿Bien? ¡Tienes que estar bromeando! ¿Has visto los precios de los pianos últimamente? Oh, ella es demasiado talentosa como para empezar con un teclado electrónico. Oh, no, tiene que ser todo el paquete, para que sus preciosos deditos puedan adaptarse y sus oídos se entrenen correctamente Qué angustia… ¡entrenamiento del oído! Hay que pagar $150 cada seis meses para mantener el piano afinado; y los libros de música cuestan $14.95 cada uno, usados."

"No están tan mal," dijo Mike.

"Solo cuando tienes que comprar cinco," corrigió Leroy.

Oops, comentario equivocado, pensó Mike. "Um, ¿por qué tantos?

"Bueno, está el libro de lecciones, el de solos, el de teoría, el de ritmo y el de ejercicios," dijo Leroy. "Si lo hace bien, va a necesitar un nuevo juego cada tres meses, por lo menos.

"No tenía idea," dijo Mike.

"Tiene clase una vez a la semana, y se debe pagar por adelantado, no hay reembolso por inasistencia, veinticinco dólares por cada media hora. Además, tienes que garantizar que podrás sentarte con el niño por lo menos durante media hora al día para supervisar sus prácticas. Si no puedes hacerlo, tienes que contratar a un estudiante avanzado para que sea su tutor por quince dólares la hora. Si el niño pierde una práctica debe recuperarla al siguiente día. Si el niño pierde más de una práctica hay una penalidad de diez dólares por la incidencia. El maestro puede decidir si el niño no está preparado. Por cada asignación que no esté bien preparada hay otra penalidad —el niño debe repetir la lección. Por último, hay un recital dos veces al año. El niño debe preparar un solo y tiene que vender cuatro entradas. Si quieres ayudar, puedes comprar dos entradas. No tienes que usarlas."

"¡Fuerza y fe!" proclamó Mike. "¿Y cómo le va a Bud en el fútbol?" preguntó Mike, tratando de cambiar el tema para sonar interesante.

Leroy giró a la izquierda en la avenida principal. "Ya te dije, Mike. Bud dejó el fútbol. ¿No estabas prestando atención?"

"Oops, lo siento. La edad, tú sabes."

"Sí, claro, viejo a los treinta. Yo fui así de viejo, alguna vez."

"Ah, siento mucho que Bud haya dejado el fútbol."

"Dijo que estaba cansado de estar sentado en la banca," dijo Leroy.

"Qué mal," concordó Mike.

"Habían cincuenta niños en el equipo y cuatro entrenadores. La mayoría de los hijos de los entrenadores o colaboradores o sus amigos jugaban. Lorainne me molestó mucho porque no iba a ayudar al equipo. Decía que los padres debían estar ahí para ayudar. O si no, los niños estarían en la banca."

"Qué pena," dijo Mike.

"Sugirieron que él debía practicar Golf para niños. Todos tienen que practicarlo. Así que ahora quiere palos de golf. Buscaron los mejores grupos. Si quieres que tu hijo tenga éxito, tienes que evitar las cosas baratas," gimió Leroy.

Mike se sintió realmente empático. "Dios, Leroy, ¿qué puedes hacer?"

"No lo sé, Mike. Estoy perplejo. Esto es un desastre. Tendré que vivir con eso, supongo. ¿Qué te puedo decir? Número uno: no, repito, no te cases. Número dos: si te casas, no te divorcies. Lo único que es peor que estar casado es estar divorciado. Tienes los mismos problemas sin ningún beneficio."

"Lo sé, amigo. Todavía no tengo planes de casarme. Quiero encontrar una buena ciudad, una chica hogareña que quiera quedarse en casa, cocinar, cuidar a los niños y a mí."

"Buen plan, amigo mío."

Leroy continuó conduciendo en silencio por un rato.

"Brat, he estado pensando. Bud podría convertirse en un jugador de billar y póker. Todo lo que tienes que comprar son unos tacos de billar y una baraja de cartas. Piénsalo. En diez años podría haber ahorrado para la universidad."

"Mike, ¡esa es una buena idea! Me gusta. ¿Pero qué pasa con las lecciones? No puedo dejar que mi hijo vaya a un salón de billar. Por Dios, Mike."

"No-no. No estoy hablando de un salón de billar. Por supuesto que no. Pensaba en mi abuelo. Grandpappy McBride podría disfrutaría de la compañía. Él me enseñó. No costaría nada."

"Estás hablando en serio, ¿no?" preguntó Leroy.

"Muy en serio," dijo Mike.

"Okey, lo pensaré. Tendré que idear un plan. Lorainne tiene que creer que es su idea, tú sabes; o, por lo menos tiene que ser idea de Bud, cualquier que no sea yo."

"Tengo un par de cartas bajo la manga," dijo Mike. "Déjame trabajar en ello. Mientras tanto no compres ningún palo de golf."

"El futuro de mi hijo está en tus manos expertas, Mike." Leroy entró en la calle de Mike para dejarlo.

"Gracias por traerme," dijo Mike.

"De nada," dijo Leroy. "Te veo en la mañana."

"Ten cuidado en el camino a tu casa," dijo Mike. "Que no te engañen por ahí."

En casa con Lady

Mike se dirigió hacia la entrada trasera. No escuchaba ningún ladrido adentro. Me pregunto por qué mi perra no está ladrando, pensó. Primero, comprobó si el pelo que había colocado en la puerta seguía allí. Luego, verificó todos los alrededores buscando muestras de cualquier perturbación. Al no encontrar ninguna, marcó el código para el sistema de desbloqueo automático.

Al entrar, las luces se encendieron y una música suave apareció de la nada. Mike seleccionó el estado "en casa" de su sistema de alarma. Una perra de tamaño mediano con el pelo ondulado y los ojos marrones se levantó de la alfombra, se estiró, bostezó y se acercó a saludar a Mike. La perra Lady agitó su larga y espesa cola y levantó la cabeza para recibir una palmadita y una caricia.

"Hola perrita," dijo Mike. - "¿Por qué no ladraste?" Lady se frotó contra su mano para pedir más caricias. "Eres un perra inteligente, ¿no? tus oídos son agudos, has aprendido a identificar los carros que están acercándose. Sabías que éramos Leroy y yo, ¿no? Bueno, vete afuera y haz tu trabajo mientras yo ceno".

Lady se acercó a la puerta, se quedó quieta y miró a Mike.

"Así que ahora tengo que abrirte la puerta. ¿Qué sigue?"

Si los perros pudieran burlarse, Lady lo habría hecho.

Lady solo había estado con Mike unas semanas y ya la amaba. Era un heroina, después de haber ayudado a Mike en el rescate de dos niños de un edificio en llamas. Mike sabía que era un perro inusual, pero no sabía ni la mitad de las cosas que podía hacer. Con el tiempo, aprendería más de sus extraordinarias habilidades.

Mike abrió la puerta de atrás, dejándola entreabierta. Lady la abrió y salió con un aire de dignidad. Mike fue a la nevera para buscar la comida para perros. Llenó su plato de agua y puso la comida junto a ella. Lady entró y cerró la puerta con una nariz, dándole a Mike la impresión de que decía: "Mira, Mike, puedo cerrar la puerta, aunque no pueda abrirla. Hay algunas cosas que puedo hacer incluso mejor que los humanos". Lady fue a comer su cena.

Mike habló con el sistema automatizado de su casa. "Mensajes" ordenó. Los parlantes invisibles se escuchaban por toda la casa.

"Hola Mike. Es tu mamá. A Pop y a mí nos gustaría que vinieras a cenar, si tienes tiempo. Llámame cuando llegues.

"Devolver la llamada," ordenó Mike.

Grace cogió el teléfono al segundo repique. "Casa de los McBride," dijo Grace.

"Hola, mamá, soy yo", dijo Mike mientras tomaba una gaseosa del refrigerador.

"Oh, hola, cariño. ¿Acabas de llegar a casa?"

"Hace cinco minutos," dijo Mike. Abrió la gaseosa.

"Ya debes haber escuchado mi invitación," dijo Grace. "¿Estás demasiado cansado para venir?"

"Nunca estoy demasiado cansado para la comida de mi madre."

"En realidad es la comida de tu padre esta noche. Está haciendo costillas a la brasa."

"Apuesto a que tienes algo que ver con eso", dijo Mike.

Grace se echó a reír, "Tal vez hice algunas cosas pequeñas." Pop puso las costillas a marinar anoche. Tuve que hornearlas en un horno a fuego lento hoy. Eso es todo lo que hice con las costillas. Él terminará de hacerlas en la parrilla usando su salsa especial. Estoy haciendo una ensalada y un postre.

"Um-hmm," dijo Mike.

"¿Quieres invitar a Juli?"

"Me da igual," dijo Mike.

"No te creo,"

"Ah, ¿no? Eres mi mamá. Si estoy mintiendo, es culpa tuya. Tú fuiste mi maestra".

"Ok, me ganaste. Escucha, vamos a comer en la piscina, así que trae tu traje de baño. Nadaremos, cenaremos y luego jugaremos una mano de cartas, si quieres."

"Ok, mamá. Gracias por la invitación. Hablaré con Juli para ver qué tiene que hacer esta noche. Adiós por ahora."

"Adiós, Mike. Nos vemos más tarde."

Juli y Mike en la casa de los padres de Mike

"Juliette Carolle hablando."

"Juli, es Mike."

"¡Mike!" Juliette sonaba complacida.

"¿Cómo estás?"

"¿Estoy bien y tú?"

"Estoy bien."

"¿Que hay de nuevo?"

"Nos invitaron a cenar en casa de mis padres. Vamos a comer en la piscina, así que trae tu traje de baño. Pop está haciendo costillas asadas. Nos invitaron a quedarnos para jugar cartas, si queremos, dependiendo de la hora. ¿Puedes ir?"

"Claro, Mike, me encantaría."

"¿Puedes prepararte en más o menos cuarenta y cinco minutos?

"Puedo estar lista a las diez."

"Bueno, me va a tomar unos cuantos minutos ducharme, coger mis cosas e ir a buscarte. Digamos que en media hora o cuarenta y cinco minutos, ¿de acuerdo?"

"Estaré lista."

"Nos vemos pronto." Mike colgó.

***

Juliette llevaba un vestido playero amarillo con tiritas y una falda completa. Una bufanda de seda que parecía de diseñador estaba sosteniendo su cabello color cobre. Sus pies estaban calzados con sandalias de paja y llevaba una bolsa de playa de gran tamaño con una toalla, un abrigo, un cambio de ropa y un pequeño regalo para la anfitriona. Grandes gafas de sol de color bronce ocultaban sus ojos.

Mike la miró y soltó un silbido. "Mmm. Muy bien, señorita Corelle."

Juli mostró sus dientes perfectos. "Pues, gracias, amable señor."

Mike le ofreció una mano. "¿Nos vamos?"

"Vamos", dijo Juli. "Estoy lista."

***

Grace los estaba esperando. "Entren, niños, vengan." Ella abrazó primero a Juli, luego a Mike. "Estoy tan feliz de que hayas podido venir. Pop está encendiendo la parrilla. Quizás nos quede media hora antes de cenar. ¿Por qué no se ponen los trajes de baño y se dan un refrescante baño?

Mike le dedicó una mirada interrogante a Juliette. "¿Qué piensas, Jules?"

"El último es un huevo podrido", cantó y se quitó su falda revelando un traje de baño amarillo de una sola pieza. Arrojó su falda y la bolsa en una silla de playa, dio tres pasos y se zambulló en la piscina.

"¡Eh, espera un minuto!" gritó Mike, demasiado tarde para que ella lo oyera. Miró a Grace con asombro.

"No te quedes ahí mirando", se rió Grace. "Ve a salvarla."

Mike se agachó, se quitó los zapatos y corrió hacia la piscina mientras Juli aparecía en el fondo. Mike saltó en el aire, con ropa y todo, e hizo un gran cañón tratando de ahogarla. Mientras tanto Juli nadó hasta la escalera y salió, antes de que Mike pudiera salir a la superficie. Juli caminó con calma hacia el trampolín.

"Hey, ¿a dónde fuiste?" Mike hizo un giro de 360.

"Estoy aquí", gritó Juli mientras salía corriendo en el trampolín, dobló las rodillas para tomar impulso y se catapultó al centro de la piscina, pasando sobre la cabeza de Mike.

"Muy bien," la amenazó Mike. "Pagarás por esto."

Juli rió hilarantemente y se movió hacia el borde.

Mike la tomó por el pie, justo a tiempo, arrastrándola de vuelta a la piscina. Ella cayó al agua y se acercó chisporroteando.

"No estás jugando limpio", acusó Juli.

"Oh, ¿de verdad?" dijo Mike mientras la agarraba y la hundía.

Juli apoyó los pies contra el fondo, empujó con fuerza y salió disparada del agua justo delante de Mike. Le dio un fuerte empujón y ambos se hundieron. Mike la agarró y la sostuvo abajo. Se puso frente a su cara, nariz a nariz, y sopló burbujas en sus ojos. Ella rápidamente giró la cara y salió a la superficie. Mike la agarró por la cintura y la acercó. "Tápate la nariz," ordenó Mike. Juli respiró hondo y se agarró la nariz. Mike la giró, la envolvió con un fuerte abrazo que rodeaba todo su cuerpo y se sumergió hasta lo más profundo. Luego la alzó para que pudiera agarrarse del borde.

"Te reto a dar cuatro vueltas," dijo Mike.

"Acepto". Juli se lanzó, antes de que Mike tuviera la oportunidad de ponerse en marcha.

"Está bien", gritó Mike, "El sexo más débil obtiene una ventaja." Juli se disparó como un cohete. Ya tenía una vuelta antes de que Mike empezara.

Mike se puso en marcha con una ráfaga de velocidad y un fuerte deslizamiento, arrastrando sus piernas. Después de dos vueltas, la había alcanzado pero empezó a cansarse. Después de pasearse, Juli continuó con un ritmo equilibrado de patadas y deslizamientos, respirando cada dos golpes. Simplemente siguió un ritmo moderado y continuó hasta el final sin demasiados problemas. Mike continuó tratando y poco a poco se fue quedando atrás. Por fin llegó al final y agarró el borde de la piscina, con el pecho hinchado. Juli le sonrió. "Has trabajado mucho hoy, Mike" observó.

"Sí," dijo, entre respiraciones.

Justo entonces, Grace llamó, "La cena estará en diez minutos".

Gracias mamá, pensó Mike.

Juli se deslizó hacia la escalera como una foca.

Mike observó, cautivado, mientras sus delgadas piernas ascendían en sus delicados pies. El agua caía como una cascada en su cuerpo resbaladizo. Ella saltó en un pie y luego en el otro para sacudir el agua de sus oídos. Se envolvió en una toalla de manta turca y se quedó sonriendo a Mike mientras salía.

Pop llamó a Juli desde la parrilla. "Buen trabajo, Juli. Así se hace. Le has enseñado algunas cosas a ese policía arrogante."

"Lo intento, Sr. McGuire, lo intento", se rió.

"Puedes vestirte en el baño de la piscina" dijo Pop. "Déjame mostrarte dónde está."

Juli cogió su bolsa de playa de paja.

"Por aquí," dijo Pop con una sonrisa. "Aquí tienes, Juli." Pop le abrió la puerta. "Creo que encontrarás todo lo que necesitas." Se tocó el estómago y la miró a los ojos.

"Muchas gracias, Sr. McBride," Juli sonrió viéndolo directamente a sus ojos azules que parecían hipnotizados.

Mike permaneció parado en ese lugar.

Pop volvió a la cocina, silbando una pequeña melodía.

"Bueno, Pop," Mike se burló, "Veo que te gusta mi novia."

"Es hermosa," Pop admitió con una sonrisa, "No creerás que es muy joven para mí, ¿verdad?" Pop provocó.

"Tal vez", opinó Mike, con una cara seria.

"En ese caso se la presentaré a Grandpap más tarde"- le dijo Pop.

"Eso tiene más sentido," replicó Mike.

"¿De qué están hablando?" preguntó Grace mientras entraba llevando una bandeja de platos a la mesa de picnic.

"Mmm, eso se ve bien, mamá," dijo Mike, fingiendo no oír.

"Oh, es solo algo ligero para acompañar las costillas."

"Se ve delicioso, mamá. ¿Qué tenemos aquí? Vamos a ver... patatas rellenas horneadas... ¿verdad? "

"Correcto, cariño; y ensalada César con aderezo de frambuesa vinegrête. ¿Crees que es suficiente? Oh, se me olvidó, preparé unas tortas de merengue de limón para el postre. Pensé que el limón ayudaría a cortar el sabor de las costillas."

"Mamá, quedará muy bien", aseguró Mike.

Después de la cena, Mike y Pop se unieron para jugar unas cuantas manos de Euchre, contra Juli y Grace. Comenzando con una baraja de cartas regular, Grace ordenó todas las cartas desde el 2 hasta el 8 y extendió el resto de las cartas en la mesa, boca abajo. "Saquen sus cartas," dijo Pop. "Los primeros movimientos".

Mike sacó un 9, Grace un 10, Pop un Rey, Juliette un 9 en la primera ronda. "Continúen," dijo Pop.

Mike sacó una Reina, Grace un 9, Pop otro Rey, Juliette un Jack.

"Juli reparte," dijo Grace.

Juliette barajó las cartas y repartió primero dos cartas a la vez, luego tres, hasta totalizar cinco cartas para cada uno. Volteó un As de picas en las cuatro cartas restantes. "Buena carta", observó Juli, "¿A alguien le gustan las picas?" Mike no tenía cartas de picas. Empezó la licitación con un pase. Grace conservó tres espadas y una jota, un As afuera y un club de nueve palos. "Recógelo", dijo Grace.

Juli tomó el As y descartó el club. Mike jugó un club de diez, con la esperanza de que su pareja estaba fuera. Grace gimió y jugó sus nueve. Pop cantó, "Aha!" Y tiró el As de los clubes. Juli miró su mano. "Vamos a ver, hmm," pensó. Tenía otro triunfo además del As. Ella tomó el truco con un diez de triunfo y sacó su As de triunfo. Mike descartó a un perdedor. Grace jugó los nueve y Pop tomó el bower izquierdo y el Jota de los clubes. "Lo siento, Grace" dijo Juli. Pop jugó un corazón. Juli jugó diez, Mike lo cubrió con un As y Grace lo superó. Grace la guió a la Jota de picas. Ya no había más picas. Grace estaba fuera del triunfo. Pop tomó el último truco con el As de diamantes. Grace y Juli hicieron un punto.

Grace bromeó diciendo: "Las cartas cayeron, no podríamos haberlas tomado todas, de todas formas, Juli".

Mike barajó las cartas y las repartió. Él y Pop ganaron la segunda mano tomando todos los trucos. La puntuación fue de 2 a 1, a favor de los hombres. Mike y Pop se rieron y cantaron. Grace y Juli simplemente sonrieron. "Solo esperen", dijo Grace. "Vivirás para comerte tus palabras. Nuestro acuerdo es el siguiente."

Grace repartió las cartas y apareció una Jota de picas. "Ves, ¿qué te dije?" Le sonrió a Juli y tomó su mano. Tenía una pica y una reina. Pop pasó, Juli tuvo que pasar, Mike pasó. Grace alargó la mano y bajó la Jota. Miró a Pop. "Tu oferta."

"Jugaré corazones y lo jugaré solo", cantó.

Mike aplaudió, "¡Ve por ellas, socio!"

Pop tenía cuatro corazones altos y un club bajo. Consiguió tres triunfos uno por uno. Quedaron dos cartas. "Salvar el derecho," dijo Pop, mientras llevaba su último triunfo. Juli conservó dos Ases. Desechó el diamante y conservó el club. Pop tomó la carta restante. Juli tomó el último truco con su As. Puntuación, 3 a 1 en favor de los hombres. Una puntuación ganadora era de diez. Grace estalló en risas. "¡Muy bien, Juli! ¡Tomen eso, hombres! ¿De quién es el trato?"

"Mío," dijo Pop, cogiendo las cartas. "Vas a lamentar haberte reído, Gracie." El juego continuó uniforme hasta que la cuenta alcanzó 8 a 6 en favor de los hombres. Era el turno de Juli para jugar. Contuvo la respiración mientras levantaba la primera carta de la pila. "¡Que esté allí!" dijo Juli. Eran los diez de diamantes. "No ayuda," suspiró Juli. Tomó su mano, una a la vez. Diamante, diamante, diamante, diamante, pica.

"Tres pases para ti, Juli," dijo Pop.

Juli miró su mano. Sacó la pica y la deslizó boca abajo bajo la pila de cartas, recogiendo los diez de diamantes. "Voy a jugar sola", dijo.

Grace puso sus cartas boca abajo, cruzó las manos y gritó: "¡Muy bien, Juli!"

Todo el mundo sabía que si alguien hace una oferta y jugaba una mano "sola" y lo lograba, el equipo marcaba cuatro puntos. Como el equipo de Grace y Juli ya tenía seis puntos, Julie se dispuso a ganar el juego. Quedaban solamente dos triunfos, el Bauer izquierdo (Jota de corazones) y una reina. Si uno de los hombres los tenía los dos, Juli perdería un truco. Si no, ella se los llevaría todos, ganando el partido.

Bueno, solo hay una forma de averiguarlo, pensó Juli. Dejó caer su Jota de Diamantes. Mike jugó la Reina. Pop dejó caer otra carta. Mike debe tener la otra Jota, ¡demonios! Oh, bueno, esto es lo mejor. Le gané nadando y en el bowling. Debería dejarlo ganar alguna vez. Dejó caer su palo de triunfo y le sonrió a Mike. "Adelante, tómalo," lo invitó.

Mike examinó su mano, miró a Juli a los ojos y lentamente sacó una carta, escondiendo su cara de Juli. La sostuvo en la mano durante unos segundos, aumentando el suspenso. Luego la guardó en su mano. Con una sonrisa, la cambió por otra carta. La estaba provocando.

"¿Y bien?" dijo Juli, "Decídete."

Mike tiró descuidadamente una pequeña espada y se echó a reír. "¿Te puse a pensar, no?

Juli gritó, "¡Sucio! Nunca la tuviste, ¿verdad? Ella bajó sus cartas. "El resto es mío," dijo Juli. "¿Quién tenía la otra Jota?" Ella miró a su alrededor.

Grace se echó a reír, "Yo lo tenía, Juli. Has ganado. ¡Felicitaciones!" Grace levantó su mano.

Juli sonrió y le chocó la mano. "Ganamos", corrigió. "Felicidades, Grace, no podría haberlo hecho sin tu Jota de corazones.

"Sigan celebrando, muchachas" dijo Pop.

"Disfrútenlo mientras puedan", dijo Mike.

"Solo espera", dijo Pop. "Nos vengaremos."

"Exijo una revancha", dijo Mike.

"De ninguna manera," dijo Grace. "Ganamos, justo y limpio. Aprendan su lección como hombres, mientras yo voy a preparar el café." Se alzó.

"Yo te ayudaré," dijo Juli, reprimiendo una risita.

Ambas mujeres desaparecieron en la cocina.

Grace midió el café. "¿Puedes venir a una cena familiar una semana después del domingo?," preguntó Grace. "No has conocido a la hermana gemela de Mike, Michelle, y a su familia, ¿verdad?"

"Oh, Grace, me encantaría, pero mi permiso casi ha terminado. Tengo que volver a San Francisco, o podría perder mi trabajo."

"Ya veo," dijo Grace. "Espero que vengas a visitarnos a menudo."

"Yo también espero," dijo Juli con un suspiro.

Grace llenó la cafetera con agua y la encendió. "Creo que serviré estas tortas de limón que todos estaban esperando a la hora de la cena. ¿Quieres sacar eso por mí y poner una en cada plato? Las demás puedes dejarlas en la bandeja. Los cubiertos y las servilletas están en esos dos cajones al final. Grace alcanzó una gran bandeja y la puso en el mostrador. "Creo que todo cabe en esta bandeja." Grace se apoyó en el mostrador y observó cómo Juli trabajaba. "No pude evitar ver lo mucho que Mike y tú disfrutan la compañía del otro", opinó.

"Sí, creo que es así," convino Juli. "Sé que disfruto mucho estar con Mike. Tu hijo es un buen hombre."

"Gracias," dijo Grace. "¿Las cosas están bien entre ustedes?" preguntó Grace, buscando información.

"Creo que sí, Grace. ¿Puedo llamarte Grace?"

"Sí por favor, hazlo. Mike me llama mamá; Pop me llama Gracie."

"Grace, me gusta mucho Mike, supongo que eso es lo que quieres preguntar... pero... No sé cómo se siente él."

"Oh, querida, querida, está loco por ti," le aseguró Grace.

"No lo sé," replicó Juli.

"Créeme, querida, una madre sabe estas cosas."

"No sabría", suspiró Juli, pensando en los niños que esperaba tener, algún día.

"¿Así que no se te ha declarado?" adivinó Grace.

"Ni siquiera me ha dado una señal. Me parece que se está aguantando. Realmente me gusta, Grace, y amo estar contigo, Pop y Grandpap. Pero, ya sabes, una chica de mi edad no puede esperar para siempre. No si quieres hijos y una familia. No tendré muchas oportunidades."

"¿Y qué hay de ese hombre que tenías en Frisco, Jo algo?" preguntó Grace.

"Jo Jacobs. Era solo alguien que me llevaba a lugares agradables. No significaba nada para mí. Además, lo dejé. Se había vuelto abusivo y no confiaba en él. Salimos por tres meses, pero aún así, yo sabía muy poco de él. Resulta que fue arrestado por cargos de drogas y está en libertad bajo fianza a la espera de juicio. Definitivamente no es un buen partido."

"¡Oh Dios mío! Tuviste que alejarte de él, ¿no?

"Sí, así fue. Yo también tuve cuidado. Hice que lo investigaran por uno de esos servicios. No consiguieron nada."

"Qué miedo."

"Sí, fue horrible y lo sigue siendo. Es por eso que me mantuve lejos por tanto tiempo. Pero, realmente tengo que volver. Lo siento, Grace, sé que tienes grandes esperanzas para tu hijo; pero creo que será alguien más. No te preocupes, él encontrará una chica agradable. Mike puede encontrar a la indicada por ahí," Juliette suspiró.

"Lo sé," dijo Grace. "Ha sido así desde que le creció el segundo diente. Las chicas se desmayan por él y él no parece darse cuenta. Tal vez ha sido demasiado fácil para él."

"Bueno, dime si tienes algún consejo" le sugirió Juli.

"Supongo que se necesita paciencia. Tal vez cuando te vayas, despertará," gruñó Grace.

Juli se echó a reír. "O eso o él me olvidará."

"No dejes que te olvide, Juli," dijo Grace, apoyando una mano reconfortante en el brazo de Juli. "Me gustaría que fueras mi nuera y ls madre de mis nietos."

"Parece que el café está listo", dijo Juli, cambiando de tema. Bajó cuatro tazas y las colocó en la bandeja con la crema y el azúcar. "¿Puedo tomar esto?"

"Sí, por favor, yo llevaré la cafetera," dijo Grace.

Persiguiendo la Cocaína
Por Dorothy May Mercer
Narrado por Nicolás Villanueva

CAPÍTULO DOCE

La Perra Lady Muestra Más Talento

Mike agarró la correa para perros. "Vamos, Perra Lady, vamos." Lady comenzó a agitar su cola locamente, jadeando y saltando arriba abajo. Mike apagó el sistema de alarma, se arrancó un cabello de la cabeza, lo mojó y lo atravesó en la rendija de la puerta. Lady saltó al asiento delantero de la camioneta de Mike y tomó su posición como copiloto.

Era miércoles, la tarde libre de Mike. Se dirigía a hacer algunos recados y hacer algunas compras. Hacía un buen día en la Ciudad de Carson, 65 grados y algo de viento. Mike dejó la ventana abierta para Lady, para que pudiera meter su nariz en la brisa. Lady estaba en su gloria.

Mike se estacionó frente al supermercado. Esta era su última parada. Mike planeaba comprar sus artículos congelados al final y regresar a casa. Bajó la ventana de Lady hasta la mitad y le ordenó, "Siéntate, quieta." Lady no intentaría seguirlo.

La cabeza de Lady sobresalía de la ventana, con la lengua colgando. Intentaba observar a los pájaros, a los transeúntes, a las palomas que buscaban migas, y al eventual poodle engalando. Si algún hombre o bestia se acercaba demasiado al camión de Mike, les advirtería con un amigable "Yip". Ninguno se atrevía a acercarse.

La atención de Lady se volvió hacia la puerta de salida. Vio que Mike venía corriendo a toda velocidad, sin traer nada. Algo está mal, ella lo sabía.

Mike saltó al asiento del conductor y empezó a moverse. Lady le dio un toque en la mano, como para pedir una explicación.

"No importa, Lady," dijo Mike. "Buscaremos tu comida más tarde."

Eso no era lo que quería, pensó Lady. ¡Como si lo único que me importara fuese mi estómago! Bueno, en realidad sí es importante, pero también tú. ¿Acaso no camine sesenta millas con el estómago vacío para llegar hasta ti? ¡Humanos! No tienen telepatía mental.

Mike marcó en su teléfono. "Mike McBride aquí. ¿Qué ocurre?" preguntó.

"Tenemos un susto de bomba en la escuela secundaria. Estamos llamando a todas nuestras personas fuera de servicio."

"Estoy en camino," dijo Mike.

¡Bingo! pensó Lady. Puedo ayudar con eso.

Mike no sabía que Lady era una experta entrenada en rastrear bombas. Podía localizar materiales de fabricación de bombas además de drogas ilegales con un 99% de precisión. En realidad se graduó como la mejor de su clase en la escuela de obediencia básica y la escuela de formación avanzada.

Cómo llegó a ser el perro de Norton era un misterio. Mike la había adoptado después de que Norton prendiera fuego a la casa de su primo y fuese sorprendido con drogas. Como ahora Norton estaba bajo custodia en la casa segura del Departamento de Policía de la Ciudad de Carson, Mike había intentado devolverle a Lady. Sin embargo, Lady se escapó de Norton. Ella estaba feliz de alejarse de Norton porque era una perra policía, no una criminal. Cuando encontró a Mike fue el día más feliz de su vida. Ella viajó sesenta millas para volver con Mike. Ella estaba dedicada a él y él a ella.

Mike dejó la ventana abajo para Lady, salió del coche y se apresuró al centro de comando donde Leo estaba dirigiendo las operaciones.

El teniente Leo MacGrady terminó de hablar con el comunicador y lo apagó cuando vio a Mike acercándose. "Tenemos un incidente de alarma de bomba aquí en marcha," dijo Leo. "Tenemos personal evacuando la escuela."

Mike podía ver a estudiantes y maestros corriendo de la escuela y reuniéndose en un campo deportivo cercano para detenerse en pequeños grupos preocupados. Algunos llevaban libros y mochilas. Otros no tenían abrigo ni sombrero. Algunos lloraban mientras otros los consolaban. Echaban vistazos continuamente al edificio de la escuela, como si esperaran que explotara en cualquier momento. Todo el mundo estaba tratando de averiguar lo que estaba sucediendo.

"Hubo una llamada telefónica amenazadora," dijo Leo. "El director tomó la llamada. No entendía lo que significaba. Era una voz masculina que hablaba."

"¿Qué dijo?" preguntó Mike.

"Algo en este sentido: Hay una pequeña bomba escondida en la escuela. Dígale al niño Monroe que es una advertencia para que mantenga la boca cerrada a menos que quiera que la escuela explote con todos los niños dentro. La próxima vez habrá una bomba más grande y ninguna advertencia."

"¿Has dicho Monroe?"

"Sí, ¿lo conoces?"

"Por supuesto. Es Isaac Samuel Monroe, Tercero. Es el chico que fue testigo en ese caso de drogas de violación que involucró a Mary Beth Baker."

"¡Oh, ese!" dijo Leo. "Ahora todo tiene sentido."

"No podemos decir nada a los maestros aquí."

"No, por supuesto que no," dijo Leo. "Pero ¿dónde está escondido Isaac Monroe?"

"No lo está," dijo Mike. "Él y sus padres rechazaron la protección."

"Ese fue un gran error," dijo Leo.

"Bueno, creo que esto puede cambiar su actitud," dijo Mike. "Entonces, ¿qué pasa con la amenaza de bomba?"

"Tenemos un equipo de material peligroso en camino. Tendrán que atravesar cada habitación del edificio. Creo que puede ser que su furgoneta la que está entrando ahora mismo entre en el estacionamiento."

La furgoneta se detuvo. Los hombres y las mujeres de blanco se bajaron y comenzaron los preparativos. Un hombre se acercó, obviamente era el líder. Leo hizo presentaciones y rápidamente lo hizo acelerar.

"Llegamos tan rápido como pudimos," explicó el líder del equipo. "Esto puede llevarnos toda la tarde. Por lo general usamos un perro con olfato de bomba, pero ninguno estaba disponible. Tendremos que hacerlo de la manera pasada de moda, por nosotros mismos. Podría enviar a los estudiantes a casa."

Los oídos de Lady se animaron cuando la furgoneta llegó. Reconoció esos trajes blancos, los olores y el lenguaje. Por una vez, desobedeció las órdenes de Mike. Solo había espacio suficiente para que ella se colara por la ventana y saltara al suelo. Cuando el escuadrón de la bomba se estaba reuniendo, Lady se acercó y tomó su lugar habitual con el equipo. "Whoa, mira quién está aquí," dijo un hombre.

"¿Podría ser ésta la respuesta a nuestras oraciones?" dijo otro.

"No puede ser," dijo un tercero que resultó ser el guía del perro.

Lady lo miró con atención. Ella se acercó a él, movió la cola y empujó su mano con la nariz. Ella dio un pequeño yip y miró hacia el edificio, tratando de decir, "Vamos, Hombre."

"¿De quién eres?" preguntó el hombre. Lady se limitó a frotar sus orejas contra su mano. El hombre se agachó distraídamente y empezó a rascarle las orejas. "Espera un minuto. ¿Qué tenemos aquí?" se inclinó y examinó el interior de la oreja de Lady para encontrar un tatuaje revelador. "Capitán," llamó. "Mire a este perro."

"¿Por qué? ¿Qué tiene?" preguntó el líder mientras se paseaba.

"Ella tiene un número de servicio tatuado dentro de su oreja. Creo que tenemos un miembro entrenado del cuerpo canino. ¿Qué dices, perrita? ¿Quieres ir a buscar algunas bombas?"

Lady sacudió la mano y agitó la cola.

"Bueno, pues vaya pasada," dijo el hombre.

"Me cambiaré," dijo el capitán.

"¿Es esto lo que buscas?" preguntó Mike caminando hacia ellos con una correa de perro en la mano.

"Gracias, Teniente. Lo tomaré, pero probablemente no lo necesitaremos. ¿Le importa si pedimos prestada su perra?"

"Su nombre es Lady."

"Hola, Lady," dijo el guía del perro mientras le rascaba la cabeza y la saludaba. Le lamió la cara, solo una vez. "Ve, Lady. Ve a buscar una bomba."

Lady asumió su postura más importante y salió corriendo hacia el edificio.

Mike meneó la cabeza. "¡Bueno, debo estar condenado!"

Lady llevó al equipo a la escuela. Se dirigió a ellos para obtener instrucciones, ya que la enviaron a una primera habitación, luego a otra. En menos de veinte minutos, Lady había localizado una bomba en la biblioteca de la escuela. "Aquí está," gritó el primer oficial. Lady había terminado la jornada. El escuadrón de bombas pasó las próximas horas, eliminando la bomba mediante el uso de un robot y equipo resistente.

Los estudiantes y maestros fueron enviados a casa por ese día. Isaac Samuel Monroe III fue a casa en una caravana de autos de la policía bajo guardia pesada. Claramente él y sus padres tenían algunas decisiones que enfrentar.

"Mamá, papá, estoy en casa," dijo Sammy

"¡Isaac!" lo llamó a su madre, "Gracias a Dios que estás bien."

"¿Qué pasó en la escuela?" preguntó su padre.

"Nos despidieron temprano debido a una alarma de bomba. Alguien llamó a la escuela. Eso es todo lo que sé," dijo Sammy.

"¿Encontraron una bomba?"

"No lo sé," dijo Sammy.

"Lo escuchamos en las noticias y llegamos a casa. Les advirtieron a todos que se mantuvieran alejados de la escuela."

"Parecía que se lo estaban tomando en serio," dijo Monroe.

"Por supuesto, tienen que tomar cualquier amenaza en serio. Por eso es ilegal hacer llamadas telefónicas amenazantes."

El timbre sonó. "¿Lo atiendo, mamá?" preguntó Sammy.

"No, Isaac, deja que tu padre responda a la puerta, esta vez. Gracias por ofrecerte," dijo la señora Monroe.

"¡Oficial Mulholland!" saludó el señor Monroe, "¡Me alegra que esté aquí, y el teniente McBride también! Bienvenido a nuestro hogar."

"Buenas tardes," dijeron ambos oficiales mientras le estrechaban la mano.

El señor Monroe dio un paso atrás para permitir que los oficiales entraran en la habitación. "Por favor, entren," dijo.

"Gracias, señor," dijo Mike.

"Hola Oficiales," dijo la señora Monroe. "¿No quieren sentarse?"

Mike y Sam inclinaron sus sombreros en saludo.

"¿Puedo traerles algo de refresco, tal vez un poco de café o limonada?" preguntó la señora Monroe.

"Gracias señora. Eso es muy amable, pero, si no le importa, preferimos hablar con los tres sobre lo que pasó en la escuela esta tarde," dijo Sam.

"Oh, sí, estamos más que ansiosos por escuchar más," dijo el señor Monroe. "Nuestro Isaac parecía saber muy poco más allá del hecho de que había una alarma de bomba, y todos los estudiantes fueron enviados a casa temprano."

"Si, eso es correcto. Una pequeña bomba fue hallada escondida en la biblioteca. Si hubiera explotado, hubiera habido daños en la habitación y en los libros, pero poco daño estructural. Lo que hace que el incidente sea peligroso, en lo que a ustedes se refiere es el mensaje que vino con la llamada telefónica."

"¿Qué mensaje?"

"Estoy seguro de que estará de acuerdo en que esto debe mantenerse confidencial."

"Por supuesto," dijeron los Monroes.

"Bien," dijo Mulholland. "Una voz masculina llamó al director para decir que había una bomba escondida en la escuela. Es lo que dijo después que más les concierne."

"¿Ah?"

Sam sacó una tarjeta. "Déjenme leerlo para ustedes exactamente como lo recuerda el director, y cito, 'Dile a ese chico Monroe que esto es solo una advertencia'".

La señora Monroe jadeó y se hundió contra su marido.

"Hay más," dijo Sam. Miró al señor Monroe, en cuestión.

"Continúa," dijo el señor Monroe.

"Como dije, 'Dile a ese niño Monroe que mantenga la boca cerrada. Esto es solo una advertencia. La próxima vez será una bomba más grande y no habrá advertencia'."

La señora Monroe empezó a sollozar, "Oh Abraham, ¿qué haremos?" Ella se apoyó en su pecho y se lamentó. El señor Monroe miró a Sam con consternación.

Mike habló. "Señor y señora Monroe, tómense todo el tiempo que necesiten. Esperaremos. Pero hay que tomar algunas precauciones para su protección. Estamos aquí para hablar sobre sus opciones."

"Pero, ¿qué podemos hacer?" preguntó el señor Monroe. "Tengo un negocio que atender. Isaac tiene su educación. No podemos irnos."

"Debe ser claro para todos que estas personas son un asunto serio. Ya no es solo su seguridad. Afecta a todas las personas alrededor de su hijo. Estos criminales son despiadados. No titubearon para poner en peligro a toda una escuela, solo para llegar a Isaac. Se ha convertido en una cuestión de seguridad pública."

"¿Estás diciendo que Isaac no puede ir a la escuela?"

"Todo lo que estoy diciendo es que tal vez esa es una opción que debemos considerar."

"Muy bien, entonces, ¿cuáles son las otras opciones?"

"Digamos que dejó la escuela secundaria, pero se quedó en una casa segura donde podía trabajar en línea con un tutor privado."

La señora Monroe dejó de sollozar y miró hacia arriba.

"¿Es eso posible?" preguntó el señor Monroe.

"Oh si."

"Aquí en la Ciudad de Carson"

"No en la ciudad, pero cerca."

"No tenía ni idea."

"Eso es reconfortante saberlo. El Departamento de Policía de la Ciudad de Carson ha hecho todo lo posible para mantenerlo en secreto," dijo Mike. "Pensé que su red de espías lo sabría."

"¿Qué está diciendo? No tengo una red de espionaje," negó el señor Monroe.

"Ah, pero claro que sí; y lo sabemos."

El señor Monroe reprimió una sonrisa. "Es cierto que mi empresa tiene una fuerza de seguridad muy eficiente. Tal vez haya una manera de aprovechar eso. Algún tipo de esfuerzo cooperativo con el Departamento de Policía de la Ciudad de Carson."

Mike preguntó, "¿Entonces es cierto?"

"Bueno, digamos que nuestros activos estarán a su disposición."

Mike: "Sería posible alojar a toda su familia en nuestra ubicación segura, si puede estar lejos de la sede de su negocio."

Monroe: "Eso sería difícil. Hay muchas cosas que puedo hacer desde una ubicación remota mediante el uso de nuestro satélite de empresa segura; pero ciertas decisiones requieren mi presencia física."

Mike: "Ya veo. En ese caso, creo que usted podría viajar de ida y vuelta de su oficina a la ubicación segura de forma muy limitada."

Sam: "Sería importante tomar precauciones contra el descubrimiento. Sus adversarios también tienen equipos sofisticados: satélites espía, diminutos aviones de observación disfrazados de insectos. Sin duda tienen espías en su oficina y podrían estar escuchando en esta conversación, también."

Monroe: "En ese caso, vengan conmigo."

El señor Monroe se dirigió hacia la parte trasera de la casa. "Síganme en silencio," dijo.

El señor Monroe se detuvo en una pequeña oficina/biblioteca en la parte trasera de la casa. Esperó a que todos se reunieran y cerró la puerta. Sonriendo con seguridad sacó dos libros de una estantería más baja, metió la mano y tomó un dispositivo de control remoto. Sustituyó los dos libros e hizo un gesto a todos para que se apartaran. El señor Monroe escribió una larga serie de números; colocó su pulgar en un área especial del dispositivo, luego introdujo más números. Silenciosamente la estantería giró sobre su eje revelando una escalera descendente. Luces suaves iluminaban los escalones. El señor Monroe se apartó y señaló hacia la escalera. La señora Monroe encabezaba el camino. Cuando todo estaba claro, el señor Monroe usó el mando a distancia para cerrar la apertura. En un instante, se unió al resto del grupo en una habitación bien equipada.

Mike abrió la boca para hablar. El señor Monroe levantó un dedo silencioso a sus labios y luego levantó un dedo para indicarle "Solo un momento". Cogió una varita que lo detectó y la pasó por su propio cuerpo, luego por su esposa. Levantó una ceja a Mike. Entendiendo la situación, Mike levantó los brazos y extendió las piernas para permitir que Monroe revisara su cuerpo. Monroe comprobó cada uno, a su vez, y luego probó las paredes y el techo de la habitación. Muy bien, amigos, estamos limpios. Estoy seguro de que esta habitación está libre de bichos y que no traemos ninguno con nosotros. Ahora todos podemos hablar libremente.

Mike y Sam estaban asombrados. "Esto es muy impresionante, señor," dijo Sam con cierto temor.

"En efecto," dijo Mike. "No tenía idea de lo lejos que deben ir las compañías estadounidenses para proteger sus secretos."

"Sí, es una lástima que esto sea necesario. El triste hecho es que las mejores innovaciones para salir de las mentes libres de hombres y mujeres están sujetas al espionaje industrial," dijo el señor Monroe. "La mayor parte de la mejor tecnología de Estados Unidos ha sido robada y reproducida en otros países."

"Así que nuestros enemigos lo tienen," dijo Mike.

El señor Monroe se rió, "Oh, no es tan así."

"¿Qué quieres decir?" preguntó Sam.

"Nuestros amigos lo tienen, mi buen hombre... ¡nuestros amigos!"

Sam hizo una mueca, "Con amigos así, ¿quién necesita enemigos?"

"Bien dicho," dijo sonriendo el señor Monroe.

"Ahora que estamos aquí en tu habitación segura, tal vez este sea un buen lugar para que Isaac Samuel se esconda," le ofreció Sam.

"¿Esta es una posibilidad?" preguntó el señor Monroe, mirando a Sammy.

Isaac Samuel abrazó su cuerpo y sacudió la cabeza.

"No creo que le guste la idea," sugirió Mike.

"No puedo culparlo mucho," dijo Monroe. "Cómodo como es, este confinamiento podría alargarse rápidamente. Para empezar, dependería de que Rose estuviera aquí para traer sus comidas. Eso pondría a Rose en peligro, ¿no lo ven?"

"Tal vez podría estar bien aquí por un día o dos a la vez."

Sammy se encogió de hombros.

"Tal vez así sí, pero hay otras opciones," dijo Monroe.

"¿Y eso sería?" preguntó Mike.

"Tenemos un apartamento entero, dentro de la sede de Monroe Enterprises. Lo mantenemos disponible para nuestra gente cuando vienen del campo. Está en uso casi constante, pero Rose y Sam podrían ocupar un ala del apartamento. Estarían muy cómodos allí. Todos los dispositivos electrónicos posibles están disponibles para su uso. Hay un chef privado y un complemento de seguridad. El apartamento es impenetrable."

Sam habló: "Puedo visualizar usando una combinación de los tres lugares incluyendo esta habitación, su apartamento de la compañía, y nuestra ubicación segura. El movimiento entre los lugares tendría que ser completamente al azar, manteniendo así al cártel confundido mientras intentan calcular el patrón."

"Me gusta eso," dijo el señor Monroe. "¿Qué piensas, Isaac?"

Sammy se encogió de hombros, "Supongo que sí. ¿Podría visitar a mis amigos?"

"Ese es el problema, ¿no?," dijo el padre de Sammy. "Me temo que no, hijo mío. Por mucho que los eches de menos, no creo que podamos asumir ese riesgo. Estarías poniendo a tus amigos en un terrible peligro, ¿verdad?"

Sammy miró a su padre y asintió.

"Lo siento, hijo. Esperemos que esto no dure mucho tiempo." Girándose hacia los oficiales, el señor Monroe dijo, "Tengo la intención de involucrar a mis propias fuerzas de seguridad en localizar a los responsables de esto. Mientras tanto, tenemos que poner en marcha esta operación lo más rápidamente posible."

"Estoy de acuerdo," dijo Mike. "Empecemos por conseguir que los tres empaquen todo. Sammy y Rose... ¿Puedo llamarla Rose, señora Monroe?"

"De acuerdo," sonrió. "Puedes hacerlo cuando estemos en privado. En compañía prefiero señora Monroe."

Mike se aclaró la garganta, "Sammy y Rose pueden venir con nosotros a la ubicación segura. De esa manera ella será capaz de ver que Sammy... er... Isaac tenga todo listo. Entonces, la traeremos de vuelta para que se quede con usted en el apartamento de la compañía. Isaac puede mantenerse al día con sus estudios en la casa de seguridad y subirlos a través de su satélite."

"¿Tienes una mascota?" preguntó Sam. "¿Tal vez un perro o un gato?"

Rose respondió: "A Isaac no se le han permitido mascotas, hasta ahora. Sin embargo, puedo ver cómo eso podría aliviar su soledad. ¿Qué piensas, Abraham?"

"Esa es una excelente idea, Rose." el señor Monroe le levantó una ceja a Sammy.

"Oh Padre, ¿podría, podría?" Sammy mostró algo de emoción por primera vez.

"Un cachorro le daría a alguien por quien preocuparse. Entrenar a un cachorro puede ser muy exigente," dijo Rose. "Por eso no lo hemos permitido. No podíamos permitir que Isaac se distrajera de sus estudios. Desafortunadamente, su infancia ha sido restringida por las demandas de Monroe Enterprises."

Aunque desconcertado por esa observación, Mike eligió ignorarla. "Déjemelo a mí," sugirió Mike. "Para empezar, Sammy, ¿qué te parece si te presto a mi perra, Lady, por unos días, hasta que encuentre al cachorro perfecto para ti?"

"Sí, creo que está bien. ¿Es una buena perra?"

"Ella es la mejor perra de todos los tiempos," dijo Mike, "y un verdadero héroe, también. La amarás... pero, no demasiado, espero. La querré de vuelta."

"Muy bien," dijo el señor Monroe. "Creo que tenemos un plan. ¿Vamos a empezar?" miró a cada uno, a su vez.

"¿Hay alguna otra pregunta antes de que salgamos de la habitación segura?" preguntó Mike. "Es importante que no demos ninguna pista sobre lo que está sucediendo, una vez que salgamos de esta sala."

"¿Nos dirán dónde está la zona de seguridad?" preguntó el señor Monroe.

"Prefiero no revelar eso, si no le importa. Sin embargo, puedo asegurarles que todos los oficiales de nivel superior en el Departamento de Policía de la Ciudad de Carson saben dónde está.

Respetuosamente le pido que honre la ubicación secreta y se comprometa a no tratar de encontrarla."

"Así lo haré," dijo el señor Monroe.

"¿Han arrestado a ese desgraciado que le dio a Mary Beth el GHB?" preguntó Sammy.

"Aún no," dijo Mike. "Lo siento."

"Pero, Teniente, tiene que conseguir a ese tipo; tiene que hacerlo."

"Tenemos una buena descripción," dijo Sam, "pero no pudimos encontrar un nombre o lugar de residencia. Todas nuestras patrullas están buscando a alguien con esa descripción 24/7."

"Es solo cuestión de tiempo," aseguró Mike.

"¿Cómo voy a llegar a la zona de seguridad?" preguntó Sammy.

Mike miró a Sam Mulholland. "Creo que el sargento Mulholland estará encantado de llevarte a ti, a tu madre y a mi perro en un vehículo civil. ¿Está bien?"

"Genial," dijo Sammy.

***

Persiguiendo la Cocaína

Por Dorothy May Mercer

Narrado por Nicolás Villanueva

CAPÍTULO TRECE

La Guardia Costera de los Estados Unidos tras el Submarino con Droga

A bordo del USCGC Merrimac El Capitán Burns sostenía un puntero láser en una mano mientras informaba a un selecto grupo de marineros y mujeres que se prepararan para una misión: "Gente, estamos acercándonos a este grupo de atolones que ven aquí". El Capitán hizo clic en el mando a distancia que tenía en la otra mano, haciendo que el mapa se agrandara y se hiciera más preciso en el área de destino.

Burns continuó: "Nuestra misión altamente secreta es aprehender un pequeño submarino propiedad del Cartel de Droga de la Costa Oeste, cuya cabeza es el infame narcotraficante y capo rey John Jacobs, también conocido como Joseph la Rata. Sabemos que el sub entregó drogas ilegales a un almacén particular en San Francisco. Lo que no sabemos es exactamente de dónde vinieron las drogas, aunque sospechamos que es de Columbia, a juzgar por la calidad de los productos.

"Hemos estado rastreando el submarino desde que dejó su carga. Planeamos llevarnos a la tripulación viva y confiscar el submarino cuando salga a la superficie para reabastecerse de combustible. Ahora parece que el submarino se dirige a una isla de un gran grupo de pequeñas islas que se ven aquí, aquí y aquí." El Capitán indicó las islas con su puntero. "Observen que los indicadores de profundidad son demasiado superficiales para nuestra nave."

"Nos conviene seguir este submarino a su destino lanzando nuestros barcos más pequeños. Ahí es donde ustedes entran, caballeros. Gracias a nuestra gran flota, tenemos una amplia variedad de capacidades. No solo contamos con tecnología de vanguardia, sino que contamos con varios buques pequeños, totalmente equipados, rápidos y ágiles, capaces de navegar por las aguas que es probable que se encuentren en la zona indicada."

"A medida que el submarino llegue a aguas poco profundas, puede emerger superficialmente y moverse alrededor de un número incalculable de entradas, calas, pequeños estrechos y atolones, muchos de los cuales no han sido mapeados. Parece absurdo que el cártel tenga una estación de reabastecimiento ubicada en esta zona, pero cosas más extrañas han sucedido. ¿Por qué el submarino se dirigiría a estas islas? Simplemente no lo sabemos."

"Su misión principal es aprehender el submarino y llevarse a su tripulación vivo, si es posible. Su misión secundaria es aprender todo lo que puedan sobre lo que el submarino está haciendo aquí. ¿Tiene el cartel una estación aquí? Si es así, podemos haber tropezado con algo realmente grande, la sede secreta de la flota de submarinos del cartel de la droga."

"El teniente Eugenio Bartolomé estará a cargo de la operación. Eugene, por favor, tome la palabra e instruye a tus tripulaciones."

El teniente Bartholomew dijo, "Gracias Capitán. Gente, estarán en cuatro pequeños, extremadamente rápidos y móviles barcos Defender Clase B, RB-S, desplegados con comunicaciones abiertas entre nosotros. Tengan cuidado con su lenguaje, pues no queremos delatar nuestra operación. Debemos asumir que el enemigo estará monitoreando nuestras frecuencias. Vamos a recorrer el patrón de frecuencia preconfigurado en intervalos de cinco minutos. Ajusten sus dispositivos de autocontrol de acuerdo a eso. Vamos a sincronizar nuestros relojes ahora a las 0800." Hizo una pausa,"Listo... cinco, cuatro, tres, dos, uno, ¡fuera!"

"Lanzaremos dos de nuestros drones 'de aves marinas' desde el buque de mando. Los drones se configuran para volar por encima y seguir al submarino, una vez que salga a la superficie. Nuestro satélite está programado para ver un radio de cincuenta millas alrededor de nuestra ubicación. Nos dará una visión continua de la zona, transmitida directamente a sus ordenadores. Podrá alternar entre las dos vistas, la de los drones y el satélite. También tendrá capacidad de hacer zoom."

"Cada uno de los barcos tiene un arsenal completo de armas compactas de ataque y defensa, granadas propulsadas por cohetes, cargas de profundidad, ametralladoras y comunicaciones de vanguardia. Por favor, equípense con trajes de flak, cascos comunicador, gafas de visión nocturna, y sus armas personales."

"Deben permanecer en alerta hasta nuevo aviso. Puede ocurrir en horas; puede ser en días. Se organizarán en pequeños grupos de tres. Su pequeño grupo dormirá y comerá en los relevos, de modo que dos de ustedes estarán despiertos y alertas en todo momento. Haré una pausa de exactamente un minuto para que organicen sus grupos."

Un minuto después, el teniente Bartholomew continuó: "Cuando el Capitán Burns declare un lanzamiento, recibirán un aviso de advertencia de veinte minutos. En ese momento, el personal de su pequeño grupo se equipará inmediatamente y se reunirá aquí para recibir instrucciones finales y prepararse para el lanzamiento. Gracias por su atención. Buena suerte, hombres y mujeres. Adelante. ¡Fuera!"

Adiós Jules

"Suzanne, ¿me puedes pasar esas zapatillas?" preguntó Juliette Carolle. Su hermana cogió las zapatillas y cruzó el dormitorio de Juli, sosteniéndolas. "Gracias," dijo Juli. Metió las zapatillas en un extremo de una maleta grande. Juli sonrió a su hermana, "Ha sido maravilloso estar contigo durante el último mes".

"Como en los viejos tiempos," dijo Suzanne. "Voy a echarte de menos, Jules." Colocó un brazo alrededor de Juliette y le dio un apretón.

"Lo sé," Juliette asintió con la cabeza, limpiando una lágrima imaginaria. Le devolvió el abrazo. Permanecieron juntas un momento, mirando la maleta. "Entonces, ¿qué piensas? ¿Lo he recordado todo?"

"Ah, estás bromeando, por supuesto. ¿No es parte de nuestra tradición familiar dejar siempre algo importante? "

"Supongo que tienes razón, Suze. Mamá siempre metía unas galletas de mantequilla de maní en el paquete cuando nos envió los artículos olvidados." Ambas se rieron del recuerdo.

"Mamá no va a hornear galletas para ti por lo pronto."

"No seas negativa, Hon. Tal vez nos sorprenda a todos. Ciertamente le ha ido bien con su terapia; al menos eso es lo que me parece."

"Oh, tienes razón, por supuesto," dijo Suzanne, "Parece que será un largo proceso. Papá y yo esperamos que pueda pasar al estatus de paciente ambulatorio pronto."

"Sí, lo sé," dijo Juli.

"¿Tendrás tiempo de pasar por el centro de rehabilitación para despedirte?" preguntó Suzanne.

"Sí, lo haré cuando vaya saliendo de la ciudad."

"Déjame ayudarte a llevar esto a tu auto," le ofreció Suzanne.

"Gracias, Suze. ¿Puedes recoger esas cajas de allí mientras llevo esta maleta?"

Suzanne fingió gemir un poco cuando levantó la pila. "Aquí vamos; ¿Puedes sostener la puerta?"

Las dos hermanas bajaron por el pasillo, bajaron las escaleras y llevaron sus cargas al coche de Juli. "Bueno, querida, ¿qué te parece?" preguntó Juli. "¿Ese tonto rompecorazones de Sam Mulholland te lo va a proponer en cualquier momento?"

Suzanne se sonrojó y trató de parecer indiferente. "¿Dejarás de bromear alguna vez, hermana? Entonces... ¿qué hay de ti, eh? No he notado a tu Mike de rodillas, tampoco. ¡Ahí lo tienes!"

"Ahí me atrapaste," admitió Juli. "Así soy yo, desafortunada en el amor."

Ambas se rieron y se desearon mutuamente buena suerte, buena salud y buenos momentos. Después de un último abrazo y un beso de despedida, Suzanne saludó a su hermana que marchaba hacia San Francisco.

El Abuelo y Bud

"Vamos, Bud," dijo Mike. "Has estado molestando a tu papá para pasear en la patrulla. Incluso te dejaré tomar mi asiento."

"¿Puedo tocar la sirena, papá?" preguntó Bud Grabowski mientras subía al frente.

"No, a menos que persigamos a alguien que vaya a mucha velocidad," respondió Leroy. "Además, no suena igual desde el interior del coche. En realidad, no siempre es necesario encender la sirena para frenar el tráfico." Leroy le sonrió orgullosamente a su hijo.

Bud devolvió la sonrisa. "¿Qué quieres decir?"

Leroy frenó y se detuvo en una intersección. "Déjame mostrarte. Observa la fila de coches que pasan. ¿Por cuánto crees que van por encima del límite de velocidad?"

"Bueno, tal vez diez o quince millas por hora," advirtió Bud.

"Eso está cerca," dijo Leroy. "Ahora ve lo que sucede cuando nos retiramos del tráfico y nos acercamos al último coche en la fila."

Leroy entró en el tráfico y ubicó su patrulla cerca del siguiente auto en la fila. "Mira lo que sucede tan pronto como el conductor de delante reconoce un auto de la policía en su espejo retrovisor."

"¡Sus luces de freno se encendieron!" exclamó Bud, rugiendo de risa. "Hazlo de nuevo, papá."

"De acuerdo, mira esto," dijo Leroy mientras conducía la patrulla hacia el carril de paso.

"¡Ve, papá, ve!" dijo Bud. A estas alturas, la fila de autos retrocedía a lo lejos. Leroy se quedó en el carril de paso mientras alcanzaba la filas de vehículos con exceso de velocidad, uno a uno. Bud se echó a reír con impaciencia mientras cada automóvil se ralentizaba a una velocidad suave.

"Es increíble, ¿no?" dijo Leroy.

"Sí, lo es," convino Bud.

"Entonces, ¿qué te parece, hijo? ¿Cuál es la lección que se debe aprender, aquí?"

"Umm, la gente va a respetar las reglas si... um... ¿ve un auto de la policía?"

"Siempre funciona," sonrió Leroy.

"¿A dónde nos dirigimos?" preguntó Bud. "Dijiste que hoy tenías una sorpresa para mí."

"Bueno, sí, es una sorpresa, de alguna manera. Vamos a jugar algo de pool."

"No traje mi traje de baño," dijo Bud.

"No lo necesitarás para este tipo de pool," se rió Leroy. "Ni siquiera tendrás que mojarte."

"¿Qué es lo divertido de eso?"

"Verás. Ya llegamos," dijo Leroy mientras giraba hacia un barrio residencial de pequeñas casas ordenadas con jardines bien cuidados. "Hay alguien aquí que quiero que conozcas, un amigo mío."

Los tres subieron por la acera y tocaron el timbre. Un anciano de aspecto bondadoso respondió a la puerta. "Buenos días, caballeros, por favor, vengan. Los esperaba." El abuelo McBride los introdujo en la habitación. Le dio un abrazo a Mike Jr. "Hola, nieto. Cielos, ha pasado mucho tiempo." Volviéndose hacia Leroy, extendió una mano. "Hola, Leroy. Que bueno verte; ¿y quién es ese joven que trajiste hoy?" el abuelo le sonrió a Bud.

"Este es mi hijo, Bud, señor McBride" dijo Leroy, a modo de presentación.

Bud le estrechó la mano solemnemente. "¿Qué tal, señor?"

"Bueno, bueno, estoy bien, gracias. Te agradecería que me llamaras abuelo. ¿Puedes hacer eso?""

"Claro, abuelo," dijo Bud.

"Ven conmigo, Bud. Creo que tengo algunas galletas en la cocina." Los dos se fueron a la cocina, charlando como viejos amigos.

"También podríamos empezar," dijo Mike. Se levantó y condujo a Leroy por el pasillo hasta la sala de recreación del abuelo. Estaban a medio camino de su primer partido cuando el Abuelo y Bud se unieron a ellos; ambas comiendo galletas.

"Aquí estamos, jovencito. Esto es lo que quería mostrarte: mi propia sala de billar. ¿Estás sorprendido?"

Bud levantó los ojos. "Oh, ¡ahora lo entiendo! Este es tu pool. Estaba esperando algo un poco más... er... mojado." se rió.

"Lo siento, Bud. Creo que tu padre puede haberte estado tomando el pelo," dijo el abuelo.

"¿Tomándome el pelo? No lo creo" dijo Bud.

"Oh, lo siento, es solo un viejo refrán. Quiere decir que te estaba molestando," dijo el abuelo.

"¿Molestando? ¿Cómo es eso?"

"Oh, querido," dijo Grandpap, "ayúdame aquí, Leroy."

"Te estaba engañando por diversión," dijo Leroy.

"Oh, quieres decir que me estabas mintiendo," dijo Bud.

"¡Ay!" dijo Leroy. "Me atrapaste. ¿Tregua?"

"Tregua," dijo Bud y le dio a su padre una sonrisa y le chocó la mano.

"¿Lo sabías todo el tiempo, no, Bud?" dijo Mike.

Bud solo sonrió. "Te atrapé," dijo Bud, y se echó a reír.

"Vamos a formar grupos y jugar algo de billar," sugirió el abuelo. "¿Qué tal, Bud, quieres ser mi pareja?"

"Claro," dijo Bud.

"De acuerdo, socio. Vamos a mostrarle a estos jóvenes mequetrefes cómo se hace. Ahora, primero déjame enseñarte cómo 'romper' estas pelotas. El abuelo colocó el taco en la mano de Bud y se inclinó para ayudarlo.

El resto de la mañana fue una explosión en la que Bud y su compañero ganaron tres de cada cuatro juegos. Antes de separarse, Bud prometió volver la semana siguiente.

"Eso fue asombroso," dijo Bud en su camino a casa. "Hay mucho más en ese juego de lo que me había dado cuenta. ¿Crees que podría ser tan bueno como el abuelo?" preguntó Bud.

"Mejor, hijo, con la práctica, incluso mejor," respondió Leroy con satisfacción.

"El abuelo dijo que podía volver tan a menudo como quiera," dijo Bud.

"Buena idea," dijo Leroy. "Gracias, Mike, por la invitación."

Elo Error Más Grande del Asesin

Después de dejar a Bud en casa, Leroy y Mike continuaron hacia la estación de la comisaría. Mike habló al despacho, "Unidad doble-o seis reportándose."

"Ha habido una muerte sospechosa en la cárcel," dijo el despachador.

"¿Alguien que conozco?" preguntó Mike.

"Puede ser uno de tus arrestos. El nombre es Charles Wanamaker."

"Nosotros estamos en camino. Diez y cuatro," dijo Mike. "Charles Wanamaker," dijo Leroy, "ese es uno de los matones de Jacobs."

"Creo que es mejor que le echemos un vistazo a esto," dijo Mike.

***

Los cuatro matones se estaban pudriendo en la cárcel desde su arresto. Por alguna razón, el cártel había decidido dejarlos encerrados en vez de pagar una fianza.

Mike y Leroy se unieron al grupo de investigadores que se agolpaban en la celda de la cárcel. El grotesco cadáver todavía colgaba del techo suspendido por una soga improvisada. "¿Tienes idea de quién hizo esto?" preguntó Mike.

"Bueno, habría dicho que era un suicidio," respondió el sheriff, "excepto por el cuchillo clavado en su estómago."

"¡Santa Ana!" Dijo Mike.

"Sí, parece bastante sospechoso, ¿no? A menos que el pobre tipo se apuñalara antes de colgarse," dijo el alguacil Dunlevy.

"Tal vez el primer intento de suicidio fracasó," dijo Mike.

"Sí, claro," dijo Dunlevy. "Vamos a clasificar esto como un suicidio para la prensa. Mientras tanto, haremos una investigación exhaustiva. Vamos a averiguar quién hizo esto y cómo," prometió.

"¿Te importa si echamos un vistazo?" preguntó Mike.

"Claro, adelante. Simplemente no estropees mi escena del crimen,"

"Gracias, Dunlevy," dijo Mike- "Nos vemos."

***

"¿Qué opinas de eso?" preguntó Leroy mientras volvían a su patrulla.

"Parece que el cartel se está poniendo nervioso," dijo Mike. "Parece otro de sus asesinatos sin resolver".

"Supongo que sí," dijo Leroy, "pero Dunlevy parece pensar que puede encontrar al perpetrador."

"No hay forma de que pueda," dijo Mike.

"¿A dónde vamos?" preguntó Leroy.

"Vamos a al Pub de O'Grady. Me gustaría ver si hay algo en las calles."

CAPÍTULO CATORCE

Sam y Suzanne.

"¿Tienes una cita con Sam, esta noche?" preguntó Harold Carolle, limpiándose la barbilla con su servilleta.

"Sí papi, ¿Está bien?" respondió Suzanne.

"Oh, claro, querida, claro que sí, sal y disfruta."

"¿Estarás bien, aquí solo?" preguntó Suzanne, mientras despejaba la mesa.

"Estaré bien," dijo Harold. "Gracias por prepararme la cena."

"De nada, papá. ¿Vas a ver a mamá esta noche?" preguntó Suzanne mientras volvía a servirse café después de la cena.

"No querida. La vi ayer."

Suzanne comenzó a cargar el lavavajillas, "¿Cómo estaba mamá?"

"Ella lo está haciendo bien, creo, aunque su terapia es intensa. En mi opinión, se veía muy cansada. Por eso limito mis visitas. Sus médicos se alegran de su progreso, pero es difícil ver sufrir a alguien a quien amas."

"Oh, papá, lo sé. Si tan solo hubiese algo que pudiese hacer..."

"Estás haciendo lo mejor que cualquiera podría hacer, iluminas mi vida. Eres mi estrella de la suerte, Suzie. Ven aquí, dame un abrazo y luego ve a prepararte para tu amigo. ¿Te llevará a cenar?"

Suzanne se inclinó sobre su papá y le dio un abrazo y un besito. "Sí, vamos a cenar en un lugar elegante. Sam me sugirió arreglarme." Añadió detergente al lavavajillas y ajustó el temporizador. "¿Qué piensas de Sam, papá?"

"¿Sam? ¿Me lo preguntas?"

"Sí papi."

"Bueno, ya que me preguntaste... Admiro mucho a Sam. Es un buen hombre; No solo eso, es evidente que él te tiene en muy alta estima. ¿Por qué lo preguntas, cariño? ¿Estás pensando en algo más a largo plazo, con Sam?"

"Tal vez," contestó Suzanne.

"¿Te lo ha preguntado?"

"No, nada, ni siquiera una pista, papá."

"Bueno, si lo hace, la decisión es tuya, por supuesto. Tu madre y yo apoyaremos tu elección, sin importar lo que decidas. Aún no has terminado la universidad, confieso que me preocupa un poco más que puedan romperte el corazón."

"Gracias papá. Haré todo lo posible para que eso no suceda."

"Sé que lo harás, pero algunas cosas están fuera de nuestro control. Ahora corre y prepárate."

Suzanne había gastado dinero en un vestido nuevo, zapatos, un bolso y accesorios. Los dejó listos mientras ella bañaba.

Suzanne tomó su kit de manicura y se hundió en la tina de burbujas. Mientras las burbujas hacían masajes en su cuerpo, aplicó un removedor de cutículas, empapó sus manos y luego cuidadosamente empujó hacia atrás las cutículas. Esperaría hasta que sus manos se secaran para aplicar el esmalte.

Suzanne se tomó más tiempo lavándose el cabello y lavándose el cuerpo. Terminó con un enjuague en la ducha y se aplicó una loción perfumada en el cuerpo. Más tarde se aplicó un perfume con el mismo olor. Se secó el cabello, aplicó una espuma, y lo rizó con un rizador. Después de ponerse el vestido, se puso unas medias panty, arregló sus sedosos rizos marrones encima de su cabeza, lo roció con spray y se aplicó el maquillaje. Por último, se sentó para darle forma a sus uñas, aplicar el esmalte y relajarse mientras esperaba a que secara. Casi lista ahora, recogió algunos artículos esenciales y los puso en un pequeño bolso de noche que combinaba con sus nuevos zapatos. Casi se olvidó de ponerse sus nuevos aretes y brazalete. Un último vistazo en el espejo le dijo *Esto es lo mejor que puedo hacer. Sam Mulholland, cuidado, aquí voy.*

Suzanne entró en la sala de estar y dio una vuelta para mostrarse a su papá.

Harold levantó la vista de su lectura. "Suzie Q, debo decir que te ves devastadora. El oficial Mulholland no tiene ninguna posibilidad."

Suzanne se rió, "Gracias, papá".

"Ahí está el timbre, cariño. ¿Lo atiendo? Tal vez sea alguien para mí," Harold bromeó.

Suzanne bailó hacia la puerta. Sam Mulholland estaba allí, sonriendo, con un gran ramo en la mano.

"Oh, ¿para mí?" Suzanne tomó las flores y hundió su nariz en ellas. "Gracias, Sam." Retrocedió un paso para permitir que Sam entrara y cerrara la puerta.

"De nada," dijo Sam. Le dio un beso en la mejilla. "Estás preciosa, Suze. ¿Es un traje nuevo?"

"Sí. ¿Te gusta?"

Sam hizo girar su mano con un movimiento. Suzanne dio una vuelta; su falda circular se abrió y se cerró alrededor de sus piernas. "Es hermoso, Suze, perfecto para bailar."

"Eso es lo que tenía en mente cuando lo elegí," dijo Suzanne.

"Supongo que eso significa que es mejor que te lleve a bailar," Sam sonrió y miró a Harold. "Buenas noches, señor Carolle. ¿Cómo está esta tarde?"

"Hola Sam. Soy un hombre feliz, disfruto de mi hermosa hija," dijo Harold. "Tú también te ves muy elegante."

"Perdonen," dijo Suzanne. Se retiró a ocuparse de las flores.

"Toma asiento por un minuto," sugirió Harold.

Sam eligió un asiento cerca de Harold. "Esta noche es una noche especial para mí," comenzó Sam.

"¿Cómo es eso?" preguntó Harold.

Sam respondió: "De hecho, me siento muy nervioso. Hay algo que debo preguntarle."

"¿Ah? ¿Y eso sería...?"

"Umm, Señor..." Sam se aclaró la garganta y miró sus manos. "Yo... uh... planeo pedirle a Suzanne que se case conmigo."

Harold permaneció en silencio.

"Yo... uh... me doy cuenta de que hay una diferencia en nuestras edades, señor."

Harold suprimió una sonrisa. Estaba disfrutando inmensamente de la incomodidad de Sam.

"No soy más que un policía. Puedo imaginar cómo se siente al respecto," dijo Sam.

Harold se quedó quieto.

Sam tragó saliva. "Esperaba... esperaba que... uh..."

"¿Esperabas que te diera mi bendición?" terminó Harold.

"Sí, señor," dijo Sam ruborizándose. Dirigió una rápida mirada a Harold, con los ojos llenos de súplica.

"Entonces, ¿estás diciendo que estás enamorado de mi hija?"

Sam asintió con la cabeza.

"¿Y que quieres hacer lo más honorable?"

Sam levantó la voz, "No solo eso, señor, quiero casarme con ella y estar con ella para siempre, señor," Sam vaciló y bajó la voz, "y tener una familia juntos, señor."

Harold decidió que era hora de sacar al pobre de su miseria. "Mírame, Sam."

Sam levantó la vista.

"Llámame Harold," sonrió mientras le tendía la mano. "Ella es toda tuya, Hijo, es decir, si puedes convencerla," Harold sonrió.

Sam sonrió, aliviado. "¡Gracias, señor, gracias!" Sam le estrechó la mano con vigor.

"Así que, esta noche es la noche. Se lo vas a proponer," dijo Harold.

Sam se retorció las manos, "Creo que sí, si no pierdo los nervios."

"Te deseo suerte, hijo. Shh, aquí viene ella."

Suzanne entró en la habitación con un jarrón de flores. Una flor perfecta estaba fijada en su cabello. "¿No son bonitas, papá? Las pondré aquí para que puedan disfrutarlas esta noche."

"Gracias, querida," dijo Harold.

Sam le ofreció el brazo y la miró. Suzanne tomó su brazo y levantó la vista. "Estoy lista," dijo ella.

"Yo también," dijo Sam. "Espero que tenga una buena noche," le señaló a Harold.

"Diviértanse, ustedes dos," dijo Harold sintiéndose como si debiera darles la señal de "bendición" con su mano.

***

La orquesta tocaba una lenta melodía de baile con énfasis en los violines. Un piano tintineaba en acompañamiento. Los señores vestidos con esmoquin bailaban con mujeres jóvenes delgadas vestidas de diseñadores y joyas brillantes. Las parejas observaban desde las mesas encendidas con velas y las sábanas de lino, y se murmuraban unas a otras. Los camareros silenciosos, vestidos de blanco y negro, rondaban cerca.

Una botella de champán caro se asomaba en un cubo plateado de hielo junto a la mesa de Sam y Suzanne. Sam la escoltó desde la pista de baile y retiró su silla. Se sentía como una princesa. Sam tomó el asiento opuesto y la miró por encima de la cristalería.

"Suzanne," empezó, "tengo algo importante que decirte."

"Sí," respondió ella.

"Suzanne," empezó él, buscando palabras, "nunca pensé que esto pudiera pasarme."

"¿Qué cosa?"

"Yo... yo... me enamoré," exclamó Sam.

Siguió un largo silencio mientras Sam contenía el aliento. Él buscó su mano y la miró con seriedad.

El corazón de Suzanne se aceleró. Su mano ardía en su mano grande. Sus ojos se encontraron y se derritieron juntos.

Sam susurró: "Yo... te amo, Suzanne."

"Oh, Sam," ella dijo con una voz pequeña.

"¿Hay alguna esperanza para mí?" preguntó él. "Estoy tan loco por ti que no puedo ver bien. ¿Me atrevo a esperar que tú... también tengas sentimientos por mí?"

Él esperó.

"Por favor, di que sí," respondió Sam "o asiente con la cabeza."

Una lágrima se formó en los ojos de Suzanne. Abrió la boca para hablar, pero no salió ninguna palabra. Tragó saliva y asintió con la cabeza.

Sam exhaló un enorme aliento. Se mordió el labio y cerró los ojos. Él los abrió y miró hacia el cielo. "Gracias, Dios," susurró. Luego le sonrió tontamente a Suzanne.

"Querida," dijo, "sé que es demasiado pronto para preguntar, pero tengo que decirte esto, quiero casarme contigo, siempre que estés lista. Voy a esperar para siempre si tengo que hacerlo." sonrió y llamó al camarero.

"Por favor," dijo y levantó su copa de champán. El camarero sirvió una muestra. Sam bebió un sorbo y asintió con la cabeza. El camarero llenó el vaso de Sam y luego se lo ofreció a la dama. Suzanne asintió.

Sam tomó su copa, "un brindis," dijo, "a nuestro futuro." Ellos chocaron sus copas y bebieron, con los ojos cerrados. Sam apartó las copas, se levantó y le ofreció la mano. "¿Vamos a bailar?", le preguntó.

Suzanne puso su mano en la suya. La guió hasta la pista de baile y la tomó en sus brazos. Encajaban perfectamente, balanceándose de acuerdo a la dulce música. La sostuvo suavemente tan cerca como se atrevió. Podía sentir sus pechos contra su pecho, su mano en la suya. Él apoyó su mejilla contra su pelo e inhaló su perfume.

Suzanne se relajó, segura en sus brazos. Sintió su cálida mano sobre su espalda, su amplio pecho y sus fuertes piernas a través de la seda de su vestido. Ella suspiró y apoyó su cabeza bajo su barbilla. *Papá, tenías razón*, pensó y se acurrucó más cerca, sin querer romper el hechizo.

Por fin la música llegó a su fin. Suzanne alzó la cabeza y sonrió. Sam sonrió con ella y la una vuelta final de fantasía justo al lado de su mesa. La ayudó a sentarse y luego se sentó en la silla. Sus ensaladas estaban listas. "¿Tienes hambre?" preguntó Sam.

"No mucha," contestó Suzanne mientras levantaba el tenedor.

"Yo quizás podría comerme un caballo," dijo Sam mientras atacaba su ensalada.

Durante toda la noche, se hicieron camino a través de la deliciosa comida, bailaron, bebieron champán, y se sonrieron, inevitablemente, el uno al otro. "¿Estás feliz?" preguntó Sam.

Suzanne asintió con la cabeza, "¡Eufórica!"

"Bien," dijo Sam con satisfacción. "Quería que esta noche fuera perfecta para ti... para nosotros."

"Sam, esta noche es perfecta. Muchas gracias," dijo.

"¿Estás lista para irnos?" preguntó.

"Creo que sí," dijo ella.

Sam le hizo señas al camarero para que trajera la cuenta. Sin mirar el total, Sam escribió en una propina generosa y firmó la factura.

"¿Entonces?" Él se levantó. Suzanne asintió. Sam sacó su silla y la tomó del brazo. En la puerta, él la ayudó con su abrigo y le entregó su boleto de aparcamiento al hombre. Esperaron a la entrada para que llegara su coche. El portero sostenía la puerta de Suzanne mientras Sam la ayudaba a entrar. El portero cerró la puerta mientras Sam se acercaba y se subía al asiento del conductor. Se inclinó para darle un rápido beso antes de encender el coche. Reacio a terminar la noche, Sam se dirigió a un lugar pintoresco con vistas al río. Aparcó el coche y abrió los brazos a Suzanne. La besó con mucho deseo. Se abrazaron durante largos minutos, saboreando el beso.

"Te amo," dijo Sam.

"También te amo," dijo Suzanne.

"Oh, querida, gracias. He estado queriendo oír eso de tus labios," dijo Sam, "pero tenía miedo de preguntar."

"Mmmm," dijo Suzanne y lo besó de nuevo.

"Cariño, pensé que podía esperar, pero no puedo. ¿Es demasiado pronto para preguntarte si podrías casarte conmigo algún día?"

"No," dijo Suzanne.

"No, no te casarás conmigo, o no, ¿no es demasiado pronto para preguntar?"

"No es demasiado pronto," susurró Suzanne.

"Oh, cariño, ¿estás segura?"

Suzanne asintió.

Sam miró a su alrededor. Al ver un banco al borde del agua, dijo, "En ese caso, ven conmigo." Sam corrió hacia su puerta y la tomó de la mano. "Por aquí," dijo, y la guió hasta el banco. La soltó y la hizo sentar. Entonces sacó un pañuelo blanco y lo extendió ceremoniosamente sobre la hierba. Colocó una rodilla sobre el pañuelo y la miró. "Suzanne Alice Carolle, te amo. ¿Me darás el honor de ser mi esposa?"

Después de un momento sin aliento, Suzanne contestó, "Sí, Sam, acepto."

Sam se sentó al lado de Suzanne. Se metió la mano en el bolsillo y sacó una pequeña caja de terciopelo. La abrió para revelar un brillante anillo de diamantes. Agarrando el anillo entre los dedos, le tendió la mano izquierda esperando por su mano. Suzanne colocó su mano izquierda en la suya. Sam le deslizó el anillo en el dedo y la miró a los ojos. "Te amo, querida," le dijo y abió sus brazos. "También te amo," dijo Suzanne. Lo sellaron con un beso.

Los dos amantes se acurrucaron, apoyando sus cabezas juntas y observando cómo el agua pasaba.

Un beso final y luego Sam se levantó y le tendió su mano para Suzanne. Vayamos a casa a darle a tu padre las buenas noticias. ¿Qué dices?" preguntó Sam.

"Oh, eso me gustaría. Estoy segura de que papá estará encantado."

Sam condujo a casa, cuidadoso en todas las intersecciones y conduciendo muy por debajo del límite de velocidad. De vez en cuando, le apretaba la mano.

En la puerta, Sam tomó la llave de su casa y abrió la puerta. Harold estaba durmiendo frente al televisor. Una repetición de Bonanza estaba corriendo con el sonido apagado. Suzanne se sentó a su lado y le apoyó la mano en el brazo. Harold abrió los ojos y se despertó. "Debo haberme dormido un minuto," dijo. Miró a Sam. *¡Él lo hizo! Él hizo la pregunta.* Harold se volvió hacia Suzanne y cogió su mano izquierda. Un nuevo anillo de diamantes le hizo un guiño y le brilló. "Oye, Suzie, ¿qué tenemos aquí?" sonrió.

"Papá, estamos comprometidos," gritó ella.

"Bueno, no puede ser que ya mi niña esté comprometida," se burló Harold.

"Oh, papá," ella gruñó.

"Entonces, dime, ¿quién es el desafortunado?", preguntó, levantando una ceja. "¿A quién debo sacar de aquí?"

"Papá, estás bromeando."

"Sí, lo sé, pero es muy divertido. Ven aquí, Sam." Harold se levantó y le tendió la mano. "Así que, tú eres el que ha ganado el corazón de mi hija. Felicitaciones, Sam. Ambos tienen mis bendiciones y mis mejores deseos."

Sam le tomó la mano. "Gracias, señor."

"Gracias, papá." Suzanne dio a su padre un abrazo y beso en la mejilla.

"Bueno, me alegro de haberme quedado despierto para recibir esta maravillosa noticia. Siento que tu madre no estuviera aquí para ser la primera en desearte éxito."

"La veremos por la mañana," dijo Sam.

"Oh, Sam, es una buena idea," dijo Suzanne, "pero no lo hagamos demasiado pronto. Ya son las 2 AM y no sé cómo voy a poder dormir. Estoy muy emocionada."

"Claro que lo harás, cariño. ¿Por qué no te recojo a las once de la mañana y almorzamos con tu madre?"

"¿Está bien si me uno a ustedes?" preguntó Harold.

"Gran idea," dijo Sam.

"Nos veremos allí entonces," dijo Harold. "Bueno, buenas noches, niños. No se queden despiertos hasta tarde."

"Buenas noches, papá," dijo Suzanne.

"Buenas noches, Harold," dijo Sam.

Harold se fue. Sam tomó a Suzanne en sus brazos. "Cariño, apenas puedo resistir la emoción, pero ambos necesitamos descansar. Dame un beso de buenas noches, ¿de acuerdo?"

***

Leroy y Mike se abrieron paso entre la multitud en el Pub de O'Grady. Era la "Happy Hour" y el lugar estaba a punto de reventar. Patrick O'Grady estaba en su lugar de costumbre detrás del bar. "¿Puedo ayudarlos, muchachos?" preguntó.

"Danos un par de altas," Mike levantó dos dedos y soltó un billete de cinco dólares. Leroy y Mike se apiñaron en la barra y se llevaron sus cervezas.

"¿Cómo va la batalla?" preguntó O'Grady, limpiando el mostrador.

"Ganas unas pocas, pierdes otras tantas," respondió Mike.

"Un par en camino," convino Patrick. "¿Buscan a alguien en particular?"

125

"De hecho, sí," dijo Mike. "Un pequeño traficante, se especializa en GHB y tiene como presas a los chicos y chicas de secundaria. Se ha ido a la clandestinidad desde que le causó una sobredosis a una joven de St. Luke, que tiene una conexión especial con la policía."

"Eso es un mal negocio. ¿Tienen una descripción?" preguntó Patrick.

"Cinco pies diez pulgadas, ciento cuarenta libras, flaco, blanco, ligeramente curtido, cabeza llena de cabello castaño largo, ojos ya sea avellana o azul grisáceo, tatuajes de esvástica en el brazo superior derecho; una calavera y una bandera pirata brazo izquierdo superior, anillo dorado en el vientre, un pendiente de diamante en el oído derecho, voz media, acento, edad de universitaria, anillo en el dedo meñique, podría haber sido un anillo de la clase, collar pesado del oro con un amuleto de turquesa, camisa negra y blue jeans. El tipo estuvo un par de veces en los partidos de fútbol de la escuela secundaria haciendo amistad con los estudiantes de clase alta."

"No lo he visto," dijo Patrick. "Nunca olvido a un cliente. Mantengo los oídos abiertos y la boca cerrada. Así oigo cosas. Si viene aquí, lo sabré. Te daré una llamada."

"Hazlo," dijo Mike, "de día o de noche. Aquí está mi tarjeta."

"Ay, Mike, tengo tu tarjeta."

"Ten otra," dijo Mike. "Gracias Pat." Dejó la tarjeta en el mostrador, tomó su cerveza y se acercó a la mesa de billar.

"¡Hey, Mike! ¡Leroy!" llamó Hal Hardy. "Busquen un taburete y descansen sus huesos cansados." Hal estaba jugando billar en serio contra Frank Stevens, jefe de seguridad en el Hospital de St. Luke. El padre O'Malley, rector de la Iglesia Católica de San Lucas, estaba haciendo las apuestas. Frank y Hal estaban empatados. Este juego decidiría el partido, el ganador se lo llevaría todo. Varias apuestas iban por cada lado. Los dos iban igualados.

"¿Quieren apostar?" preguntó el Padre.

"¿Estás dando pronósticos?" preguntó Mike.

"Muy complicado," dijo el Padre, "pero siéntete libre de hablar con algunos de estos muchachos por aquí." Rió. "Por supuesto, si tengo las apuestas, el Buen Dios tiene que sacar una tajada."

"Creo que vale la pena," dijo Mike. "¿En quién más puede confiar un policía?"

"Bien dicho, Mike," dijo el Padre entonado. "¿Cómo están tu mamá y papá, estos días?" le preguntó.

"¿No lo sabes?" preguntó Mike, tomando su cerveza. "Me parece que los ves más que yo, dado que mamá dirige la despensa de caridad y Pop pone casas de Hábitat."

"Ahí tienes," respondió O'Malley, "Me tienes ahí, joven Michael. Tu madre habla mucho de ti, deseando que te encuentres una chica agradable y te establezcas."

"Oh, lo sé," dijo Mike, manteniendo un ojo en el juego, "demasiado bien."

"¿Te hace pasar trabajo, verdad?"

"Repetidamente," se quejó Mike.

Hal parecía estar mandando en la mesa. Él despejó todas sus pelotas, excepto la bola ocho.

"Tu madre parecía pensar que tuviste algo con una chica de San Francisco," especuló el padre.

"Eso se acabo. Volvió a Frisco."

"¿Está demasiado lejos?" preguntó el padre.

"Es una chica de ciudad, Padre. Estoy buscando encontrarme a una chica de una pequeña ciudad, como mi madre, alguien que será feliz, casada con un policía."

Hal falló el tiro. Sus partidarios gruñeron. Frank hundió sus últimas dos pelotas. Sus partidarios aplaudieron. "¡Ve por ello, Frank!" "Hunde esa bola en el bolsillo lateral." "Muestra quién es el mejor, Frank."

Frank apuntó hacia el agujero lateral y alineó su bola blanca perfectamente. Rozó la bola 8 precisamente por un el lado y la envió

127

girando lentamente hacia el costado. Se tambaleó en el borde por un segundo y luego se dejó caer en el agujero. Una alegría se encendió, demasiado pronto, como descubrieron. La bola blanca que hizo su trabajo se inclinó hacia el agujero final. "¡Oh no!" Frank gimió y se golpeó la frente. Directo como un peso muerto rodó y se hundió fuera de la vista. Frank había "arañado" la bola 8. "¡Fallaron, Perdedores!", coreaban los ganadores y se ganaban el uno al otro.

El Padre O, retuvo el 10% y pagó las apuestas ganadoras. "Ahora, muchachos, no abuséis," les dijo. A los perdedores les dijo "Venganr el viernes por la noche para el bingo. Sin duda su suerte cambiará."

Volviéndose hacia Mike, dijo "Creo que tengo a la chica indicada para ti, Mike. Tiene veinticinco años, nunca se ha casado, es muy hermosa, es una gran cocinera y hogareña."

"Oh, sí," dijo Mike. "Hermosa, ¿dices?"

"Muy hermosa. Una buena chica cristiana, también."

"¿Qué está mal con ella, Padre?"

"Michael, ¿me estás acusando de algo?"

Mike se encogió de hombros, "¿Cuál es el problema?"

"No hay ninguno. Lo juro, sobre la tumba de mi madre. ¿Estás interesado?"

"Sí, ¿dónde encuentro a ese modelo de virtud?"

"Tendré que preparar algo. A ver si está interesada, ¿sabes?" dijo el Padre.

"Está bien, pero que sea algo simple, al principio, ¿de acuerdo? Solo quiero conocerla. Nada pesado."

"Lo entiendo," dijo el padre.

Para entonces, la habitación se había despejado. "¿Le importaría un juego amistoso de billar?" preguntó Mike.

"Solo uno," dijo Padre, "luego tengo que volver a mis deberes."

"¿Alguna apuesta?" preguntó Mike.

"Oh no, Mike, no apuesto," dijo riendo el Padre. "Eso es ilegal."

Mike rió y montó las pelotas. Le entregó al padre un palo. "Usted rompe," dijo Mike.

CAPÍTULO QUINCE

Mary Beth Baker Despierta

La Enfermera Evelyn Stanley entró apresuradamente en la habitación con unos zapatos suaves con suela de crepe. Se acercó a la ventana y abrió las persianas. "Vaya, pero qué hermoso día. Mira el sol. ¿No es encantador?"

Su paciente gimió y parpadeó los ojos. "Hola, Evelyn," susurró, aclarándose la garganta y repitiendo.

"Hola, Querida," gritó Evelyn. "Hoy es un gran día para ti."

Mary Beth parpadeó. *¿De qué está hablando? ¿Gran día?* Mary Beth todavía estaba tratando de averiguar quién era, dónde estaba y por qué estaba aquí. Habían pasado doce horas desde que había recuperado la conciencia.

"Te voy a ayudar con el baño, cariño, y luego nos lavaremos para tomar un desayuno ligero. ¿Qué te parece?"

"Bien," dijo Mary Beth, sin darse cuenta de si estaba bien o no. *¿Por qué necesito ayuda para ir al baño?*

Evelyn levantó el extremo de la cama de Mary Beth hasta que quedó apoyada en almohadas. "Déjame tomarte las dos manos, Mary Beth. Te ayudaremos a sentarte y a estirar tus piernas sobre el borde de la cama durante unos minutos." Mary Beth extendió los brazos. Evelyn mantuvo un firme agarre y la ayudó a sentarse. Evelyn la ayudó a colocar sus piernas sobre el borde de la cama, sosteniendo su cuerpo durante unos minutos. Mary Beth se sorprendió de su sensación de aturdimiento. Evelyn sonrió, "¿Te sientes un poco mareada, Mary Beth?"

Mary Beth asintió y sonrió débilmente.

"No te preocupes, eso pasará en un minuto. Balancea los pies por un minuto; eso ayudará a mover la sangre hacia tu cabeza."

Mary Beth balanceó las piernas, con suerte. Pronto se sintió un poco más fuerte.

"¿Estás lista?" preguntó Evelyn.

"Yo... creo que sí," respondió Mary Beth.

"Bueno, vamos a darle otro minuto. Tenemos mucho tiempo," dijo Evelyn, mientras llamaba a una auxiliar de enfermería. Otra mujer entró en la habitación. Evelyn levantó la vista, "¿Nos podrías dar una mano, aquí, por favor? Mary Beth está lista para emprender su primer viaje."

"Felicitaciones," sonrió la ayudante moviéndose hacia un lado mientras Evelyn tomó el otro.

"Solo pon tus brazos alrededor de nosotras y baja a este taburete, cuando estés lista," dijo Evelyn.

Mary Beth respiró hondo y puso un pie tentativo en el taburete. Ella deslizó su trasero de la cama y casi se cayó, al alcanzar el piso. Las enfermeras la mantuvieron firme. Mary Beth se quedó un instante en movimiento. "Aquí está," dijo la enfermera Evelyn. "Solo pon un pie. Da un pequeño paso." Mary Beth se arrastró lentamente hacia su cuarto de baño privado, poniendo la mayor parte de su peso en las enfermeras. Minutos después, cruzó y se puso de pie, jadeante, frente a la puerta. "Ahora viene la parte difícil," dijo Evelyn. De alguna manera tenían que sentarla en la taza del inodoro. Lo habían hecho muchas veces. Poco a poco ayudaron a su paciente a darse la vuelta y retroceder hacia el asiento. Levantaron su bata de hospital y la sujetaron por los brazos, bajándola suavemente hacia el asiento.

"No me siento muy bien," dijo Mary Beth, que se puso blanca.

"Está bien, cariño. A veces eso sucede." Evelyn sostuvo una bandeja de eructo debajo de la barbilla del paciente. Mary Beth arrojó algo líquido, seguida de un seco alzamiento. Cuando eso ocurrió, su color mejoró. Evelyn se limpió la frente y la boca con un paño húmedo. "Aquí, cariño. Enjuaga tu boca y escupe." le ofreció un vaso de agua.

En su cama, Mary Beth se echó hacia atrás, agotada.

"¿Te sientes bien para un baño rápido, cariño?"

Mary Beth asintió, débilmente.

Evelyn sacó agua tibia del grifo y la llevó a la mesilla de noche. Colocó una toalla grande bajo las piernas del paciente y la lavó y secó suavemente. Luego, Evelyn le lavó los brazos y las manos y finalmente la cara. "Creo que eso es suficiente por ahora, cariño. Déjame ayudarte a ponerte de lado para darte un masaje en la espalda." Evelyn le lavó la espalda y luego la frotó con una loción relajante. Igualmente le puso loción en sus brazos y piernas.

Mary Beth se sintió agotada, pero mejor. "Eso fue celestial, enfermera. Gracias."

"Eso es suficiente por ahora. Veamos si puedes dormir un poco." Evelyn bajó la cama y cerró las persianas. Mary Beth ya estaba dormida. Evelyn salió de la habitación, cerrando la puerta en silencio.

Mientras se movía por el pasillo, se encontró con el Capitán Baker. "Hola Allen," sonrió.

"¡Evelyn!" parecía contento, "¿Cómo está mi chica hoy?"

"Acabo de salir de su habitación. Tomo su primer viaje al baño y su primer baño en la cama. Ahora está durmiendo."

"¿Debo despertarla?" preguntó Allen.

"Ya que lo preguntas, creo que el sueño le hará bien."

"Entonces la dejaré en paz. Voy a echar un vistazo. Cuando se despierte, hazle saber que estuve aquí y que la amo."

"Claro," dijo Evelyn.

"¿No tienes tiempo para almorzar?" preguntó.

Miró su reloj. "Ahora no, me temo. Hoy estamos muy ocupados. Pero salgo a las tres."

"¡Maravilloso! ¿Estarías libre para una cena temprana?"

"Pues sí, si lo dices así. Me temo que mi hora de acostarme no debería ser más allá de las nueve. Las cinco A.M es terriblemente temprano."

"¿Te funcionaría a las cinco P.M.?"

"¿Honestamente?"

"Por supuesto... honestamente. Golpéame justo aquí," Baker golpeó sus abdominales. "Puedo soportarlo."

Evelyn se disolvió en risas. "¿Podemos quedar a las 4:45?"

"4:45 será. Te recogeré, ¿de acuerdo?"

"Nos vemos, más tarde," Evelyn sonrió y salió corriendo.

Allen sonrió para sí y caminó tranquilamente al cuarto de Mary Beth. Abrió suavemente la puerta y miró a su hija. Una pequeña forma estaba acurrucada en su lado en la cama. El Capitán Baker observó las sábanas levantarse y caer suavemente. Finalmente, suspiró y cerró la puerta sin hacer ruido.

***

Allen estaba muy animado por el progreso de Mary Beth. *Ya es hora de que asome la cabeza en la oficina,* pensó. Silbando para sí mismo, entró a su automóvil y condujo hacia el centro.

"Vaya, miren quién está aquí," dijo Betty Lou. "Bienvenido, Señor." Le sonrió ampliamente.

El Capitán Baker entró en su oficina, con Betty Lou tras los talones con una almohadilla de esteno en una mano. Allen se sentó en su silla. Giró de un lado a otro y apoyó las manos en su escritorio. "Dios mío, Betty Lou, ¿qué le has hecho a mi oficina? ¡Nunca había visto escritorio tan limpio!"

"Sí, señor," dijo Betty Lou.

"Las cosas han estado funcionando sin problemas, ¿eh?" preguntó.

"Oh, sí, Señor, quiero decir, no, Señor," dijo con confusión.

El Capitán rió entre dientes, "No te preocupes, Betty Lou, solo estoy bromeando."

"Hemos hecho todo lo posible, Señor," dijo Betty Lou diplomáticamente, "pero nos alegra tenerlo de vuelta."

"Bueno, Betty Lou, realmente no estoy de vuelta. Esto es solo una visita rápida. Tuve un minuto extra."

"¿Cómo está Mary Beth, Señor?"

"Ahora está despierta."

"¡Maravilloso!"

"Me alegra que la hayan trasladado a una habitación privada. Ella sigue estando muy débil, pero creemos que ganará fuerza rápidamente, ahora que puede comer regularmente, y puede sentarse."

"Estoy feliz de escuchar eso, Señor."

"Su rehabilitación será un proceso largo. Hoy era apenas el primer día. Tiene mucho que curar, tanto física como mentalmente. Ella no tiene ni idea de lo que le ocurrió, por supuesto, pero las preguntas vendrán. Tendrá un equipo de profesionales ocupándose de ella. Betty Lou, yo... bueno, probablemente no debería decir nada."

"¿Señor?"

"Estoy tan... bien... frustrado, supongo. Quiero volver aquí. No puedo esperar para ponerle las manos encima a ese... que... ese arrastrado que le dio a mi hija el GHB. Juro, Betty Lou, que podría estrangularlo con mis manos desnudas," suspiró, "y esa no es una buena actitud para un oficial de la ley. No debería decírtelo."

"Está bien, señor. Creo que todos estaríamos sorprendidos por el porcentaje de personas en la policía que se convirtieron en agentes de paz luego de que un miembro de su familia fuese víctima de un crimen."

"Gracias, Betty Lou. Eso me ayuda a ponerlo en perspectiva. Supongo que no hay pistas nuevas, o lo habrías oído."

"No Señor."

"Bueno, será mejor que siga adelante antes de que algunos de los hombres se presenten. No hay necesidad de mencionar esta visita a Mike o Lou. Siempre y cuando Mike esté a cargo, no estaré entrando y saliendo, cuestionándolos. Cuando regrese, será a tiempo completo y todos tendrán una amplia advertencia."

"Eso es sabio, Señor."

"Es solo lo justo," dijo el Capitán Baker. "Adiós, Betty Lou."

No podrá estar lejos por mucho tiempo, pensó ella.

Isaac Samuel "Sammy" Monroe III en la casa segura.

Sammy se inclinó sobre el teclado de su computadora. Estaba profundamente concentrado para completar su tarea antes de la fecha límite. Era un chico muy brillante, capaz de terminar la tarea a la hora del almuerzo, la mayoría de los días, dejando la tarde libre para jugar con la perra Lady, leer, explorar el desierto o molestar a Cal Culpepper pidiéndole historias.

La presencia de Sammy en la casa de seguridad había traído una brisa fresca a la habitual y monótona existencia. Pete Norton disfrutó especialmente de sus partidas regulares de ajedrez. Por supuesto, todavía tenía que ganar alguno, pero Sammy era muy abierto con sus consejos. Norton estaba seguro de que sus habilidades estaban mejorando. Sammy lo alabó cuando hizo un movimiento inteligente.

El padre de Sammy había enviado a uno de los técnicos de la compañía a la casa de seguridad para instalar un receptor de satélite y equipo informático de última generación. Sammy tenía un tutor privado disponible por Mensajería Instantánea, sus clases de la secundaria en DVD y acceso a cualquier juego de computadora que su corazón deseara. Una vez al día, Sammy le enviaba sus tareas al tutor.

El sargento Sam Mulholland tenía previsto recoger a Sammy el viernes por la tarde. Sammy pasaría un largo fin de semana con sus padres en su apartamento seguro en la sede de la empresa.

Mike y el Padre O'Malley

Mike se sentó en su escritorio golpeando ligeramente el escritorio con un lápiz. Cogió el auricular del teléfono, lo miró por un minuto y lo volvió a bajar.

A Leroy le apareció una pregunta en el rostro. Sin decir nada volvió a su lectura.

Mike cogió un clip, lo enderezó y lo volvió a doblar. Pinchó con el lápiz, dibujando una serie de lazos y plazas.

Tomó el teléfono otra vez y marcó una serie de números. Cubrió su voz con su mano y habló en voz baja. "Padre O'Malley, por favor," dijo Mike. Leroy se esforzó por oír.

"Un momento," dijo una voz.

"Aquí el Padre O'Malley,"

"Hola, Padre, es Mike McBride. ¿Cómo está?"

"Tan bien como una buena mañana irlandesa, Michael, ¿cómo estás tú, amigo mío?"

"Sinceramente, sigo dolido por la paliza que me diste en la sala de billar la otra noche."

"Heh-heh, bueno, muchacho, tu mente no estaba en el juego. Todo el mundo tiene sus días de baja."

"Bueno, no es por eso que lo llamé, Padre. De hecho, he estado pensando."

"¿Ah?", dijo el Padre.

"He estado pensando que tal vez tome su oferta de organizarme una cita a ciegas con este modelo de virtud que me prometió."

Leroy alzó la vista, francamente interesado.

"Bueno, me complace oír eso ahora, Michael," dijo el Padre. "Estoy seguro de que disfrutarás de su compañía. Claro que todavía tengo que acercarme a la dama. Tal vez deberías darme unos días para prepararlo."

"Tendré que ajustarlo a mi horario de trabajo, Padre. Tengo libres el viernes y el sábado de esta semana."

"¿Estás pensando en cenar y bailar?"

"No, padre, no para una primera cita. Que sea simple, ¿de acuerdo? Solo un café, o un almuerzo, algo así. Denos la oportunidad de conocernos, ya sabe."

"Bueno, hijo mío, lo mejor sería que asistieras a nuestro grupo de jóvenes solteros el jueves por la noche. Ella casi siempre está allí."

"Preferiría no hacerlo, Padre. Muy rara vez tengo los jueves libres." *Esa es una mentirilla blanca,* le advirtió a Mike su consciencia.

"Volveré a llamarte, Michael."

"Gracias Padre. Adiós." Mike colgó el teléfono con cuidado y cogió el lápiz.

Leroy ya no fingía indiferencia. "Mike, ¿acabo de oír lo que creo que oí?"

Mike respondió, "No sé de qué estás hablando."

Leroy acusó, "Oh, sí lo sabes." Él se rió. "¿Qué pasó con Juli?"

"Juli volvió a San Francisco," dijo Mike.

"¿Y qué?" preguntó Leroy.

"Se ha ido, y tengo que seguir adelante. Todavía estoy buscando a mi chica casera. Juli era una chica de ciudad. Fin de la historia."

"Ya veo," dijo Leroy. "Pensé que tú y ella estaban muy unidos."

"¿De verdad?" Mike lo negó, "No, en absoluto. Solo salimos un par de veces. No hubo chispas."

"Escucha, Mike, puedo arreglarte con Lorraine cuando quieras. Ella es muy hogareña, eso seguro. Me gustaría que fuera a trabajar."

"Ah, olvídalo, Leroy. No me lances encima a tu ex, amigo."

"¡Oh, rayos!" gimió Leroy.

Mike se rió.

El teléfono sonó. "Aquí McBride."

"Hubo otra muerte sospechosa en la cárcel, Mike."

"¿Es otro guardaespaldas de Jacobs?"

"Sí."

"Vamos para allá." Mike colgó. Miró a Leroy. "Otro matón asesinado. Vamonos."

***

"Sheriff," Mike asintió con la cabeza en señal de reconocimiento.

El sheriff estaba rodeado por un grupo de diputados y patrulleros uniformados. Estaba hablando. "Tenemos otra muerte inexplicable. Esta vez no hay duda de que fue un homicidio. El cuerpo fue encontrado en la ducha justo después de la llamada de despertar de la mañana. La muerte aparente fue estrangulación por medio de un garrote alrededor del cuello. No hay signos de lucha. Debe haber sido rápido y silencioso. Todo parece ser obra de un profesional. El motivo parece claro; este es un golpe de la mafia. El Cartel de la Costa Oeste está atando algunos cabos sueltos. Los guardaespaldas de John Jacobs están siendo reemplazados. Jacobs no puede darse el lujo de arriesgarse a que uno de ellos se convierta en testigo del estado contra él. Saben demasiado."

Mike interrumpió, "Eso parece claro. La pregunta no es tanto quién ordenó estos éxitos, sino quién los llevó a cabo, cómo lo hicieron, la edad, quién, dónde, qué, cuándo y cómo. Con este segundo asesinato sabemos por qué. Los sospechosos obvios son los dos guardaespaldas que siguen vivos. Sin embargo, podría haber un tercero que ni siquiera conocemos. La gente de Jacobs está por todas partes. Tenemos que ir tras este caso con tanto cuidado como lo haríamos en cualquier caso. La hora de la muerte es importante porque debemos construir una línea de tiempo. Debería ser posible determinar el paradero de cada persona con acceso a esta cárcel... cada persona, incluyendo los guardias y el personal administrativo... todo el mundo.

"Hardy y Turbulo, los voy a asignar a dirigir este caso. Soliciten tantas personas como necesiten. Me gustaría una línea de tiempo y la ubicación del personal en mi escritorio tan pronto como la hayan terminado. Sam y Leo interrogarán a los dos guardaespaldas restantes y prepararán un informe. Nos reuniremos todos en la sala de conferencias mañana por la mañana a las ocho. Vamos a escuchar sus informes preliminares en ese momento.”

Mike No Tiene Nada Qué Hacer

Era jueves en la noche. Mike volvió a su casa vacía. Parecía tan silenciosa sin la perra Lady. Ella vendría a casa durante el fin de semana —mañana, de hecho— mientras Sammy visitaba a sus padres. Mike se preparó una cena rápida y se sentó con el periódico vespertino. No podía mantener la mente en ello. Sus pensamientos volvían, una y otra vez, al Padre O'Malley y al grupo de Adultos Jóvenes Solteros.

Mike decidió escuchar sus mensajes. *Quizás alguien haya llamado.* Un mensaje de su madre le informó que saldrían esa noche, un par de vendedores intentaban venderle algo, y eso era todo. Mike llamó a Leroy para ver si le gustaría ir a jugar algo de billar. "Lo siento, Mike, estoy ocupado con los niños esta noche," dijo Leroy.

Mike encendió su computadora para ver si había algún mensaje o correo electrónico o notificación de Facebook. Nada. Revisó para ver si alguno de sus amigos estaba en línea. Ninguno. Consideró llamar a Juli. *No, no voy a caer en esa trampa. Juliette se fue; está fuera de mi vida.* Se dijo a sí mismo que era algo bueno. *Solo no tengo nada qué hacer por ahora. Lo superaré. Quizás el Padre O'Malley tiene razón. Quizás necesito salir y conocer nuevas personas.*

Mike se decidió. *Oh, qué carajo, le daré un intento, solo una vez.* Tomó las llaves de su automóvil, cambió la alarma a "fuera" y se dirigió hacia la puerta. Diez minutos después entraba en el estacionamiento de St. Luke. Se sentía fuera de lugar al entrar al ala de actividades de la iglesia. ¿Cuántos años habían pasado ya? Por los menos diez, quizás más, años desde que iba regularmente al grupo de jóvenes. Tras la secundaria sus amigos se habían marchado. Mike se había quedado y no había regresado a la iglesia, no porque tuviese algo en contra, sino porque estaba ocupado con otras cosas.

El pasillo parecía desierto. Por un segundo Mike consideró el volver atrás. Justo cuando una mujer salió del baño. "Hola," dijo ella brillantemente.

"Hola," dijo Mike, sintiendo algo de inseguridad.

"¿Puedo guiarte hacia algún lugar?" le preguntó ella.

"Ehm, ¿ya inició el "Grupo de Solteros"? Quizás llegué algo temprano."

"En absoluto; llegaste justo a tiempo. No tenemos hora de inicio. Es cuando la gente llega aquí. Todos tenemos vidas ocupadas, así que la gente llega cuando puede y se va cuando tiene que irse. Cerramos alrededor de las 10:30. Me temo que aún no estamos muy bien organizados," se río ella. "Ven conmigo," le dijo.

A Mike le gustaba el sonido de su risa. Él la miró más de cerca mientras caminaban juntos. "Mi nombre es Mike," se presentó él.

"Soy Alison," dijo. "Aquí nos tratamos de tú," sonrió. "Nadie puede recordar todos los apellidos."

A Mike también le gustaba su sonrisa. Él le sonrió de vuelta. "Suena perfecto para mí. Soy terrible con los nombres."

"Entonces no te importará que usemos etiquetas de nombre. Así nos ahorramos vergüenza. El punto es que como no hay reglas tampoco hay vergüenza. Todo el mundo se siente en casa aquí."

"Me gusta eso," dijo Mike mientras entraban en una habitación grande, iluminada tenuemente, con pequeños grupos de muebles y mesas sobre una gruesa alfombra. Había velas y bocadillos dispersos en las mesas. Un grupo de personas estaba reunido alrededor de las mesas hablando en voz baja. Un ocasional estallido de risa hizo que las cabezas se volvieran y sonrieran. Mike notó que la mayoría se habían quitado los zapatos y apoyado los pies en las mesas y sillas.

Alison se movió hacia un refrigerador. "¿Qué te gustaría beber, Mike?" lereguntó, e indicó una selección de refrescos y cerveza. "También tenemos café, si prefieres. Oh, lo olvidé, tenemos una regla; por favor, no más de una cerveza por hora. No queremos ser responsables de accidentes de conducción. Si esta es tu primera vez, no se espera que pagues. Después de eso, puedes dar un dólar o dos, pero solo si tienes un trabajo pagado," añadió.

Mike sacó un dólar. Abrió la cerveza y miró a su alrededor.

Alison continuó, "Allí tenemos una colección de juegos de mesa, cartas y cosas así. Puedes sentarte donde quieras y conocer a algunas personas, o puedes unirte a mi mesa, si quieres."

"Me gustaría eso," dijo Mike y la siguió.

Alison le indicó una silla a Mike y arrastró una silla extra para ella. Los otros se movieron para hacer espacio. "Hola gente, volví. Este es Mike," dijo.

"Hola Mike. Hola. Bienvenido. Mi nombre es Marge. Mi nombre es Bill. Mi nombre es Nan." Parecían hablar todos a la vez.

Mike asintió y sonrió. Se recostó en su asiento y se ocupó de su cerveza mientras la charla iba de un lado a otro de la mesa. De vez en cuando alguien nuevo se unía a su grupo. Otros se iban. Algunos se movían de mesa en mesa. Mike se sirvió una variedad de bocadillos y dijo muy poco. Se sintió aliviado cuando alguien nuevo se unió al grupo. Ya no era el nuevo chico de la cuadra. Acostumbrado a notar todo lo que sucedía a su alrededor, pronto tuvo la mayoría de los nombres y rostros archivados en su memoria. No podía dejar de preguntarse cuál de las muchachas era la que el padre O'Malley tenía en mente para él. En cierto sentido, lamentó haber hecho el arreglo con el padre. Preferiría elegir a su propia cita entre las chicas de este grupo. Mike se divirtió tratando de adivinar. Había varias chicas y hombres simpáticos. El grupo estaba dividido casi en partes iguales.

Después de las nueve, algunas personas se fueron. Otros ahogaron bostezos. Mike lo tomó como una señal, dio las buenas noches y se levantó para irse.

"Encantado de conocerte, Mike. Vuelve el próximo jueves. Nos vemos. Cuídate," y saludos similares le siguieron mientras desaparecía por la puerta.

Mike durmió bien esa noche.

CAPÍTULO DIECISÉIS

La Fuerza Especial

Eran las 8:00 A.M. del viernes. Sintiéndose descansado, Mike estaba a la cabeza de la mesa de conferencias. Reconoció a la fuerza especial que había escogido personalmente para investigar los asesinatos: el Sargento Hal Hardy y el Patrullero Tom Turbulo a cargo, el Sargento Sam Mulholland y el Teniente Leo MacGrady como interrogadores, y el Sargento Leroy Bratowski, el compañero de Mike.

Qué gran calidad hay en este grupo de oficiales, pensó Mike, *no podría haber pedido nada mejor.* "Buenos días caballeros. Gracias por venir. Ahora bien, estamos involucrados en un caso difícil y complicado. En concreto, tenemos la tarea de resolver dos asesinatos en la cárcel — eso parece bastante sencillo. Sin embargo, creemos que estos asesinatos son obra del cartel de drogas de la Costa Oeste que tiene tentáculos que van desde el oeste de los Estados Unidos a través de América Central hasta Columbia. Resolver estos asesinatos podría tener efectos de largo alcance, posiblemente lleguemos hasta el mismo capo, John Jacobs, también conocido como "Joseph la Rata".

En nuestra pequeña ciudad, ninguno de nosotros es inmune a las terribles consecuencias de esta guerra contra las drogas. Tenemos un interés personal en derribar el Cártel y cerrar la maligna red de drogas que infecta nuestras escuelas y nuestras ciudades. Por lo tanto, tengan esto en cuenta mientras trabajan en este caso. Estamos buscando peces gordos y muy peligrosos.

Ahora, voy a llamar a Hal y a Tom para continuar esta reunión." Mike se sentó y Hal tomó el control de la reunión.

"Tom y yo hemos empezado una línea de tiempo como se puede ver aquí." Hal se volvió hacia la pantalla plana. "Esta imagen estará disponible en sus computadoras. Como pueden ver, hemos cubierto las cuatro horas desde las seis hasta las diez de la mañana del jueves. El forense ha reducido el tiempo de muerte de siete a nueve. Decidimos añadir una hora en cada extremo. Hemos dividido el tiempo en segmentos de diez minutos. A un lado hemos enumerado a cada persona que estuvo presente en la cárcel durante ese período de tiempo. Esto incluye presos, guardias y personal administrativo. Supongamos que eliges a una persona y sigues su línea a lo largo de las cuatro horas. Verás una línea de puntos coloreados. Estos puntos indican dónde se suponía que estaba la persona. La clave de los colores está a la izquierda. Cada segmento de diez minutos se divide en dos mitades. La mitad inferior muestra dónde se suponía que estaba la persona. La mitad superior muestra dónde estaba. Estamos buscando conocer las dos cosas. Pero primero, claro, será cualquiera que estuviera en el área de las duchas. El segundo será cualquiera que esté fuera de lugar. Todas estas personas serán interrogadas. Estaremos buscando corroboración por parte de testigos. ¿Quién vio a quién, en dónde? Nuestro objetivo será entrevistar a tantas personas como sea posible y rellenar todos los espacios en blanco de esta tabla. Eso es todo lo que tengo hoy."

"¿Alguien tiene preguntas para Hal?" preguntó Mike. "Al no escuchar nada, escucharemos a Leo y Sam en sus entrevistas con los otros dos guardaespaldas de Jacobs."

Leo tomó la palabra. "Como saben, estamos reteniendo a los cuatro guardaespaldas de John Jacobs bajo posesión de narcóticos y sospecha de asesinato. Creemos que Jacobs, por sí mismo, ha ordenado asesinatos e intentos de asesinatos que fueron llevados a cabo por estos cuatro. Hasta ahora, tenemos el testimonio de Norton y su identificación de los cuatro en una misma alineación. Sin embargo, necesitamos construir mejor el caso. Mientras tanto, dos de los cuatro han sido asesinados justo frente a nuestras narices. Nos conviene proteger a los dos restantes, con suerte para voltearlos en contra Jacobs."

"Sam y yo cooperamos para interrogar a los dos. Ambos se sorprendieron cuando se les informó del segundo asesinato. Cada uno afirmó haber estado encerrado en su celda durante las cuatro horas enteras. Hemos corroborado esto con al menos otros cuatro testigos en cada caso, tanto de guardias como de otros presos. Se les sirvió el desayuno en sus celdas. Hasta ahora, no tenemos pruebas de que cualquiera de los dos hubiera podido cometer el asesinato. Fuimos un paso más allá y les preguntamos quién podría haberlo hecho. Ambos están seguros de que Jacobs tiene un ejército virtual de personas en todo el sistema penitenciario del Occidente de los Estados Unidos. Ambos están aterrorizados. Claramente creen que serán los próximos. Creo que sería probable voltearlos contra Jacobs, pero solo si estan absolutamente convencidos de que serán protegidos. Es comprensible, no confían en nadie. La transcripción completa de nuestras entrevistas está publicada en nuestro sitio web seguro."

"¿Hay alguna pregunta?" preguntó Mike.

Todos sacudieron la cabeza.

"Muy bien," dijo Mike. "Claramente el siguiente paso será entrevistar a tantos jugadores como sea posible. Sugiero que ustedes cuatro vayan a la cárcel hoy y comiencen a trabajar en eso. Sam tiene que irse a la casa segura alrededor de la una. Leroy se quedará aquí conmigo. Tiene que haber una pista, en alguna parte. No podemos permitirnos dejar ninguna piedra sin mover. A menos que haya algo que alguien quiera añadir, nos levantaremos y nos reuniremos aquí de nuevo mañana a las ocho de la mañana."

Lady está en Casa

El viernes por la tarde, Sam Mulholland vio a Isaac Samuel Monroe a salvo en el apartamento secreto de sus padres; y luego se dirigió a la casa de Mike para entregar a la perra Lady. Cuando estaban a tres cuadras de la casa, Lady, que había estado dormida todo el camino, de repente se sentó. Empezó a gemir y meneó la cola con entusiasmo. "¿Cómo sabes dónde estás?" preguntó Sam.

Lady se sacudió y se movió, saltando a la ventana.

"¿Lo sabes, no es cierto?" dijo Sam. "No puedes esperar a ver a Mike." Mientras se acercaban a la entrada, Lady estaba fuera de sí. Sam abrió la puerta y Lady se disparó como una bala. Corrió hacia la puerta, saltó y empezó a ladrar. "Calma a tus caballos," dijo Sam. "Voy, voy." Sam conocía la combinación de la puerta principal. Golpeó los números y entró. Sam puso el sistema de alarma en "casa" mientras Lady se precipitaba muy emocionada de una habitación a otra, su nariz en el trabajo, tratando de encontrar a Mike. Finalmente, regresó al vestíbulo y miró a Sam con perplejidad. "Mike volverá a casa más tarde, Lady, tranquilízate."

Lady pareció entenderlo. Se calmó, caminó a través de la cocina y hacia la puerta trasera. Puso una pata en la puerta y miró a Sam como si dijera, "Déjame salir." Sam abrió la puerta para que ella saliera al patio trasero cercado. Lady era tan feliz como cualquier humano al volver a su propio baño. Olfateó alrededor de los macizos de flores hasta que seleccionó un lugar, y luego se agachó. Luego, husmeó un poco más para asegurarse de que no había habido intrusos. Satisfecha, volvió trotando a la casa, cerró la puerta y se acercó a sus platos de perro. Vacíos.

"Vaya, lo siento," dijo Sam. Le llenó el plato de agua en el fregadero de la cocina y lo reemplazó en el suelo. Lady lamió. Sam añadió comida a su otro plato. Lady se lo terminó. Luego se acercó a su alfombra especial, en la puerta de atrás, dio tres vueltas y se sentó para esperar. Sam pudo ver que ya no era necesario. "Bueno, Lady, supongo que puedo dejarte ahora." Lady lo miró una vez, apoyó la barbilla en las patas y volvió los ojos para mirar la puerta de atrás. Sam puso la alarma en "fuera" y salió por la puerta principal.

Sammy Está de Vuelta a la Ciudad

Isaac Samuel le echó un vistazo al apartamento. La primera parada fue la nevera. Tomó un refresco y los ingredientes para un sándwich. Comiendo alegremente, chequeó su habitación, y vio que estaba totalmente equipada. Nadie parecía estar en casa. El guardia debía estar en su descanso. Sammy se quitó su chaqueta, se dejó caer delante de su computadora y la encendió. Tomó su teléfono y llamó al hospital.

"Hospital de St. Luke. ¿Cómo puedo ayudarte?"

"Mary Beth Baker, por favor."

"Te conectaré con su cuarto."

Después de tres repiques, respondió una voz adormilada. "¿Hola?"

"Mary Beth, ¿eres tú?"

"Sammy, ¿eres tú?" exclamó ella, completamente despierta.

"Soy yo," respondió Sammy, "¿Cómo estás?"

"Oh, Sammy es tan bueno escuchar tu voz. He estado tan preocupada."

"Yo también, Mary Beth. Quiero verte. ¿Puedes recibir visitas?"

"Sí, estoy en la habitación 403. Toma los ascensores principales a la derecha de la recepción hasta el cuarto piso. ¿Cuándo puedes venir?"

"Tendré que tomar un autobús. No tengo mi bici ahora mismo."

"Ok, Sammy, te estaré esperando."

El guardia de seguridad asomó la cabeza por la puerta. "Oí tu voz," le dijo. "Me alegra ver que estás en casa, sano y salvo."

"Hola," dijo Sammy, mientras tecleaba algunas cosas en el teclado de su computadora. "Supongo que me sentaré aquí un rato y haré parte de mi tarea."

"Buena idea," dijo el guardia. "Estaré en la cocina por si necesitas algo."

"Gracias," dijo Sammy mientras abría un archivo.

Sammy tomó un bloc de notas y arrancó una nota rápidamente para su mamá. *¿Dónde debería esconder esto, para que el guardia no lo vea?* Se quitó los zapatos, tomó su mochila y atravesó el pasillo hacia la habitación de sus padres. Mirando alrededor, su mirada cayó en el baño de su madre.

Sammy desenrolló casi un pie de papel higiénico, insertó su nota en el rollo y cuidadosamente lo volvió a enrollar. *Eventualmente lo encontrará.* Sammy regresó al pasillo. Escuchaba al guardia. La television de la cocina estaba encendida a alto volumen. *Bien. Este guardia debe tener problemas auditivos. Suena como si estuviese viendo un canal de deportes.*

Sammy regresó a la habitación de sus padres y se dirigió al panel de control junto a la cama, en el lado de su padre. Inhabilitó las puertas francesas de su dormitorio, esperando que el guardia no notara el pequeño pitido que indicaba un cambio. Reinició la alarma con un retraso de diez segundos, abrió las puertas francesas, las cerró cuidadosamente, se puso los zapatos y salió corriendo.

Silbando, caminó, frenó y se detuvo frente a la puerta. Hizo una seña al guardia y siguió silbando, mirando por el camino como si esperara un paseo. Esperó a que el guardia se distrajera, revisando a los visitantes en la puerta. Sammy partió en dirección contraria.

No estaba seguro de qué autobús tomar. Estudió el horario impreso en la parada del autobús y se acercó a la acera para esperar. Corrientes de automóviles, camiones y taxis pasaban mientras esperaba con impaciencia un autobús. Después de diez minutos ansioso, un taxi disminuyó la velocidad y bajó la ventana. "¿Necesitas un paseo?" preguntó el conductor.

Sammy se sintió en el bolsillo y sacó un billete. "Esto es todo lo que tengo," dijo. "¿Puedes llevarme al hospital?"

"Sube, hijo," dijo el conductor.

Sammy abrió la puerta y entró. Un hombre mayor compartía el taxi. "¿A dónde te diriges?" preguntó, mientras el taxi entraba en el tráfico.

"Al hospital de St. Luke," dijo Sammy.

"¿Está bien si me dejas, primero?" preguntó el hombre.

"Supongo que sí," dijo Sammy, "es tu taxi."

Sammy miraba por la ventana, observando las señales de la calle, tratando de recordar dónde habían estado, para poder encontrar su camino de regreso al apartamento. Después de veinte minutos, dejaron atrás las calles de la ciudad. No reconoció esta área. "¿A dónde vamos?" preguntó Sammy, nervioso.

"Pronto lo verás," contestó el hombre.

El taxi giró hacia una calle lateral y entró detrás de un gran edificio que parecía un almacén. "Aquí es donde nos bajamos," dijo el hombre.

"No voy a bajar aquí," dijo Sammy. "Voy al hospital."

"No lo creo," dijo el hombre. En ese momento el conductor abrió la puerta de Sammy, lo agarró por el brazo y lo sacó del taxi.

"¡Hey, espera un minuto!" Sammy luchó por el control. "¿Qué estás haciendo? ¡Déjame ir!" Sammy dio patadas y manotadas con su mano libre. Rápidamente el otro hombre agarró el brazo libre de Sammy y le colocó un trapo sobre la nariz. Sammy gritó e inhaló un mal olor. "¡Detente! Déjame i..." Las rodillas de Sammy se aflojaron, sus ojos se cerraron, su cabeza cayó.

"Bien, ya lo tenemos," dijo el conductor. "Vamos a ponerlo en cuclillas y amordazarlo. Lo pondremos en el suelo del asiento trasero. Tú lo vigilas. Si empieza a volver en sí, dale más cloroformo. Iré a la guarida."

***

Gradualmente, Sammy se despertó. Parpadeó durante varios minutos. Se dio cuenta del dolor en sus brazos y piernas. ¿Dónde estoy? ¿Qué ocurrió? Trató de enderezar sus brazos y las piernas y descubrió que estaban torpemente atados a su espalda. Sammy trató de pensar, pero su mente estaba borrosa. Entonces recordó: Mamá y papá y el apartamento secreto. *Iba a ver a Mary Beth.* Poco a poco le volvían los recuerdos —la parada de autobús, el taxi, salir de la ciudad, ser arrastrado fuera del taxi, y luego todo se volvió negro.

Sammy luchó contra sus ataduras. Pero solo se endurecieron. Intentó mover la cabeza lo más hacia la derecha y la izquierda posible. Estaba acostado en una cama en una habitación pequeña, con una puerta. Había dos ventanas altas y estrechas a ambos lados. Todavía era de día. O todavía era viernes, o había estado allí toda la noche y ya era sábado.

Sammy pasó unos minutos contemplando su situación. Tenía que salir de allí. ¿Pero cómo? Eso era imposible. Tenía hambre y sed. Su vejiga estaba llena. ¡Qué desastre! Entonces recordó la nota que había dejado para su madre. Sus padres estarían frenéticos. Y Mary Beth, también, se preguntaría qué le había pasado. *Seguramente Papá enviará a sus guardias de seguridad a buscarme; pero, ¿cómo me encontrarán?*

***

Rose Monroe entró en el apartamento por la puerta principal. Dejó su bolso a un lado y llevó sus víveres a la cocina. Había planeado una cena especial para el regreso a casa de Isaac. Rose colocó sus paquetes en el mostrador y procedió a guardar las cosas, dejando fuera las cosas que necesitaba para la cena.

***

Mary Beth colgó después de hablar con Sammy. Se echó hacia atrás y miró al techo durante unos minutos, preocupándose por su próxima reunión. *Sammy hará preguntas o pretenderá que no ha pasado nada. Definitivamente tengo cosas que preguntarle a él. Aquí nadie me dirá nada. Probablemente no llegue en la próxima media hora. Quizás tarde más.* Mary Beth cerró los ojos y se quedó dormida.

Mike Se Prepara

Mike salió temprano de la oficina para prepararse para su cita a ciegas. El Padre O'Malley había sido muy misterioso respecto a la chica. "No te diré su nombre, Michael. Ella pidió ser anónima, hasta decidir si quiere verte de nuevo."

"¿No es eso un poco ridículo?" preguntó Mike.

"Oye, hombre, ella es una mujer," se rió el Padre. "¿Quién puede entenderla?"

"Punto tomado," dijo Mike. "Está bien, voy a aceptarlo. ¿Cómo la reconozco?"

"Es de estatura promedio, pelo promedio, peso promedio, edad media," dijo el Padre.

"No es gracioso," dijo Mike. "Esfuércese más."

"Lo siento, Mike, pero esta es la única manera en que ella estaría de acuerdo con la cita a ciegas. Dice que ya se ha quemado antes.

Insiste en que uses tu uniforme, consigas una mesa para dos en la ventana, tomes un asiento frente a la entrada, y esperes. Ella te va a mirar, y si le gustas te acompañará en la mesa. Ella dirá, 'Hola, ¿eres Mike?' y si te gusta, contestarás 'Sí ' y ella dirá 'el Padre me envió.' Si no te gusta su apariencia, simplemente dices 'No, yo no soy Mike.' ¿Entendido?"

"Parece que hace falta una capa y un puñal," dijo Mike. "Estoy me divierte un poco."

"Supongo que sí," dijo el Padre riendo. "Pero imagínate cómo me siento. Soy un sacerdote, por el amor de Dios. Emparejar a la gente no es mi línea de trabajo habitual."

"Tiene razón en eso," dijo Mike. "Bueno, gracias, creo," dijo Mike. "Espero que valga la pena."

"Buena suerte, hijo. Mantenme informado," dijo el Padre.

Grace Planea una Recepción

La madre de Mike estaba sentada en su computadora, escribiendo invitaciones a una recepción. "Estás cordialmente invitado a una recepción nupcial en honor de Suzanne Carolle, futura esposa de Sam Mulholland, el domingo a las 5:00 PM, en la casa de Grace McBride. Por favor confirma tu asistencia. Los regalos de Suzanne están registrados en https.www.GiftRegistry.com. PD Los hombres se reunirán en el Pub de O'Grady."

Grace escribió los nombres de sus invitados en la columna "A". Satisfecha con su trabajo, presionó "enviar". A continuación volvió para planificar su menú, la decoración y el entretenimiento para la fiesta. *¡Esto va a ser muy divertido!* pensó.

Mike Se Viste

Mike salió de la ducha y buscó una toalla. La perra Lady estaba sentada pacientemente observando cada uno de sus movimientos mientras se secaba, se afeitaba y se ponía su mejor uniforme de vestir. No podía recordar la última vez que había usado ese uniforme. Por lo general, se reservaba para inaugurales y desfiles para los visitantes importantes.

"Bueno, Lady, aquí vamos. ¿Quieres acompañarme?" Lady sacudió la cola. "Podría ser una larga espera," le advirtió Mike. Lady estaba lista. "Muy bien, puedes ir, pero primero, sal y haz lo tuyo." La dejó salir por la parte de atrás. Ella no perdió tiempo. Mike tomó las llaves del coche, apagó la alarma y cerró la puerta con llave.

Mientras iba por la calle, escuchó el despacho. No salió ningún sonido. Mike tecleó su micrófono. "McBride aquí. ¿Hay noticias?"

"Todo está tranquilo," respondió el despachador.

"Estaré cenando por la próxima hora. Avísame si surge algo. Cambio."

"Entendido. Cambio y fuera."

Mike llegó al restaurante. Miró a su alrededor buscando alguna mujer desamparada. Al no ver ninguna, bajó la ventana de Lady y abrió la puerta para salir. "Siéntate, quieta," ordenó. Sintiéndose un poco conspicuo y tonto, entró en el restaurante.

"Bienvenido," dijo la anfitriona. "¿Quieres una mesa para uno? ¿Fumador o no fumador?"

"Mesa para dos por la ventana, por favor. No fumador," respondió Mike. Siguió a la anfitriona hasta un asiento cerca de la ventana, examinando los patrones mientras pasaba.

La anfitriona le mostró una mesa de la ventana. Colocó dos menús en los lugares. "¿Esta está bien?" preguntó.

"Sí, está bien," dijo Mike mientras sacaba su silla y se sentaba, de cara a la entrada.

Apenas la chica se fue, un camarero se acercó a la mesa. "¿Puedo ofrecerle algo de beber?" preguntó el camarero.

"Esperaré a la dama," dijo Mike. *Si es que realmente hay una dama,* pensó.

"Muy bien, Señor," dijo el camarero y se retiró.

Mike golpeaba la mesa con sus dedos y veía en todas direcciones. Miró su reloj, tomó el menú y miró sin ver los precios. Se aflojó un poco la corbata, y volvió a mirar su reloj. *Le daré diez minutos como máximo,* decidió, *no más.* Mike se entretenía mirando a la gente y viendo a través de la ventana.

Un auto pequeño se estacionó en un puesto cercano. Una mujer salió y cerró la puerta. Miró su reloj, preocupada, y se apresuró hacia la entrada. *Conozco a esa mujer.* Mike buscó en su gigantesca base de datos. *La he visto en algún lado. Cielos, espero que no me reconozca.* Mike la miró hablando con la anfitriona mientras le echaba un vistazo al restaurant. De repente sus ojos se fijaron en los de Mike. Una expresión de sorpresa apareció en su rostro y dio paso a una brillante sonrisa. Se despidió de la anfitriona y caminó directo a la mesa de Mike, deteniéndose en la silla vacía. "¿Eres Mike?" le preguntó.

"Sí," Mike le sonrió.

"Hola, el Padre me envió," se rió. "Soy Alison, ¿puedo acompañarte?"

Mike se levantó y la ayudó a sentarse. Se sentó frente a ella.

Alison colocó su bolso en su regazo, apoyó un codo en la mesa y fijó a Mike con una sonrisa brillante. "Qué pequeño es el mundo," dijo.

"Ese sacerdote nos ha fichado rápido," dijo Mike. "¿Lo sabías desde el principio?"

"Que me parta un rayo si miento," dijo Alison, dibujando una gran X en su pecho, "él también me engañó."

"Me alegro de que seas tú," dijo Mike.

"Me alegro también. Estaba preocupada," confesó Alison.

"Sí, yo también. Esta es mi primera cita a ciegas," dijo Mike.

"No para mí," dijo Alison.

"Bueno, el Padre, me explicó algo de eso."

"Oh, ¿te contó mi triste historia?"

"Realmente no. Solo dijo que antes te habías quemado."

Alison se echó a reír. "Es una forma de decirlo."

El camarero se acercó, con el lápiz y el bloc listos.

"¿Puedo ofrecerles algo de beber para empezar?" preguntó.

Mike hizo un gesto a Alison, "¿Qué vas a tomar?"

"¿Qué tienes a mano?" preguntó ella.

El camarero enumeró una media docena de tragos. Alison eligió uno. Mike dijo, "Que sean dos." El camarero se fue.

Mike tomó su menú. "¿Quieres venir a cenar conmigo?"

"No esta vez, Mike. Tomemos solo un aperitivo y digamos que fue solo una cita, ¿de acuerdo?"

"Espero que eso no signifique que me estás rechazando," bromeó Mike.

"No, en absoluto. Me gustas, Mike. Me pareciste un buen hombre la otra noche en la reunión de solteros. Pero, vamos a conocernos primero, y ver hacia dónde va esto, ¿de acuerdo?"

"Pienso exactamente lo mismo," dijo Mike. "Entonces, cuéntame un poco sobre tí."

Mike y Alison pasaron los siguientes cuarenta y cinco minutos bebiendo sus cervezas, comiendo patatas fritas y salsa, y conociéndose. Antes de separarse, decidieron volver a verse, aceptando tener una cita a la vez, sin compromisos.

Empresas Monroe

Lady esperaba pacientemente cuando Mike entró en el auto. Mike subió su ventana y encendió el coche. "¿Ahora qué, Lady?" le dijo. "Aquí estoy, vestido y sin tener a dónde ir. ¿Qué dices si vamos por unas hamburguesas?" Lady se babeó y le dirigió una sonrisa de perrito.

Una voz interrumpió: "Despacho al Teniente McBride, ¿me recibe?"

"McBride aquí," respondió Mike.

"Mike, tenemos una llamada de Empresas Monroe para ti. Se la pasaré a tu compañero."

Mike escuchó algunos sonidos de cambio de señal. "Hola Mike. Aquí Leroy."

"Sí, Brat, ¿qué pasa?" dijo Mike.

"Estoy en el apartamento seguro de Empresas Monroe Enterprises. Parece que tenemos una situación. Abraham Monroe llamó. Sammy parece haber desaparecido. Dejó una nota para su madre diciendo que iba al hospital; pero no ha aparecido."

"¿Has hablado con Sam Mulholland?"

"Tengo que llamarlo. Espero oír algo de él."

Mike giró en dirección al gran campus de Empresas Monroe.

"¿Qué más sabemos?" preguntó Mike.

"Rose llegó a casa después de hacer las compras alrededor de las cuatro y media. No empezó a preocuparse hasta más tarde cuando encontró una nota de Sammy diciendo que iba a ir al hospital. ¿Debería levantar una orden de búsqueda?"

"No, no lo creo. Mantengamos esto para nosotros, por ahora. No queremos alertar al cártel de que Sammy está en la ciudad. Envía a uno de nuestros grupos de trabajo al hospital para investigar, y sigue tratando de llegar a Mulholland. Podríamos necesitar traer un perro de rastreo. Cambio y fuera."

A la mención de las palabras "perro de rastreo" los oídos de Lady se animaron. Miró a Mike, que estaba profundamente sumido en sus pensamientos. Le acarició su mano y él se acercó y le rascó la oreja. Mike se detuvo en la entrada de Empresas Monroe y se detuvo. Un guardia armado se acercó al auto. "Buenas tardes, ¿puedo ver su identificación, señor?"

Mike abrió su I.D. Llevaba su placa. "Teniente Michael McBride, Jr. del Departamento de Policía de la Ciudad de Carson," dijo Mike.

El guardia inspeccionó las credenciales y tomó nota de su uniforme. "¿Estás armado, señor?" preguntó.

"Sí," contestó Mike.

"Lo siento, señor, tendrá que registrar su arma conmigo."

"No puedo hacer eso, señor," dijo Mike. "Por favor, consulte con su superior."

El guardia tomó su comunicador. Fue conducido a través de varias oficinas hasta que llegó al CEO, él mismo. Escuchó y asintió, "¡Sí, señor! ", dijo. Mirando a Mike, dijo, "Debes ser muy importante. El Señor Monroe, él mismo, dijo que te dejara entrar."

"Gracias," dijo Mike.

"Espera un minuto. Un empleado que acompañe al pez gordo."

Mike siguió a la escolta en su carro. Ella le indicó dónde estacionar su coche, y le indicó que la siguiera. Cuando Mike salió de su auto, Lady saltó tras él y corrió hacia delante. "Oye, Lady, vuelve aquí," gritó Mike. Lady lo miró y continuó. "Bueno, espero que no se pierda," dijo Mike. "Déjala ir."

La guía se detuvo. "Esta es una puerta segura," dijo. Ingresó un código y abrió la puerta del apartamento. "Te dejaré aquí," dijo. Cuando se dio la vuelta, Lady se deslizó por la puerta.

Mike y Lady siguieron el sonido de voces que venían de otra habitación. Leroy asintió y miró a Lady con sorpresa. Abraham y Rose se acurrucaban juntos en una mesa de la cocina. "Por favor, siéntese," invitó Rose. "Estoy feliz de ver que trajiste a tu perro de búsqueda. ¿Puedo preguntar, cuál es el nombre del perro?"

Mike abrió la boca para oponerse, cuando Lady sacudió y movió la cola hacia la señora Monroe.

"Perra está bien, o Lady," dijo Mike.

"Lady entonces," dijo la señora Monroe. "Ven aquí, Lady," dijo.

Lady obedientemente se acercó a Rose y le acarició la mano. Rose le dio unas palmaditas en la cabeza. "Buena perra," dijo. "Aquí, Lady, huele esto." Rose tendió una hoja de papel que había sido doblada por la mitad. Lady olisqueó el papel por todas partes. Luego se volvió hacia las otras personas en la habitación y olisqueó a cada uno a su vez. Miró a la señora Monroe con curiosidad. "Ven conmigo,

Lady," dijo Rose y la llevó a la habitación de Sammy. Los demás las siguieron.

Rose tomó la chaqueta de Sammy de la silla donde la había dejado caer. "Aquí, Lady," dijo Rose, "huele esto." Lady lo olfateó a fondo. "Ve a buscar a Sammy", dijo Rose, nombrando a su hijo Sammy en lugar de su nombre preferido de Isaac Samuel. Lady comprendió y salió trotando por la puerta con la nariz hacia abajo. Rose la siguió apresuradamente, directamente a las puertas francesas. Lady se detuvo junto a las puertas. "Ve a buscar a Sammy," repitió Rose. Lady rascó una puerta y miró a Rose. "Yip," dijo Lady.

"Ella sabe a dónde fue Sammy," dijo Rose. "Tengo que seguirla."

Mike miró a la señora Monroe con asombro. Miró a Leroy. "¿Qué te parece?" preguntó.

"Creo que será mejor que la sigamos," dijo Leroy.

"Yo también iré," dijo Abraham Monroe mientras liberaba la alarma en las puertas francesas. Todos se fueron juntos, con la perra Lady a la cabeza. La siguieron a través del complejo y salieron por la puerta principal. Lady se apresuró, deteniéndose de vez en cuando para oler el aire y dejar que la gente la alcanzara. Después de dos manzanas, se detuvo abruptamente en una parada de autobús, husmeando en la confusión, mirando hacia arriba y hacia abajo y la nariz de nuevo en cada vez más amplios círculos.

"Ha perdido el olor," dijo Mike.

Rose estaba desconsolada. "Dale un poco más de tiempo."

Finalmente, Lady se acercó a Rose y se quedó mirándola. Rose se inclinó y acarició su cabeza. "Buena perra," dijo. "No sirve de nada. Debe haber subido a un autobús hacia el hospital. Ven, Lady. Volveremos a casa." El grupo volvió al apartamento.

Cuando llegaron al estacionamiento, Mike dijo, "Llevaré a Lady al hospital. Vamos a ver si ella puede captar algún olor allí."

"Gracias, Mike," dijo Abraham mientras colocaba su brazo alrededor de Rose y la guiaba de regreso al apartamento.

El Perro de Búsqueda

Después de una búsqueda minuciosa de los terrenos, el estacionamiento y las paradas de autobús cerca del hospital, Mike llevó a Lady dentro. Pidió hablar con Frank Stevens, jefe de seguridad.

"Hola, Mike, ¿qué ocurre?" preguntó Frank.

"Hola, Frank, necesito un favor."

"Siempre, Mike. ¿Cómo puedo ayudarte?"

"Tengo que traer a mi perra de búsqueda al hospital. Estamos investigando un presunto secuestro. Necesito que mi perra busque a un adolescente perdido."

"Voy bajando, Mike y te escoltaré a donde quieras ir," dijo Frank.

"Gracias, Frank."

Mike y Frank llevaron a Lady a todas las áreas del hospital donde Sammy podría haber estado, hasta el pasillo de Mary Beth y fuera de su puerta. Lady buscó diligentemente sin suerte. "El chico no ha estado aquí," concluyó Mike. "Lo localizamos hasta la parada de autobús cerca de su apartamento. Debe haber sido raptado antes de llegar al hospital. Aquí no hay ninguna señal de él."

"¿Estás seguro de que subió al autobús?" preguntó Frank.

"En realidad no," dijo Mike. "Solo sabemos que el camino se termina en la parada del autobús."

"Puedo ayudarte con eso," dijo Frank. "Si tienes un tiempo aproximado, puedo decirte exactamente qué autobús o autobuses habrían hecho parada allí."

"Bueno, sabemos que lo dejaron en el apartamento a eso de las 3:30. Su madre llegó a casa a las 4:30 y encontró que ya se había ido. Le dejó una nota diciendo que iba al hospital a ver a Mary Beth. Por lo tanto, tendría que ser en algún momento entre las 3:30 y 4:30."

"Entra en esta oficina conmigo, Mike," dijo Frank.

Cogió el teléfono y marcó "O" para el operador. "Aquí Frank Stevens. Por favor revise sus registros para cualquier llamada que llegue pronto después de las 3:30 para Mary Beth Baker."

Frank escuchó durante unos segundos y colgó. "Ella tuvo una llamada entrante a las 3:45." Marcó "O" de nuevo. "Comuníqueme con las Líneas de Autobuses de la Ciudad de Carson, por favor." Esperó. "Hola, es Frank Stevens, llamo desde la Seguridad del St. Luke. ¿Puede decirme qué autobús habría hecho parada en... espere un minuto... " miró a Mike, "¿Cuál era el nombre de la parada de autobús?"

Mike pensó un minuto, "Era la que está justo abajo de la entrada de Empresas Monroe."

"¿Escuchó eso?" preguntó Frank, "justo fuera de la puerta de Empresas Monroe."

"¿Dónde está ese autobús, ahora...? Gracias, lo alcanzaremos de inmediato."

Frank miró a Mike. "Trae a tu perro. Vamos a visitar el depósito de autobuses."

El corazón de Mike se elevó. Tal vez este sería el descanso que necesitaba.

En el depósito de autobuses, un hombre moreno los condujo a través de un enorme lote lleno de autobuses. Lady trotó pacientemente. "Este es el autobús que buscan," dijo el hombre. "¿Quieren mirar dentro?"

"Sí, si no es problema," dijo Frank.

El hombre buscó en un enorme anillo de llaves. Intentó varias hasta que encontró la correcta. "Aquí tienen," dijo, abriendo la puerta.

Mike se dirigió a su perro, "Lady, ve a buscar a Sammy," le ordenó. Lady olisqueó toda la puerta y volvió a Mike. "Ve a buscar a Sammy," repitió Mike y señaló la puerta abierta. "Ve a buscar a Sammy." Lady comprendió. Ella saltó por la puerta abierta, con Mike siguiéndola. "Ve," repitió. Lady olfateó arriba y abajo por las filas y alrededor de cada asiento. Volvió a Mike y miró hacia arriba. Mike se agachó y le dio unas palmaditas en la cabeza. Lady puso su nariz contra su mano. Mike se sentó en el escalón y rodeó a Lady con el brazo. Se lamió la cara una vez. Mike negó con la cabeza a Frank. "Sammy no ha estado aquí. Estoy seguro de ello."

"Lo siento, Mike," dijo Frank.

"Gracias por tu ayuda, Frank, y a usted también, señor," dijo Mike mirando al empleado. "Podríamos volver al hospital," dijo Mike.

Mike se conectó con Leroy, "El hospital fue un callejón sin salida," dijo. "Estoy convencido de que Sammy nunca llegó a ese autobús de la ciudad."

"Nada bueno, eso no es bueno en absoluto. ¿Tienes otras ideas?" preguntó Leroy.

"Me temo que el sindicato tiene a nuestro chico," dijo Mike, completamente derrotado. "Es hora de ponerse en contacto con el FBI."

"Sí, claro, y con el Capitán Baker, ¿no crees?"

"Lo haré," dijo Mike.

"Empresas Monroe ha llamado a todo su personal de seguridad. Tienen muchas conexiones, algunas que no tenemos nosotros."

"Excelente," dijo Mike.

El Capitán Baker no dudó. "Voy a entrar, Mike. Esto ha ido demasiado lejos. Me encargaré de esto, personalmente. Tú, Leroy y los muchachos sigan trabajando en los asesinatos. Nos ayudaremos mutuamente tanto como sea posible pero, yo me encargaré del secuestro."

CAPÍTULO DIECISIETE

El Merrimac de la Guardia Costera de los Estados Unidos se prepara para la acción

"Atención. Hombres y mujeres de la USCGC Merrimac. Habla su Capitán. Por favor prepárense para el lanzamiento. Nos reuniremos en la sala de reunión en exactamente veinte minutos."

Como una colmena de abejas, la tripulación del Merrimac cobró vida en un caos organizado, cada uno entregado a su tarea. Los que tripulaban los barcos del RB-S se pusieron sus armaduras y armas, y se apresuraron a la sala de reunión. Las tripulaciones de apoyo prepararon los barcos para su lanzamiento.

El oficial ejecutivo, el teniente Eugene "Bart" Bartholomew se dirigió a las tripulaciones. "En veinte minutos comenzaremos el lanzamiento de un conjunto de cuatro barcos Defender. Estos barcos están totalmente equipados con comunicaciones y armamento. Asumiré el comando del RB-S número uno. Los buques restantes rodearán y flotarán fuera de la vista del submarino objetivo."

Bartholomew señaló una gran pantalla plana que mostraba una sección del océano llena con miles de pequeños islotes. Un punto rojo parpadeante se movía lentamente entre los islotes. "Este es nuestro submarino objetivo," dijo, señalando el punto rojo. "Siempre y cuando el sub se mueva en la superficie, se verá el punto parpadeante. Cuando se convierta en una luz constante, sabrán que se ha sumergido a la profundidad del periscopio. Cuando la luz desaparezca, sabrán que el submarino está completamente sumergido.

A medida que avanzamos en el área cubierta por las cámaras de vigilancia, nuestros RB-S se mostrarán en sus pantallas en diferentes tonos de gris. Puede parecer que no es más que una pequeña burbuja o imperfección o mota de polvo en la pantalla. Les recomiendo que zigzagueen su curso hasta que puedan reconocer su propio punto. El punto es rodear al punto rojo, permaneciendo fuera de la vista en todo momento. Como saben, nuestras naves tienen algunas capacidades furtivas, por lo que es poco probable que aparezcan en el radar enemigo menos sofisticado hasta o a menos que disparen."

"Nuestra misión, por ahora, es permanecer fuera de la vista y rastrear el submarino con la esperanza de descubrir lo que el está haciendo. Tal vez haya una base oculta. En cualquier momento, el Capitán Burns puede emitir órdenes para capturar. En ese caso intentaremos capturar el submarino y su tripulación ilesa y ponerlas a disposición para interrogatorios.

Como ya he explicado anteriormente, lanzaremos dos de nuestros 'drones de aves marinas' desde el buque de mando. Los drones se elevarán por encima y seguirán al submarino. Como pueden ver en esta imagen," dijo, señalando la pantalla plana, "nuestro satélite aéreo está programado para cubrir un radio de cincuenta millas alrededor de nuestra ubicación. Nos dará una visión continua de la zona, transmitida directamente a sus ordenadores. Podrá hacer zoom entre las dos vistas, la de los drones y el satélite."

"En este momento haremos una pausa de un minuto para permitir que se reúnan en grupos de nueve."

Exactamente un minuto después, el teniente Bart continuó, "Buen trabajo, hombres y mujeres." Señaló a los grupos, uno a la vez, y los contó. "Mi grupo es el grupo uno, el tuyo será el dos, y el tuyo será el tres y el tuyo será el cuatro. En cinco minutos se reunirán en sus buques respectivos. Partirán en secuencia de acuerdo a su número. ¿Alguna pregunta?"

"Al no haber preguntas, pueden retirarse a sus buques asignados. Vayan con Dios."

Cinco minutos más tarde, el Capitán Burns observó con satisfacción que sus hombres y mujeres bien entrenados lanzaban sus botes en orden, del uno al cuatro. Había hecho todo lo posible para prepararlos para esta misión. Burns guió a su tripulación a través de numerosos ejercicios prácticos en preparación para cualquier eventualidad. El Merrimac era el buque más versátil jamás diseñado y estaba construido especialmente para las innumerables situaciones que enfrentran los Guardacostas de los Estados Unidos, desde búsqueda y rescate hasta misiones de comandos, defensa aérea, misiones de búsqueda y destrucción, hasta misiones de espionaje a todo tipo de contrabando y drogas.

En aguas tranquilas, los barcos podían bajar una rampa directamente al agua. En el mar abierto, como era el caso este día, podrían ser lanzados desde un lado, cargado completamente, mediante el uso de grúas especialmente diseñadas para ello. Los operadores de la grúa bajaron los brazos a centímetros de los barcos. El equipo de apoyo aseguró los brazos a los receptores construidos en los lados de los buques. La grúa, entonces, levantó el recipiente para balancearse cuidadosamente hacia fuera sobre el lado del barco y suavemente los bajó a la superficie del océano. Los brazos se separaron automáticamente y el buque se encendió para unirse a los demás en formación.

"Por favor, enumérense. Uno..." El Teniente Bartholomew comenzó. Los otros respondieron acorde, "Dos", "Tres", "Cuatro".

El silencio de la radio se mantuvo durante quince minutos mientras la flotilla entraba en los bajíos. El punto rojo parpadeante seguía sin rumbo entre los islotes, hacia adelante y hacia atrás en las entradas, y deteniéndose y volviendo a arrancar en aparente confusión. Los dos drones, disfrazados de halcones, se elevaban en círculos y parecían pájaros reales. De vez en cuando pájaros reales se unían a su círculo. Los drones transmitían imágenes claras y estáticas a los receptores en espera, revelando nada más que islas y más agua.

La Investigación de los Asesinatos Continúa

El sábado en la mañana los seis hombres del grupo de trabajo se reunieron de nuevo. Hal encendió el monitor de pantalla plana y lo conectó a su portátil. "Aquí pueden los resultados de nuestras entrevistas ayer. Tenemos más detalles del forense," dijo Hal. "Él ha reducido el tiempo de la muerte a quince minutos después del desayuno, a juzgar por el contenido del estómago. En nuestro gráfico se ve que la víctima salió de la cafetería a las 7:20 AM y fue directamente a las duchas. Eso reduce nuestro tiempo de muerte a entre las 7:21 y 7:35 A.M. He resaltado ese período de tiempo. " Varios espacios más habían sido llenados en la tabla.

Hal continuó: "De la información que recibimos durante nuestras entrevistas, ayer, hemos llenado el paradero de casi todas las personas que estaban dentro en el edificio en ese momento. Creemos que todo el mundo está en esta tabla, incluyendo al director. Por supuesto, esto no excluye la posibilidad de que alguien que no debía estar allí estuviera en el edificio. Es por eso que he añadido una fila más para desconocido. Una de las preguntas que le hicimos a todos es: "¿Viste a alguien que fuera un extraño para ti?"

"Bien pensado," dijo Mike.

"Gracias," respondió Hal. "Para continuar, observarán que hay diez personas que aparecen en negrita durante varios períodos de tiempo en el gráfico. Estas son personas que afirmaron haber estado en los lugares en los que debían estar; sin embargo, no hemos podido encontrar un testigo que corrobore su historia. Eso no significa necesariamente que están mintiendo, simplemente que nadie más los vio. No encontramos a nadie que admitiera estar en el lugar equivocado. Sin embargo, hay tres que fueron vistos por al menos un testigo en el lugar equivocado. Estos testigos podrían estar equivocados, por supuesto. Nuestras entrevistas hoy se concentrarán en esos tres. Serán entrevistados una segunda vez.

"También vamos a entrevistar, otra vez, a todos los que pudieron haberlos visto en cualquier lugar, es decir, el lugar donde fueron vistos y el lugar en el que se suponía que estaban. Además, volveremos a entrevistar a todos los que estaban en la zona de la ducha o en los pasillos cercanos entre las 7:00 y las 7:45."

Tom añadió: "Hemos decidido volver a entrevistar a todos los que tenían acceso a las entradas, en particular a aquellas personas que podrían haber permitido que un extraño entrara en la cárcel. Hemos hecho dos listas de posibles entrevistados, Hal y yo tomaremos uno, y Sam y Leo se ocuparán del otro. ¿Alguien tiene algo que añadir? ¿Ven algún agujero en nuestra lógica?"

"Su estrategia parece muy buena, Hal y Tom," dijo Mike. "Tengo una pregunta: ¿planean entrevistar a los dos matones hoy?"

"¿Deberíamos?" preguntó Tom.

"Sí, yo no dejaría pasar un día sin verlos otra vez. Dos veces al día sería aún mejor. Nunca se sabe cuando van a decir algo que resuelva el caso. Como saben, el Capitán Baker se ha hecho cargo del caso de secuestro. Sin embargo, creo que es posible que uno de los matones pueda decirnos dónde están reteniendo a Sammy, o quién podría estar involucrado. Así que, cuando los entrevisten, usen esa línea de preguntas."

"¿Deberíamos hacerles saber que alguien ha sido secuestrado?" preguntó Hal.

"Buena pregunta," dijo Mike. "Hasta ahora, lo estamos manteniendo en secreto. El Capitán Baker está trabajando con el FBI. Puede llegar el momento en el que decidan traer a los medios de comunicación, con el fin de hacer un llamamiento público de ayuda, pero, es su decisión. Tienen que tener cuidado y usar su juicio. Si creen que se están acercando, llámenme. Lo hablaremos, y discutiremos con Baker, si es necesario."

Persiguiendo al Submarino de la Cocaína

Hasta ahora, la operación de vigilancia iba como estaba previsto. Las tripulaciones pudieron guardar silencio en la radio mientras los barcos del Defenser mantenían constantemente una red alrededor del submarino. Pasó una hora en la que el submarino parecía vagar sin rumbo alrededor de las islas y las ensenadas. Por fin, el submarino dudó en la boca de una larga entrada en forma de dedo en una de las islas más grandes. Se giró a la entrada y subió el brazo hacia el extremo de la entrada. Aquí se detuvo y se quedó quieto durante treinta minutos.

El Teniente Bart rompió el silencio de la radio. "Unidad tres, prepárese para aterrizar en la orilla opuesta. Envíe una patrulla a investigar."

"Entendido, señor. Patrulla a punto." El barco RB-S tres entró en la isla objetivo. El marino Mark Mahoney y el marino Seth Norman salieron a pie para investigar. Diez minutos después Mark hablaron en su comunicador.

"Marinero Mahoney, Señor."

"Adelante, marinero."

"El área de destino está escondida bajo un dosel de selva falso, que es invisible desde el aire. Es un gran establecimiento, con perchas, edificios, un área de atraque. Hay tres submarinos y dos barcos de pesca deportiva en el puerto. Cuatro guardias armados patrullando la zona. Los números de las embarcaciones son los siguientes." Mark leyó los números.

"Buen trabajo, marinero. ¿Está bien oculto?"

"Sí señor."

"Mantenga la vigilancia. No se arriesgue. Cambio y fuera."

Unos minutos más tarde, Mark encendió, "Hola, Base,"

"Adelante,"

"El Sub recibió combustible. Hay hombres cargando carga desde el barco de pesca deportiva en el submarino. Cambio."

"Entendido. Informar cuando cese la actividad."

Pasó media hora. Mark informó, "Carga completa. La tripulación del barco de pesca embarca. Ninguna señal de la tripulación del submarino. En espera."

"Señor, creemos que el barco de pesca deportiva se está preparando para marcharse."

A bordo del Merrimac, el Capitán Burns escuchó atentamente estos informes. Su decisión fue clara. Se puso en contacto con el US Navy Cruiser en una línea ligada. "Capitán Burns, habla el Guardacostas de los Estados Unidos, pidiendo hablar con su Comandante."

"Sí señor. Un momento por favor."

"Comandante Green, aquí."

"Comandante Green, aquí el Capitán Burns USCGC Operation Southern Cargo."

"¡Burns! ¿Cómo estás?"

"Hay planes en marcha, Comandante."

"¡Excelente!" dijo Green.

"Nuestra gente tiene el sub objetivo bajo vigilancia. El submarino se metió en un puerto oculto en el fondo, hay un complejo de edificios, con reabastecimiento y atraque, hábilmente cubierto de follaje que lo hacía invisible desde el aire. Dos grandes yates de catamarán y tres submarinos están atracados. Parece que el contrabando fue descargado de uno de los yates en un submarino. Ahora, el yate se va. Recomendamos seguir el yate una vez que llegue al mar abierto. Este puede ser el eslabón perdido que hemos estado esperando encontrar."

"Esto explica cómo esos submarinos parecen desaparecer de la faz de la tierra," dijo el Comandante Green.

"Igualmente puede explicar cómo están sacando la cocaína de la fuente en Sudamérica," dijo Burns.

"¿Lo están sacando a bordo de yates de lujo y barcos de pesca deportiva? ¡Increíble!"

"Esa es nuestra mejor teoría, ahora. Le enviaremos las coordenadas tan pronto como captemos el yate a través de nuestro satélite ".

"Muy bien, Capitán Burns. ¿Intentará capturar la base submarina?"

"Puede que haya buenas razones para dejarlo hasta aquí, por ahora. Mientras sepamos dónde está, podremos monitorear las actividades y recoger los submarinos cargados más adelante."

"Estoy de acuerdo," dijo Green.

"En ese caso, voy a ordenar a nuestros buques que se retiren para asegurarse de no ser detectados. Después de que el submarino abandone el muelle, lo seguiremos y lo aprehenderemos antes de que alcance el mar abierto."

"Del mismo modo, monitorearemos el yate, con la esperanza de poder determinar dónde están recogiendo sus cargas. Después de cargarlos, podemos aprovecharlos cuando estén más vulnerables, entrando o saliendo del Canal de Panamá."

"Tenemos que tratar esta información como un secreto," dijo Burns.

"Sí, de hecho. Este podría ser el avance que necesitamos para derribar el Cártel de la Costa Oeste," dijo Green.

"¿Cuánto tiempo dirías que podemos reservar esto para nosotros con seguridad?"

"Es difícil decirlo, Capitán Burns. Al menos hasta que hagamos puerto, creería. Cambio."

"Muy bien," dijo Burns. "Eso es todo, por ahora. Cambio y fuera."

Grace Se Prepara para la Recepción de Mañana

Grace McBride tarareaba un poco mientras se paseaba por la cocina. La madre de Mike estaba en su gloria haciendo sus pequeños aperitivos y canapés para la fiesta. Una réplica exacta de un pastel de bodas estaba en el centro de su mesa de servicio, decorada con campanas de boda y una novia y un novio. Ella ya había colocado su mejor cubertería y cristales sobre un paño de mesa de lino blanco bordado en encaje irlandés.

El servicio de limpieza ya había estado aquí, para poner el último toque y hacer brillar la casa. Del mismo modo, la gente del jardín había arreglado los arbustos y recortado el césped, a pesar de las objeciones de Pop. Él pensaba que era su césped. Grace le explicó con un brillo en su ojo que su trabajo era entretener a los hombres en el Pub de O'Grady durante la fiesta, y permanecer fuera de su vista.

Grace esperaba que los camareros estuvieran aquí mañana para preparar la cena media hora antes de que llegaran sus invitados. Grace tenía muchos vinos especiales y bebidas refrescantes. Parecía tener todo listo un día antes. Estaba tan ansiosa por esta fiesta, muy decidida a divertirse.

Una que Estuvo Cerca para Seth

El marinero Seth Norman estaba tendido sobre su vientre observando las actividades en la estación submarina. Susurró en su comunicador, "Todo despejado aquí, Mark."

Mark estaba medio escondido bajo unos arbustos. "Despejado," le respondió.

De repente, Seth sintió el frío metal presionado en su cuello. Mantuvo el dedo en su comunicador.

Mark oyó una voz extraña, "No te muevas, amigo," seguido por un gruñido cuando el guardia sacudió a Seth por el brazo y le apretó el arma en la espalda. "Vienes conmigo."

Mark susurró, "Te cubro la espalda, Seth. Prepárate para caer." Mark asumió una postura más adecuada para disparar y apuntó con su pistola de mano silenciada. "A la cuenta de tres, Seth, 3, 2, 1, ¡ahora!" Seth se dejó caer cuando Mark lanzó cinco disparos en rápida sucesión. Seth rodó. El guardia cayó muerto. "Agárralo," dijo Mark. Seth cogió el cuerpo, apoyándolo sobre su hombro. Mark pateó palos y vegetación muerta sobre la sangre y se apresuró a seguir a Seth, cubriendo con cuidado las gotas que caían mientras avanzaban.

Seth tropezó fuera del follaje con su carga. Fuertes manos se acercaron. "Bienvenido a bordo, Marinero. Vaya pescado has atrapado." El cadáver fue rápidamente envuelto en una lona y guardado. "Sube a bordo, Mark. Tenemos órdenes de retroceder."

Mark saltó al bote. "Vamos a rodar," él hizo una mueca, "Tenemos un entierro en el mar que planear."

Juli Regresa por el Fin de Semana

Harold Carolle terminó de cargar el lavavajillas. Suzanne estaba comprando su ajuar. Harold se giró al oír un automóvil en la calle.

Abrió la puerta para ver como Juliette bajaba del auto. Harold le dirigió una amplia sonrisa y se apresuró a ayudarla con sus maletas.

"Solo hay un bolso para pasar la noche," dijo Juliette. "Deja el regalo, papá. Lo llevaré mañana a la recepción de Suzanne."

"Bienvenida a casa," Harold cogió la maleta y puso su otro brazo alrededor de Juliette. Le sonrió.

"Hola, papá, es bueno estar aquí. ¿Cómo has estado?"

"He estado bien, pero te extraño, por supuesto. ¿Cuánto tiempo puedes quedarte?"

"Tengo que volver el lunes temprano," dijo Juliette, "o tal vez el domingo por la noche después de la fiesta, dependiendo de cuán temprano regresemos aquí."

"Bueno, entra y vamos a tener una buena charla como en los viejos tiempos," dijo Harold.

Se acomodaron en la mesa de la cocina con tazas de café. "¿Ya desayunaste?" preguntó Harold.

"Sí, me detuve en una parada."

Harold sacó algunas de las galletas caseras de chocolate de Nan.

"Por supuesto, siempre hay espacio para una de las galletas de mamá," sonrió Juliette y tomó un gran bocado. "Mmm, bueno." Entonces ella tomó dos, "Pero, ¡espera! ¿Quién hizo estas galletas?"

"Oh, joder, ahí va mi sorpresa," dijo Harold.

"¡Mamá está en casa!" gritó Juli.

"Sí, lo confieso. Vino a casa desde el centro de rehabilitación el viernes. Lo estábamos guardando para que fuese una sorpresa."

"¡Eso es maravilloso! Pero, ¿dónde está ahora?" preguntó Juli.

"Ahora tiene condición ambulatoria. Tiene que ir todos los días durante una semana. Entonces, si todo va como se planea, se reducirá a cada dos día, luego a tres veces a la semana, y así sucesivamente." Harold miró a su reloj. "Debería llegar pronto."

"No puedo esperar," dijo Juli.

Diez minutos más tarde Nan Carolle llegó conduciendo un nuevo convertible azul. Juli fue hasta la puerta. "¡Mamá!" exclamó y corrió hacia el auto. Nan salió con una gran sonrisa. "Mamá, ¿de dónde sacaste esto?" Juli palmeó el auto. "¿Es nuevo?"

"Hola cariño, ¿acaso no es genial?

"¡Es asombroso!" exclamó Juli.

Entraron en la cocina tomadas del brazo, sonriendo, Nan usando su bastón. Harold se movió para darle un beso a Nan. Le sonrió y sacó una silla para ella. "¿Café?" preguntó.

"Sí, por favor," dijo Nan.

"Ok, mamá, cuéntame todo," dijo Juli.

"Bueno, realmente es muy simple. Después de nuestro accidente, la compañía de seguros me dio la suma de mi camioneta. Simplemente usé el cheque para comprarme algo para animarme."

"Buena elección," dijo Juli. "Ese auto es alegre, está bien. Así que, dime, ¿cómo va la terapia?"

"Bueno," dijo Nan, "en lo que respecta al síndrome de estrés postraumático, he tenido sesiones con un terapeuta. Fueron útiles, pero lo que más ayudó fue cuando la policía arrestó a los hombres que nos obligaron a salir de la carretera. Mientras estén en la cárcel, esperando juicio, me siento mucho más segura."

"Ya veo," dijo Juli. Mamá no se da cuenta de que seguimos en peligro mientras John Jacobs esté libre.

Nan continuó: "El fisioterapeuta está trabajando para fortalecer mis músculos para poder caminar normalmente. Estuve inconsciente durante mucho tiempo, y luego trabajé con la pierna rota. He tardado mucho en recuperar la movilidad. Pero ahora me está yendo bien. Espero la recepción de Suzanne, mañana, y luego la boda."

"Entonces, ¿qué haces conduciendo un auto? ¿Está bien eso para el doctor?" preguntó Juli.

Nan miró sus manos. Harold la miró con los ojos entornados. "Pensé que me dijiste que tenías todo listo para conducir," la acusó.

"Bueno, yo no dije eso exactamente," confesó Nan.

Juli y su padre se miraron, sorprendidos. "Madre," dijo Juli con tono acusador, "no has desobedecido las órdenes del médico, ¿verdad?"

"Bueno, no exactamente," contestó Nan. "Solo le mencioné que había pedido un nuevo convertible azul y cuando dijo 'Tu marido estará contento,' asumí que estaba bien." Expresó una sonrisa inocente.

"Nan Carolle, chica traviesa." Hal estaba tratando de mantener una expresión firme mientras movía un dedo hacia ella. "Solo por eso voy a conducir el nuevo auto cuando las lleve a los dos a cenar esta noche."

"Oh, eso estará bien, papá. ¿A dónde vamos?"

"Hay un nuevo restaurante fino en la ciudad que tiene loco a todo el mundo. Hice allí una reserva," respondió Harold.

"En ese caso, creo que me acostaré un poco," dijo Nan, "así estaré más descansada para la ocasión."

"Ve, madre, tengo algunas cosas que hacer. ¿A qué hora tenemos que estar listas para ir, papá?"

"A las 6:30 podría estar bien," dijo Harold. "Nuestra reserva es para siete."

"Muy bien," dijo Juli, "Estaré lista."

El Sub Sale A Mar Abierto

Teniente Bartholomew se reunió con el Capitán Burns. "Mostramos al submarino que sale del muelle, Capitán, presumiblemente cargado de cocaína y contrabando."

"Muy bien, Eugene," dijo el capitán. "Sus órdenes son quedarse atrás hasta que el submarino esté bien alejado de la base y por sí mismo antes de atraparlo. Traten de utilizar la sorpresa. Intentaremos atascar sus comunicaciones."

El Teniente Eugene Bartholomew comandaba una fuerza de choque de cuatro pequeños buques bien armados tripulados por treinta y seis marineros entrenados.

Su misión, ahora, era aprehender el submarino del cartel, antes de que se hiciera camino al mar abierto. Bart estudió un mapa detallado del área y cuidadosamente trazó su estrategia. Habló con el Capitán Burns. "¿Qué piensa?"

"Me parece que tu mejor oportunidad es atraparlos antes de que salgan de la ensenada. De lo contrario, una vez que se libre, pueden guiar una alegre persecución alrededor de las islas. Además, no queremos darles tiempo para llamar a refuerzos. Esto es lo que yo haría." El Capitán informó a Bart sobre el plan de ataque, así como un entrenador de baloncesto dibuja una jugada para su equipo.

"Su plan parece factible. Creo que funcionará," dijo Bart.

Bart informó a su equipo. "Al final del brazo hay una pequeña isla. Para salir de la entrada, el submarino debe hacer un giro brusco alrededor de la isla. Dos de nuestros barcos bloquearán la entrada; dos se ocultarán detrás de la isla. Cuando el sub gire y entre en el área de salida, los dos aparecen desde detrás y bloquean el submarino. Una escuadra de embarque debe llegar hasta la cubierta del submarino, volarán la escotilla, y dejará caerá una granada de aturdimiento. Inmediatamente entrarán en el submarino y someterán a la tripulación por cualquier medio necesario. Su objetivo es desactivar las comunicaciones y llevarse a la tripulación viva, pero protegerse es lo primero. Una segunda escuadra conectará una línea de remolque de mi nave al extremo delantero del submarino. A partir de ahí vamos a arrastrar el submarino hacia el Merrimac."

Bart continuó haciendo los preparativos necesarios. Los buques se ubicaron en posición. Los miembros de la tripulación se ocuparon de sí mismos, revisando sus trajes, sus cascos, municiones y equipo.

Los nervios estaban tensos mientras esperaban a que el submarino se hiciera camino por la ensenada. Las tripulaciones miraban en la computadora como el punto rojo, que representaba al submarino, descendía por el brazo y se acercaba a la isla. En ese punto el canal se estrechó de modo que el submarino se acercó muy cerca a los miembros colgantes. En un momento preciso, dos hombres cayeron silenciosamente de los árboles. Fijaron una pequeña carga en las bisagras de la escotilla y la volaron. Rápidamente, dejaron caer una granada de aturdimiento a través de la abertura. Más hombres entraron al casco del submarino. Seis marineros descendieron al submarino en rápida sucesión. La tripulación del submarino luchó para ponerse de pie después de haber sido derribada por la granada. Pronto fueron esposados. Antes de que supieran lo que les había pegado, estaban mirando un arsenal de armas automáticas de aspecto malvado.

"Comprueba el sistema de comunicaciones," ordenó el marinero de primera clase. "Asegúrate de que no salga ninguna señal."

"Sí, sí," dijo un marinero mientras se giraba para cumplir con la orden. "El resto de ustedes, mantengan a estos prisioneros vigilados." De repente, sintieron que se movían. El Marinero de Primera Clase abrió su comunicador para informar al Teniente Bartholomew que todos estaban seguros; que no hubo víctimas y estaban en marcha.

"Buen trabajo," dijo Bartholomew. "Informaré al Capitán Burns que traeremos al submarino capturado, a cuatro prisioneros y a una persona muerta en media hora."

El Capitán Burns estaba exaltado. "Excelente trabajo, Bart. Te daré una recomendación."

"En absoluto," dijo Bart con modestia, "el crédito debería ir a sus hombres. Fueron magníficos."

"Gracias, Bart. Cuéntame acerca de la persona muerta que mencionaste."

"Era uno de los guardias de la estación. Nuestro hombre tuvo que dispararle en defensa propia."

"Ya veo," dijo el Capitán. "Daremos al cuerpo un entierro apropiado."

"Por supuesto, señor, y le daremos un informe completo más tarde. Ninguno de nuestros marineros resultó herido, afortunadamente."

"Me alegra oír eso Teniente. Ahora, planeemos cómo vamos a recuperar el submarino."

"Lo mejor sería que pudiésemos bajar la plataforma de aterrizaje," dijo el Teniente Bart.

"Creo que puedo hacerlo moviéndome por el lado de sotavento de una isla cercana donde el fondo del océano se inclina suavemente. Déjame ver qué puedo hacer. Esperen más órdenes. Cambio y fuera."

Más tarde, el Capitán Burns ordenó a los barcos del Defenser cambiar ligeramente el rumbo. Fue capaz de situar la nave madre en aguas tranquilas, de modo que el Teniente Bartholomew, en el buque guía, fue capaz de conducir directamente a la abertura de la nave madre. Los dispositivos capturaron su embarcación y la impulsaron hasta las entrañas del barco, al igual que un lavado automático de automóviles mueve a sus clientes. El submarino era un poco más desafiante, pero muchas manos se lanzaron hacia él y lo arrastraron. Una vez que los dos fueron guardados, los tres últimos barcos entraron en el barco y fueron capturados de la misma manera.

Todas las manos que estaban libres se reunieron para mirar al submarino. Era la captura de un premio, ¡de hecho! Felicitaciones recibieron a cada grupo mientras desembarcaban. El Capitán Burns trató de controlar su entusiasmo, pero su dignidad también cedió un poco, cuando examinó el premio. Los prisioneros fueron escoltados al bergantín y puestos bajo guardia. El Capitán Burns colocó un guardia de 24 horas en el propio submarino. Tenía un contingente de marineros que llevaron la cocaína bajo custodia en una habitación cerrada con llave y pusieron un guardia en esa puerta. Burns sabía que un submarino típico llevaba hasta seis toneladas de cocaína con un valor de calle de tres cuartos de mil millones de dólares. Como tal, sabía que tenían que apresurarse a salir de estas aguas lo antes posible. Afortunadamente, su barco era uno de los más rápidos en alta mar y estaba fuertemente fortificado.

El Capitán Burns decidió mantener su propio consejo en lo que respecta a la cocaína, al menos por el momento. Cuantas menos personas conocieran su valiosa carga, mejor. Una vez que estuviesen bien encaminados y con seguridad hacia la alta mar, llamaría al Comandante Green y le daría un informe mínimo.

Los Carolle Salen a Cenar

Harold escoltó con orgullo a sus "chicas" por la puerta hacia el nuevo automóvil de Nan. "¿Dejaremos la parte de arriba abajo?" preguntó.

"No esta vez," Nan se rió. "Juli y yo pasamos horas arreglando nuestro cabello."

Con el toque de un botón la parte superior se deslizó hacia su lugar. "Su carruaje espera, mis queridas," anunció Harold con un ademán. Abrió la puerta y ayudó a su esposa en el lado del pasajero delantero y Juliette en la parte posterior. "A tu madre lo irá mejor con la pierna en el asiento delantero," explicó.

"Oh, no me importa. Está bien," respondió Juli.

Harold se detuvo frente a una entrada ostentosa. Un portero uniformado ayudó a las señoras a bajarse. Un chico le dio a Harold un boleto de estacionamiento y se fue a aparcar el coche de Nan. "Ten cuidado con mi coche," dijo, demasiado tarde para ser escuchada. Harold se echó a reír y le cogió del brazo. "Ven, querida; vamos a cenar." Juli tomó su otro brazo y sonrió al entrar en el restaurante. Un camarero vestido de esmoquin les dio la bienvenida. Una hermosa anfitriona les mostró su mesa iluminada por velas y entregó a Harold la carta de vinos. "Creo que esto requiere una celebración," dijo. Ordenó una botella de vino de California.

Un camarero trajo el vino y lo sirvió. Harold ofreció un brindis. "Bebamos a tu salud, Nan." Él alzó su copa.

"Voy a beber por eso y por mis dos padres, por su futura felicidad juntos," agregó Juli.

Hicieron clic en los vasos y sorbieron. Unos minutos más tarde el camarero volvió para tomar su orden. Trajo una cesta de pan recién horneado, mantequilla de hierbas y aceite de oliva para acompañar sus bebidas, seguido por sus ensaladas. La conversación continuó en un tono feliz con muchas risas. Tenían un montón de cosas para ponerse al día. De repente Juliette se detuvo, con el tenedor a mitad de camino hasta su boca. "Oh, Dios mío," dijo con voz arrugada. Su boca se abrió y el color se desvaneció de su rostro.

"¿Qué es?" preguntó Nan. Juli no dijo nada mientras sus ojos seguían al apuesto joven que entraba en el restaurante.

"¡Juli!" dijo Harold. "Juli, ¿qué ocurre? ¿A quien ves?"

Juli miró su plato. Susurró, "Es Mike. Está con una mujer hermosa. Oh, cielos, ¿qué pasa si vienen por aquí?" Juli trató de esconderse detrás de su padre.

Harold se volvió para mirar a Mike y a Alison. "¿Sabes quién está con él?"

"No, nunca la había visto antes."

"No saltes a conclusiones precipitadas, Juli. Tal vez sea su hermana o algo así."

"No lo creo, papá. Mira cómo actúan. Esa no es su hermana." Juli se mordió el labio cuando la anfitriona los llevó directamente a la mesa de los Carolles. "Aquí vienen, papá, mamá." Juli buscó algo en su bolso, fingiendo no ver.

Mike se detuvo en su mesa. "Buenas noches, señor y señora Carolle, y Juli, ¡hola!"

"¿Por qué hola, Mike, cómo estás?" Harold se las arregló y se levantó para estrecharle la mano. Juli simplemente asintió.

"Alison, me gustaría que conocieras a mis amigos, Nan, Harold Carolle y Juliette Carolle. Esta es mi amiga Alison Aldrich."

"¿Cómo están?" preguntó Alison.

"Muy bien gracias. ¿Y tú?" dijo Nan y le tendió la mano.

"Me alegra conocerte Juliette," dijo Alison.

Juli asintió con la cabeza, ofreció una sonrisa menuda y murmuró, "Mmm".

"Te veré mañana en O'Grady, durante la recepción," le dijo Mike a Harold. "Discúlpennos, por favor."

"Hasta mañana," dijo Harold y se sentó de nuevo.

La pareja se trasladó a una romántica mesa en un rincón, afortunadamente fuera de la vista de los Carolles.

La mesa de los Carolle permaneció en silencio durante algún tiempo mientras la pareja mayor comía sus ensaladas. Juliette había perdido el apetito. Jugaba con su ensalada y luchaba contra las lágrimas. Finalmente, Nan tomó la mano de Juli y le dio un apretón. "Lo siento mucho, querida."

"Gracias, madre," dijo Juli ahogada.

Harold se aclaró la garganta. Le ofreció a Juli un pañuelo blanco limpio. "No estoy tratando de aclarar esto; pero, cariño, ¿te importaría si me acerco y lo golpeo en la cara tan fuerte como pueda?"

"Gracias, papá, lo aprecio," susurró Juli. "Pero tal vez debería matarla primero."

Nadie se rió. Se callaron de nuevo. Pronto el camarero trajo sus cenas. Juli la rechazó. "Lo siento pero no me siento bien. ¿Podría por favor envolverlo para mí?"

"Por supuesto, señora. Puedo hacerlo, pero tal vez preferiría cancelar la orden. ¿Hay algo más que pueda conseguirle?"

Juli sacudió la cabeza. Harold respondió por ella. "Solo envuelve la comida y trae la cuenta cuando vuelvas. Mi esposa y yo terminaremos nuestra comida y luego nos iremos."

"Muy bien, señor," dijo el camarero.

"Por favor, no se apresuren por mi culpa," dijo Juli. "Lamento mucho arruinar su hermosa velada."

"En absoluto, querida. Solo danos un minuto para terminar nuestras comidas y nos iremos. Estamos listos para irnos, ¿verdad, Nan?" preguntó Harold.

"Estoy de acuerdo," dijo Nan, "estoy lista para irme."

El camarero trajo la cuenta. Harold le dio una tarjeta de crédito. El camarero se la llevó y volvió con una factura que debía ser firmada. Harold agregó una propina, firmó la factura y se giró hacia sus damas. "Estoy listo para ir cuando quieran," dijo.

"Solo un par de mordiscos," dijo Nan.

"Tómate tu tiempo, madre," dijo Juli.

"Está bien, estoy lista", dijo Nan.

Harold se levantó para ayudarla a levantarse. Juli se levantó y se fueron juntos. Un chico trajo el coche. Harold le dio una propina y ayudó a las damas. Todos se abrocharon el cinturón mientras Harold se alejaba. Nadie dijo nada en el camino a casa. Harold encendió algo de música para llenar el silencio. Parecía un largo viaje a casa.

Mike y Alison

Mike había reservado una mesa romántica en una esquina apartada del restaurante. Las luces estaban oscuras. Pidió champán. Ambos se echaron a reír cuando el camarero hizo estallar el corcho y el champán brotó por el tope de la botella. El camarero sirvió dos copas. "Por nuestra velada juntos," dijo Mike.

"Sí," dijo Alison mientras chocaban sus copas y sorbían. Ella tocó el delicado cuello de la copa pensativamente. "Mike," dijo ella.

"¿Sí?" dijo Mike.

"Mike, me preguntaba... uh... ¿quién era esa chica?"

"¿Qué chica?" dijo Mike fingiendo inocencia.

"Creo que ya sabes," dijo Alison con una sonrisa torcida, "¿la chica que me presentaste?"

"Oh, ¿quieres decir, Juliette Carolle y sus padres?"

"No, Mike, me refiero a Juliette Carolle."

"Oh, bueno, Juliette es alguien con quien trabajé... trabajé para... Quiero decir, fue una de las víctimas de un crimen en el que trabajé... Quiero decir, ya sabes, trabajé en su caso."

"¿Ah sí?"

"Sí, eso es, yo trabajé en su caso."

"¿Te importaría hablarme de eso?"

Mike buscó una excusa para esquivar el tema. "Bueno, no puedo, en realidad, ya que la investigación no está cerrada. Es un caso en curso."

"Ya veo. Um, no es asunto mío, por supuesto," dijo Alison. "Solo me pareció haber detectado algún tipo de corriente o una sensación oculta. Eso es todo."

"Oh, no quise decir que no era asunto tuyo, en absoluto. Es solo que no puedo hablar de un caso abierto," dijo Mike, calentando la excusa.

"Por supuesto que no, lo entiendo," dijo Alison. "Me pregunto por qué se fueron tan pronto."

"Oh, no me di cuenta," dijo Mike, "¿Se fueron?" *Qué embustero. Sé exactamente cuándo se fueron,* se reprendió Mike. *Cambia el tema.*

"Me ibas a contar sobre tu trabajo, la última vez que estuvimos juntos, ¿recuerdas?", comenzó Mike, "y luego nos quedamos sin tiempo."

"Bueno, ¿qué te gustaría saber?" preguntó Alison.

"Todo," dijo Mike, "Bueno, no todo," se rió, "Casi todo".

Alison pasó diez minutos hablando, sin detenerse, acerca de su apasionante trabajo como azafata en el avión privado de Empresas Monroe. Había estado en todo el mundo y podía hablar de casi cualquier país. Además, había conocido y servido a decenas de personas importantes, cuyos nombres no era libre de dar, no más de lo que Mike podía hablar de casos en curso. "Ya ves por qué entendí tu situación," señaló.

Mike solo sentía más culpa. Durante todo el tiempo que ella estuvo contando esa fascinante historia fascinante con su toque de humor, Mike estuvo pensando en Juli. *Tenía una mirada en su rostro que no había visto antes. Creo que le dolió verme con Alison. Pero nunca le prometí nada. Coincidimos desde el inicio en que no habría ataduras. Cielo Santo, ella sabe que soy un policía. Además, tiene su trabajo y a su novio amante de la ópera. No tenía razones para enrollarse. Soy libre de salir con quien me plazca…*

"¿Qué piensas de eso, Mike?" preguntó Alison.

"Oh, yo... er... me da igual," dijo Mike, completamente desconcertado.

179

"Bueno, entonces," dijo Alison, "supongo que seguiré adelante y lo haré," dijo Alison.

Mike trató de sonreír.

Alison cogió su bolso y su chaqueta. "Gracias por la velada, Mike. Lo siento, no puedo decir que fue encantadora." Se giró y se alejó.

Mike la miró con asombro. *Oh cielos, ¿qué acabo de hacer?* Se levantó de su silla y corrió tras Alison. "¡Alison, espera!"

Ella vaciló y se dio media vuelta, con lágrimas a punto de salir de sus ojos.

Mike tomó su brazo.

"¡Suéltame, Michael McBride! Todo el mundo te está mirando."

Mike soltó su brazo como si fuese hierro caliente. "Por favor, Alison," él bajó su voz. "Por favor, espera, cariño. Lo siento. Por favor, vuelve a la mesa," le rogó. "¿Por favor?"

Ella frunció el ceño, dio media vuelta y regresó a la mesa.

Mike la ayudó a sentarse. Se sentó frente a ella, buscó su mano. "Lo siento mucho, Alison." Él la miró con sinceridad.

Alison le frunció el ceño, "Lo dudo, Michael," dijo con frialdad.

"Claro que lo siento. Lo siento muchísimo," declaró él.

"Bueno, no discutamos sobre si lo sientes o no," dijo sarcásticamente.

"Tienes toda la razón," dijo Mike. *Cielos, soy tan desgraciado, mi mamá no me reconocería.* "¿Podemos empezar de nuevo?"

"Sí, está bien," soltó ella.

Mike le tendió un pañuelo.

"N-no, gracias," sorbió Alison. Cogió el vaso de agua y bebió un sorbo.

"¿Puedo servirte más champán?" preguntó Mike con amabilidad.

"Sí, por favor," ella volvió a sorber por su nariz. Finalmente, abrió su bolso, sacó un pañuelo y sopló en él, delicadamente.

Mike se preguntó qué decir. No tenía ni idea de lo que había hecho mal. Solo sabía que tenía que prestar más atención. *¡Mujeres!* pensó. *El Padre O'Malley tenía razón. ¿Quién puede entenderlas? Ante la duda—un cumplido.* "¿Te he dicho lo hermosa que t eves está noche? Tienes un atuendo muy elegante." Le sonrió.

"Gracias," sorbió por su nariz y se limpió, otra vez.

"Um... mañana por la tarde algunos de nosotros los hombres nos reuniremos en el pub de O'Grady para jugar algo de billar," ofreció él.

"Eso suena bien," dijo Alison.

"¿Tú juegas?" preguntó Mike.

"No, en realidad no."

"Ya veo," dijo Mike. "Um, echemos un vistazo al menú," sugirió, mientras le entregaba un menú y abría uno, él mismo. "¿Algo te agrada?" le preguntó.

Alison meneó la cabeza.

"¿Tal vez un bistec?"

Continuó leyendo.

"Creo que pediré la costilla, la patata al horno y la ensalada César," dijo Mike.

"Tomaré lo mismo," dijo Alison y dobló el menú.

Desesperado por conversar, Mike buscó al camarero. "Ah, el camarero debería estar aquí, en breve," dijo, "supongo. Pero tal vez se tomó un descanso." Eso fue tonto. Inténtalo de nuevo. "Me pareció que el grupo del jueves por la noche es un grupo de gente amigable."

"Sí, lo es," dijo Alison.

"¿Qué cosas suelen hacer?" preguntó Mike.

"Principalmente hablar. A veces juegan a las cartas."

¡Estupendo! ¡Seis palabras seguidas! "¿Tú juegas?"

"A veces."

"¿Qué juegos te gustan?"

"A veces toco un poco de pinochle o gin rummy," dijo Alison.

"¡Maravilloso! Dos de mis favoritos," dijo Mike,"¿Te gustaría jugar un poco de gin rummy conmigo el próximo jueves por la noche?"

"Tal vez, no estoy segura."

"¿Ah?" preguntó Mike.

"No estoy segura de que esté allí," explicó.

Justo entonces el camarero llegó. "¿Están listos para ordenar?" preguntó.

Mike reprimió una réplica sarcástica. "Sí, ambos tomaremos la costilla término medio, la patata al horno con crema agria a un lado, y ensalada César."

"¿Y cómo le gustaría aderezar su ensalada?" preguntó el camarero.

"El aderezo tradicional César, por favor."

"Muy bien, señor, ¿y puedo traerles algo más para beber?"

"Solo agua helada con limón, por favor," dijo Mike.

"¿Algo más para la dama?"

"No, gracias," dijo Alison. "Por favor, traiga mi primera costilla con el corte princesa. Nada más."

"Muy bien, señora, señor," se inclinó y retrocedió.

Mike levantó la cesta de pan y le ofreció a Alison un bollo.

"No, gracias," dijo ella.

Mike cogió un rollo y se tomó su tiempo rompiéndolo en pedazos y colocando mantequilla en una pieza. Tomó un bocado y masticó, morosamente. *Por favor, Dios, apresúrate con la comida. Estoy muriendo aquí.*

"Discúlpame," dijo Alison, "Voy al baño."

"Seguro," dijo Mike mientras se medio levantaba de su silla. *Gracias, Dios, por este pequeño alivio.*

El camarero sirvió la ensalada y ofreció pimienta recién molida. Mike se negó. Sabía que los modales requerían que esperara, pero de todos modos empezó con su ensalada. Cuando Alison regresó, la ayudó a sentarse y se excusó para ir al baño. *Dos pueden jugar a este juego*, pensó. "Por favor, continúa con tu ensalada, Alison. Volveré rápido." *Otra mentira*, pensó. Me quedaré lejos hasta que se sirva el plato principal. Mike se escondió detrás de la barra hasta que vio a su camarero entregar la comida. "Lo siento, tomó mucho tiempo," dijo.

"No hay problema," dijo Alison mientras tomaba su comida.

Mike le cayó a su carne asada con entusiasmo. Su apetito estaba bien. No iba a dejar que se perdieran cientos de dólares en la comida y el vino.

El camarero llegó a llenar sus vasos. "¿Cómo está su comida?" preguntó. La boca de Mike estaba demasiado llena para hablar. "Mmm-um," dijo mientras asentía y sonreía.

Alison empezó a responder. El camarero se volvió y se fue antes de que pudiera decir algo.

Mike tragó saliva. "¿Está bien tu comida, Alison?"

"Sí, gracias," dijo Alison.

"¿Estás segura? No pareces estar comiendo," dijo Mike.

"Estoy bien, Mike. Solo que como lento."

"Oh, ya veo," dijo Mike, "Bueno, tómate tu tiempo. Tenemos toda la noche." A estas alturas, Mike casi había terminado con su comida. Sirvió más champán y tomó bocados más pequeños. Determinado a hacer que la comida durara más, comenzó a contar sus masticaciones. ¿Cuántas veces mamá dijo que debía masticar mi comida? Empezó a tararear, *Masticar, masticar, masticar tu comida, suavemente a través de la comida. Cielos, allí voy de nuevo, soñando despierto.* Forzó una sonrisa a Alison. "Bueno, esta ha sido una noche hermosa. Este nuevo restaurante es sin duda un buen añadido a nuestra ciudad, ¿no crees...? ¿Alison?"

"Oh, ¿has dicho algo, Mike? Lo siento," dijo ella.

"Nada importante," dijo Mike, "Solo estoy conversando." Mike miró hacia abajo y regresó a su comida.

Después de lo que parecieron horas, Alison dejó el cuchillo y el tenedor. El camarero se materializó empujando un carrito de postre bien surtido. "¿Puedo ofrecerles alguna de nuestras especialidades en postres?"

Mike sacudió la cabeza, "No para mí. ¿Qué te gustaría, Alison?" preguntó, esperando que ella siguiera su ejemplo.

Miró los postres con cuidado, haciendo una pausa sobre cada uno para preguntar qué era y cómo se hacía. Finalmente, escogió una especie de mezcla de chocolate con crema batida y nueces picadas. "Yo tomaré uno," dijo ella.

Mike podría haber gemido.

"¿Les gustaría una bebida para después de la cena?" intentó el camarero tentado. "Tenemos un surtido completo de brandies y aperitivos importados, así como tés de hierbas."

"Me gustaría ver los tés, por favor," dijo Alison.

"Por supuesto, señora, solo un momento, por favor." El camarero se apresuró a ir a buscar las selecciones de té. Alison comenzó a tomar pequeños bocados de su postre.

Querido Dios, ¿esta mujer alguna vez se rendirá? pensó Mike. Miró subrepticiamente el reloj debajo de la mesa. En su mente, comenzó a sumar la factura. *No, no vayas allí*, pensó lúgubremente.

A mitad de su postre y té de hierbas, Alison dejó su cuchara. "Estoy llena," declaró. "No puedo comer otro bocado ¿Podrías pedirle al camarero que envuelva el resto de mi plato principal? Lo llevaré a casa para mañana."

Supongo que la mujer puede hablar en párrafos cuando quiere algo, pensó Mike pesarosamente.

"Claro, Alison," dijo Mike y le hizo señas para que el camarero trajera su factura. El camarero se acercó. Mike cogió su billetera. "¿Puedes llevarte esto?", Preguntó.

"Ciertamente, señor,"

Mike arrojó un billete de cien dólares en la bandeja. El camarero se quedó inmóvil. Mike lo miró, interrogante. El camarero se agachó, abrió el elegante estuche de cuero que sostenía el billete y se aclaró la garganta. Viendo el total de la factura, Mike abrió su billetera de nuevo, tiró una tarjeta de crédito. Colocando la tarjeta en la bandeja, Mike recogió su centenar y lo reemplazó en su billetera.

Alison indicó su comida a medio comer. "Por favor, envuelva esto," dijo ella. "Lo llevaré conmigo."

"Sí, señora," dijo el camarero mientras retiraba su comida y se llevaba la bandeja.

Cuando el camarero regresó, Mike agregó una propina, firmó la factura y recogió su tarjeta de crédito. Se levantó de su silla, ayudó a Alison con su silla y su abrigo. Mike la tomó del brazo y la acompañó desde el restaurante. Se dio cuenta de que había olvidado la comida, pero no iba a volver por ella.

Mike ayudó a Alison a entrar en su auto y la llevó a su casa, superando el límite de velocidad tanto como pudo. Entró en el camino, la escoltó hasta la puerta, le puso las manos sobre los hombros y la miró a los ojos. Justo cuando se inclinó para besarla, ella quitó la cabeza. "Nunca me beso en una primera cita, Mike. Gracias por una buena velada." y se giró hacia su puerta.

Aliviado, Mike mintió al darse la vuelta, "El placer fue todo mío." *Otra mentira blanca, Señor*, Mike confesó. *Perdóname, Señor.*

CAPÍTULO DIECIOCHO

El Monitor y el Merrimac

A bordo del monitor USCGC, la línea segura vibró en el bolsillo del chaleco de la Capitana Lycombe. Le hizo un gesto a su oficial ejecutivo para que se hiciera cargo del puente. Introdujo la mano en su bolsillo, extrajo su mini comunicador y comprobó la identificación de la persona que llamaba. "Aquì la Capitana Lynn Lycombe," dijo.

"¡Lynn, cariño! ¿Cómo estás, nena? " dijo una voz profunda familiar.

Lynn le dio la espaldaa su oficial ejecutivo y bajó la voz, "¡Burnzee bebé! ¿Dónde has estado? ¡Te he buscado por todos lados!"

"¡Nunca lo adivinarías, ni en un millón de años!"

"Si has estado en el puerto persiguiendo faldas, otra vez, yo... no importa... solo ten cuidado"

"¡Puedes apostarlo, cariño! Siempre soy cuidadoso. Lo sabes mejor que nadie."

"Si, lo sé. No se lo digas a tu mujer."

"Querida, eres mi esposa."

"Oh, es cierto. Gracias por recordármelo. Ha pasado tanto tiempo, lo había olvidado."

"¡Como pudiste! Estoy herido."

"¡Vamos, Burns, dilo! ¿Dónde diablos has estado?"

"Es confidencial, vieja, algo muy secreto," dijo el Capitán Burns. "Digamos que he estado persiguiendo submarinos."

"¿De los tipos de emparedado?" preguntó la Capitana Lynn Lycombe-Burns

"No."

"Oh, ya veo," dijo Lynn, abriendo los ojos.

"Hemos estado pescando y atrapamos uno grande."

"¡Bien por ustedes!"

"Lynn, cariño, ¿podrías unirte a nosotros?"

"Seguro, bebé."

"Realmente te necesito a mi lado, sabes; me da una sensación de seguridad." El Capitán Burns pedía una escolta con la protección adicional que su nave podía proporcionar. La única persona en la que confiaba completamente era su esposa Lynn, capitana del USCGC Monitor, nave hermana del USCGC Merrimac. Los dos legendarios Capitanes -Lynn y Billy Burns- eran el único equipo de esposo/esposa que capitaneaba buques en la Guardia Costera de los Estados Unidos o en la Marina de los Estados Unidos.

"Permíteme comprobar algo antes, ¿está bien, cariñito?" Lynn comprobó su longitud y latitud e hizo un cálculo rápido. "Bueno, creo que podemos encontrarnos a mitad de camino en unos veinte minutos; el doble si no puedes venir a mi encuentro."

El Capitán Burns trazó una nueva dirección y dio órdenes de cambiar de rumbo, a toda velocidad. "Voy a poner el pedal en el metal," dijo. "Adiós, muñeca."

"Voy en camino, guapo. Adiós."

Veinte minutos más tarde una alegría salió de las manos a bordo del USCGC Merrimac cuando vieron que a su izquierda estaba su nave hermana, El Monitor con todas sus banderas volando. Lynn respondió con un amigable pitido de su buque como si dijera, "Los tenemos cubiertos."

Días Felices

Grace McBride dio una última mirada a su alrededor para asegurarse seguro de que todo estaba perfecto para la recepción nupcial. Todos los asientos se colocaron "así". Una silla de honor especial para la futura novia estaba decorada con rosas blancas de seda y globos de helio blanco y plateado. Había un lugar reservado para el secretario del registro, provisto de un escritorio, un libro de registro de regalo blanco y un bolígrafo de plata y blanco.

La mesa de comedor de Grace estaba puesta desde ayer, pero tuvo que girar los platos, las tazas y las copas y descubrir el pastel. Arregló verdaderas rosas blancas y camelias en un círculo alrededor de la torta. Colocó más entre los largos lazos blancos situados en las cintas de raso blanco y plateado que corrían a lo largo de la mesa. Los platos de filigrana de plata aguardaban los platos calientes de la cocina. Los proveedores habían llegado y estaban trasladando la comida de su camión aislado a la cocina.

Grace respiró profundamente, se apartó y examinó su arreglo. Tras ajustar un candelabro un cuarto de pulgada, asintió con satisfacción.

"¡Perfecto!" le dijo a su marido, que esperaba pacientemente delante del televisor.

"Gracias, Gracie, querida," dijo Michael McBride Sr.

"Oh, tonto," dijo Grace, "quise decir que los preparativos de la fiesta están perfectos."

"¡Bueno, y yo nunca!" exclamó Mick con descaro.

"Oops, lo siento, querido. Por supuesto que eres más que perfecto. Eso nunca estuvo en duda." Grace le dio un beso en la pequeña calva de la cabeza. Ella sonrió, "Creo que ya es casi la hora de que las damas empiecen a llegar. ¿Quieres quedarte y saludar a todas? ¿Hmm?"

"Me voy de aquí," dijo Mick. "Nos vemos más tarde, cocodrilo."

Grace gimió y se echó a reír. "Hasta luego, cocodrilo."

Ding-dong. Llegaron las primeros invitadas. Grace las saludó a todas con un abrazo y un beso en el aire. Después de eso, simplemente dejó la puerta abierta para animar a los invitados a entrar. Grace se mantuvo ocupada mostrando la casa a sus invitadas y respondiendo con toda la humildad que fuese apropiada a todos los oh's y ah's.

Para sorpresa de nadie, la fiesta fue un gran éxito. A Suzanne le dieron todos los regalos posibles, incluyendo un conjunto completo de regalos en tono de broma. Ella reaccionó con rubor y una risa bondadosa.

***

Mientras tanto, en el Pub O'Grady había una fiesta mucho menos gentil. Los maridos, novios, novios y conocidos se reunieron alrededor de las mesas de billar y de póker. Poppa Mick fue anfitrión de una "Tarde de Hombres" con cerveza gratis y todos los pretzels que podían comer, seguido de café, hot-dogs o hamburguesas de su elección.

Antes de que comenzara la fiesta, Poppa Mick entregó una identificación de "Conductor Designado" a aquellos que se ofrecieron como voluntarios para este trabajo "serio." Dado que eran necesarios tres y solo había dos voluntarios -que era Poppa Mick y un amigo que estaba sobrio- Mick tenía que encontrar una manera justa de elegir. Primero barajó una baraja de cartas, permitió que el otro conductor cortara la baraja, y luego todos los demás sacaron una tarjeta. El hombre que sacó la carta más baja fue el desafortunado ganador. Había algunas consecuencias no deseadas de permanecer sobrio-uno podría realmente considerarlos beneficios. Es decir, además de ser capaces de recordar lo que pasó, ya que los fiesteros, en general, se embriagaban cada vez más, los conductores designados tenían cada vez más suerte. Parecían, inexplicablemente, ganar más en los juegos de billar y más de las ollas en el juego de póquer.

La fiesta estaba bien encaminada cuando los dos invitados finales entraron. "¡Qué sorpresa!" Exclamó Michael McBride Jr. "Mira quién está aquí. ¡Si es el abuelo McBride!"

Leroy Bratowski intervino, "Bendice mi alma, ahora las cosas realmente se desmoronarán, como si ya no estuviéramos bastante confundidos. Ahora tenemos McBrides en todo el lugar." Apuntó su cerveza; "Primero está el abuelo, y Poppa Mick el segundo, y Mike el tercero. Traten de mantenerlos firmes."

Hal Hardy levantó la cerveza, "Esta va por McBride, cualquiera que sea."

"¡Oye, oye!" repitió la mesa mientras las botellas marrones chocaban juntas.

"Aquí, toma una cerveza, abuelo," dijo Leo Mac MacGrady, ofreciéndole una cerveza.

"No, gracias, jovencito, soy responsable de mi compañero, aquí," señaló a Bud Bratowski y apoyó ligeramente el brazo en los hombros de Bud.

"¡Ja ja, eso es rico! Es un joven compañero, de hecho," Tom Turbulo le dio una palmada a Leo en la espalda y se rió como si eso fuera una gran broma.

"¿Quién es ese joven que traes contigo?" preguntó Sam Mulholland. "¿No es un poco menor de edad para un establecimiento de bebidas?"

"Tienes toda la razón," dijo el abuelo, "pero teniendo en cuenta que esto es parte del programa de entrenamiento de Bud, hicimos arreglos especiales. Por esta noche este no es un establecimiento para beber; es un restaurante que tiene una licencia de expendio de licor." sonrió al hijo de Leroy, Bud, como si compartiera una broma privada.

"¿Y qué clase de entrenamiento podría ser?" preguntó Allen "Cap" Baker.

"Sí, díganos," convino Frank Stevens.

El lugar se quedó en silencio. "Será mejor que sea algo bueno," dijo Harold Carolle, padre de la novia.

El abuelo se aclaró la garganta dramáticamente. "Bueno, caballeros, escuchen atentamente, porque tengo una proposición para ustedes. Mi protegido, Bud y yo estamos aquí para ofrecerles un desafío. Para aquellos de ustedes que estén dispuestos a hacer una pequeña apuesta, estoy preparado para cubrir las apuestas hasta un máximo de cien dólares, ni más, ni menos." Contó diez nuevos y crujientes billetes de diez dólares y los colocó, uno por uno, en el fieltro verde de la mesa de billar.

Un silencio se apoderó de la multitud.

"Ahora, caballeros, para demostrarles, cada vez más, mi confianza en mi amigo, Bud, aquí, estoy preparado para apostar dos a una odds; por cada cinco dólares que pongan, ofreceré uno de esos billetes nuevos de diez dólares del Tesoro de los Estados Unidos que lo vean frente a ustedes."

"Voy a poner cinco para eso," dijo Abraham Monroe, que había escapado de la reclusión de su apartamento seguro, solo para la ocasión. Sentía que estaría a salvo, ya que la mitad de los invitados eran policías. Con un ademán, Abraham dejó un billete de cinco.

"Excelente," dijo el abuelo. "Su contribución es apreciada, señor Monroe."

"Solo llámame Abe," dijo Abraham.

"Gracias, Abe," dijo el abuelo.

"Pondré cinco," dijo Leroy.

"Y yo," dijo Mike.

"Yo también," dijo Mick.

Cada uno colocó cinco. "Gracias, caballeros," dijo el abuelo. "¿A alguien más le gustaría aprovechar esta buena oportunidad?"

"Espere un minuto," dijo Tom. ¿No le parece a alguien que esta apuesta puede ser un poco extraña?"

"¿Qué quieres decir, amigo mío?" preguntó el abuelo.

"Oye, McBride, no nací ayer," dijo Leo, "¿Entiendo bien? ¿Me estás pidiendo que ponga cinco dólares de mi dinero ganado contra diez de los tuyos?"

"Así es, hijo," dijo el abuelo.

"Oh," dijo Leo mientras sacaba cuatro dólares, tres monedas de cuarto, dos monedas de diez y cinco centavos.

"Una decisión muy sabia, señor MacGrady," dijo el abuelo. "Eso deja cinco apuestas abiertas. ¿Hay más compradores?"

En eso, Pat O'Grady, propietario del pub O'Grady se unió al grupo. "¿Puedo entrar?" preguntó Pat.

"¿Cuánto vas a hacer?" preguntó Grandpappy. "La apuesta mínima es de cinco dólares, hasta veinticinco."

"Pondré diez, solo para hacerlo interesante," dijo O'Grady.

"Un hombre según mi propio corazón," dijo Gramps. "Solo descubrí tres." Miró a su alrededor.

"Pondré otros cinco," dijo Leroy, "aunque siento que estoy apostando contra mi propio hijo."

"No necesariamente," opinó Grandpappy. "Solo quedan dos oportunidades."

"Oh, está bien," dijo Sam. "Es lo menos que puedo hacer, considerándolo." Sam dejó caer cinco más.

"Gracias, Sam," dijo el abuelo.

Hal se rascó la cabeza. "Bueno, gente, odio parecer desconfiado, pero debo haberme perdido algo. ¿Qué estamos apostando?"

"Oh, eso," dijo Grandpappy, "lo siento si no lo comprendiste."

Hal seguía rascándose la cabeza. Murmurando algo, sacó un billete de cinco y lo puso sobre la mesa.

"Eso cierra las apuestas, caballeros. Ahora, si son tan amables, escuchen las reglas del juego. Como he dicho, estoy poniendo diez dólares a cada cinco suyos o dos a uno. El resultado será decidido por los mejores dos de tres partidos. Necesitamos una figura imparcial para mantener las apuestas, alguien que sea totalmente confiable e imparcial. ¿A quién sugieren?"

Todos miraron al Capitán Baker. "¿Está bien para ti, Cap?" preguntó Grandpappy. "Tú también serás el árbitro en caso de disputa."

Cap recogió el dinero y se retiró a observar.

Hal todavía se rascó la cabeza. Le susurró a Lou de pie junto a él, "Entonces, ¿en qué estamos apostando?"

Lou se encogió de hombros, "La verdad no lo sé." Pasando a la siguiente, "¿Tú sabes, Sam?"

"No," dijo Sam.

Todos miraron a Abe, quien simplemente se encogió de hombros.

"¿En qué estamos apostando, Abuelo?" preguntó Mike.

"Estamos apostando a que Bud y yo podemos azotar a su mejor equipo, dos de cada tres partidos de Bola-Ocho."

"¡Qué!" Mike estaba asombrado. "¡De ninguna manera! Abuelo, debes haber perdido los sentidos." Mike sacó su billetera. "Me gustaría poner más a esa apuesta."

"Es demasiado tarde," dijo el abuelo. "He alcanzado mi máximo."

"¿Quién más quiere apostar?" preguntó Mike.

Pronto hubo un frenesí de apuestas laterales que siguió mientras la gente elegía bandos.

"Escojan su equipo," dijo el abuelo.

Hubo más conversaciones y el equipo contrario se unió. "Tenemos una pregunta," dijo alguien. "¿Podemos trabajar más de un equipo?"

"Pueden poner dos equipos," dijo el abuelo. "Un tercer equipo no será necesario."

Tras ese comentario, hubo risas escandalosas y algunos gritos. Al final, decidieron que el equipo uno sería Mick y Mike, al menos uno de ellos estaba sobrio; el equipo dos serían Leo y Hal, de dudosa sobriedad.

"¿Podemos permitir que Cap Baker haga una tirada de monedas para ver quién va primero?" preguntó el abuelo. "Para el segundo juego podríamos alternar."

"De acuerdo," dijeron Mike y Mick. "Arroje una moneda, Cap."

"Escoge tú, Bud," dijo el abuelo.

Cap tiró la moneda. Bud dijo, "Cara."

"Cara es," dijo Cap. "El equipo del abuelo y Bud va primero. Ellos serán el equipo uno. Para el segundo juego, el equipo dos comenzará. Cada equipo puede elegir su jugador titular. Después de eso alternarán en cada disparo."

El Cap fijó las bolas.

"Tú primero," dijo el abuelo a Bud.

Bud cogió el taco, y con cuidado puso le tiza a la punta. Colocó la bola blanca sobre la mesa, retiró su palo, apuntó con cuidado y la dejó rodar. Las bolas se fueron corriendo en todas direcciones. Cuatro bolas entraron en los agujeros, tres sólidas y una rayada. Podían elegir cuál preferían, si sólidas o rayadas. El abuelo y Bud examinaron la mesa y conversaron tranquilos. "Bueno," dijo Bud, "hay más sólidos desaparecidos, pero las rayas están en mejor posición. ¿Qué te parece, abuelo?"

"Creo que puedo conseguir más rayadas," dijo el abuelo.

"Tomamos las rayadas," dijo Bud.

El abuelo y Bud confiaron en la progresión de los tiros.

"La bola diez ya está en el bolsillo," dijo Bud.

"Puedo conseguir la bola nueve de inmediato", dijo el abuelo.

"Coloca la bola blanca aquí y yo tomaré la once después," dijo Bud.

"Entonces puedo lanzar un tiro del cojín derecho para darle a la doce," dijo Gramps

"¿Por qué hacer eso cuando la catorce está en línea recta?" preguntó Bud.

"Tienes razón," dijo Gramps. "Le daré un giro a la derecha a la bola blanca y la dejaré en el cojín final. Eso nos pondrá en la línea para recoger la trece y la quince. Tenemos que tener cuidado de no fallar."

"¿Puedo conseguir las dos con un solo tiro?" preguntó Bud.

"Sí, probablemente, pero eso te obligaría a darle luego a la bola ocho."

"Será mejor que tú le des a la bola ocho, Abuelo."

"Vamos a ver cómo va," dijo el abuelo mientras alineaba su tiro. La bola nueve rodó suavemente hacia el agujero, dejando la bola blanca alineada perfectamente para el disparo de Bud a la once.

El abuelo logró encajar la catorce en el agujero lateral y colocó la bola blanca para ponerla en línea para la trece.

"¿Qué crees, Gramps, debo darle a las dos?"

"Adelante, hijo, muéstrales lo que puedes hacer."

Bud cuidadosamente alineó su tiro. Se detuvo a limpiar las palmas de sus pantalones y volvió a intentarlo.

"Respira hondo y mantenlo," susurró el abuelo.

"No lo sé," respondió Bud.

"Puedes hacerlo, igual que cuando practicamos," prometió el abuelo.

La habitación se quedó en silencio y más gente se reunió para vigilar.

Bud estaba listo. Acarició suavemente el taco. Luego lo soltó. Recorrió la longitud de la mesa enviando la trece en el agujero del extremo izquierdo. Luego rebotó en el cojín y envió la quince al agujero opuesto. Continuó y se detuvo a mitad de la mesa. Un gemido escapó de la gente que había apostado contra el abuelo y Bud. Una alegría se apoderó de todos los demás.

El abuelo hizo un trabajo corto de la bola de doce, dejando solo una pelota para Bud - la bola ocho.

"Hice lo mejor que pude, muchacho, pero no te dejé un tiro muy claro en la bola ocho."

"¿Puedo pasar?" preguntó Bud.

En eso una fuerte protesta surgió de Mick y Mike. "De ninguna manera. ¡Ahora veremos qué puedes hacer con la bola ocho!"

La tensión se elevó. Bud tenía un tiro casi imposible.

Todo el mundo sabía que las reglas dicen que la bola blanca debe tocar la bola ocho primero. Si falla la bola ocho, el equipo pierde su turno y el otro equipo puede colocar la bola blanca en cualquier lugar que quieran, asegurándose así un tiro fácil y una probable victoria.

Antes de que el jugador tome su tiro, debe "nombrar" el agujero al que planea darle. También si mete la bola blanca en el agujero su equipo pierde automáticamente el juego.

El abuelo y Bud se detuvieron para conversar.

"¿Cómo voy a hacer esto?" preguntó Bud.

"Um, bueno, primero y ante todo, debes golpear la bola ocho primero y debes evitar meter también la blanca."

"Muy bien," dijo Bud.

"Además, si no puedes meter la bola ocho, asegúrate de no dejarles un buen tiro."

"Si intento poner la bola ocho en el agujero final, eso será un tiro perdido, seguro," dijo Bud.

"Estoy de acuerdo", dijo el abuelo.

Bud reflexionó sobre el problema. "¿Qué tal si solo golpeo la bola ocho?" preguntó Bud, señalando hacia un lugar. "¿Sacaría las tres de ellos y entraría en el agujero lateral?"

"Eso es un tiro imposible," dijo el abuelo. "Dudo que pueda hacerlo incluso yo mismo."

"Pero, no puede hacer ningún daño, ¿no?" preguntó Bud.

"No, supongo que no."

"¿Ves alguna otra opción?"

"No."

"Vale, aquí vamos. Bola ocho en el agujero lateral," dijo. La multitud miraba fascinada.

Bud miró sus ángulos, puso su mano sobre el fieltro y la arqueó para apoyar su palo. Acarició el palo tres veces y cuidadosamente golpeó la bola blanca. La bola blanca rodó hacia la ocho, que desvió las otras tres y se dirigió hacia el agujero lateral. La audiencia contenía su aliento colectivo cuando la bola ocho se tambaleó en el borde del bolsillo y luego se dejó caer.

Un rugido salió de la multitud. Bud y el abuelo chocaron sus palmas el uno al otro y sonrieron de oreja a oreja.

"Hemos sido engañados," dijo Leo.

"Y no me gusta," dijo Hal.

"Hemos sido engañados," dijo Abraham. "¿De quién es este chico?"

Leroy miró sus zapatos. "Me temo que es mío," admitió. "Pero," levantó la vista, "les juro, ¡no tenía ni idea!"

"Muchachos, muchachos, dejen de preocuparse," dijo Mike, "Este juego aún no ha terminado. Son dos victorias de tres, ya saben. Mi equipo ganará el próximo partido."

"No estoy tan seguro de eso," dijo el abuelo. "Has perdido el juego. Ahora es asunto de Leo y Hal."

"No es justo," exclamaron Leo y Hal. "No estamos en condiciones de enfrentarnos a ustedes dos."

"Exigimos una orden del capitán," dijo el abuelo. "¿Vas a permitir que Mike y Mick jueguen dos en fila?"

El Cap Baker consideró al infeliz equipo de Leo y Hal. "Yo estoy a favor de Mike y Mick," decidió. Arme las pelotas. "Su equipo se va a romper." Retrocedió.

Mike y Mick decidieron que Mike iría primero. Mike rompió el paquete con una golpe satisfactorio. Las bolas se dispersaron y rebotaron alrededor de la mesa, hundiendo dos de cada tipo. La bola blanca, que había sido golpeada, tan duro que debería haberse dividido en dos, se dirigió hacia tres cojines, y se deslizó en el agujero final.

Leo gimió, "Bien hecho, Mike, ¿tenías que matarlo?"

El Cap puso orden, "El equipo dos ha fallado. Así que pierden su turno. El equipo uno puede colocar la bola blanca."

Una vez más, el abuelo y Bud conversaron. Estaban de acuerdo en que el abuelo iría primero esta vez. El anciano no había perdido nada de su agudeza. Él y Bud alternaron disparos, hundiendo cuidadosamente cuatro en fila. Los comentarios de los espectadores reunidos se hicieron más bulliciosos, felicitando al abuelo y Bud, y espantando a los seguidores del Equipo Dos. Algunos trataron de aprovechar la situación solicitando apuestas al abuelo y Bud sin compradores.

A estas alturas el abuelo y Bud estaban completamente bloqueados y tuvieron que renunciar a su turno. El abuelo sabiamente dejó la bola blanca en la peor posición posible para Mick.

Mick y Mike hablaron sobre el tiro. Era ahora o nunca. Se instalaron en un tiro drástico que requería dos choques. La manzana no había caído lejos del árbol. Mick hizo el disparo y sin disimular se pulió lus uñas en su camisa.

"No cante demasiado pronto," dijo una voz desde atrás.

Mike tomó la señal y le dio fácilmente otra pelota. El equipo dos embolsó dos más antes de verse forzados a renunciar a su turno.

"¡Ah, ahora estamos empatados!" dijo Leo.

Cada equipo tenía una pelota restante sobre la mesa antes de poder tener su oportunidad contra la bola ocho. Era el turno del abuelo.

"Vamos, abuelo," dijo Bud.

La habitación se detuvo. Un sentido de inevitabilidad se estableció sobre el Equipo dos y sus seguidores. El abuelo cogió su palo y expertamente hundió su bola restante, dejando la bola blanca en la posición perfecta para hundir la bola ocho. Silenciosamente, Bud golpeó ligeramente el agujero de la esquina, indicando su objetivo. Se inclinó, acarició el palo, golpeó la bola blanca y la envió directamente a la bola ocho. La bola ocho atravesó lentamente la longitud de la mesa y golpeó el agujero en todo el centro. Felicitaciones vinieron de la multitud; un silencio apenado se apoderó de los perdedores.

Mike silenció a la multitud con una mano. "En primer lugar, permítanme felicitar a los ganadores," dijo, provocando otra alegría. Otro movimiento de su mano consiguió su atención otra vez. "Quiero agradecerle a mi abuelo por su trabajo en el entrenamiento de Bud. Excelente trabajo, Abuelo. ¿Tienes algo que añadir?"

"Gracias Mike; fue un placer. He enseñado a muchos estudiantes, pero debo decir que Bud Bratowski, aquí presente, tiene un talento inusual y raro para el juego. Ustedes hombres han sido testigos del debut de un futuro campeón. Bud y yo teníamos como objetivo darle los recursos para hacerse camino hacia la universidad. Quiero darle las gracias a todos por contribuir con los primeros cincuenta dólares para su fondo de la universidad. Si no fuera por eso, habría estado reacio a tomar su dinero. Admito que estaba un poco en contra. Sin embargo, estoy seguro de que recibieron el valor de su dinero y más en el placer. ¿No es así?" Asintieron y aplaudieron. "Ahora, si me permiten sentarme en un juego amistoso de póker, quisiera comenzar la instrucción de Bud en el arte fino de jugar con cartas. No se preocupen, no jugará."

Más aplausos y aplausos siguieron, y luego la fiesta se reanudó.

Al final, Mike anunció que la reunión del lunes 8AM había sido pospuesta para las nueve.

Lunes 9:15 A.M.

"Buenos días, hombres," dijo Mike, "¿Todos pudieron volver a llenar su café? Aquí, sírvanse donas."

"¿Están listos para empezar?" preguntó Mike. "Adelante, enciendan sus computadoras. Tom o Hal, uno de ustedes puede comenzar." La habitación estaba en silencio excepto por los sonidos de tazas de café y computadoras.

Por fin, Tom se aclaró la garganta, "¿Por qué no empiezas, Hal?" dijo.

"Bueno... creo que el gráfico se explica por sí mismo, pero déjenme revisarlo con ustedes. Como pueden ver, hemos eliminado a todos los sospechosos, excepto a dos funcionarios y un guardia. Teorizamos que estos tres estaban confabulados-los tres probablemente están en la nómina del cártel. Parecen estar viviendo en un estilo que no podría ser pagada con sus salarios. Creemos que uno de los empleados dejó entrar al asesino a través de una puerta lateral cerrada, mientras que el otro estaba de guardia. Encontramos sus huellas en la perilla interior de la puerta. Aún no hemos identificado al asesino. Como ustedes saben, hallamos trajes falsos de prisión desechados en un basurero, con sangre igual a la de la víctima y huellas dactilares en la cremallera y los botones. Dentro de la cárcel, creemos que el asesino usó guantes.

El otro sospechoso es un guardia recién contratado. Sabemos que él estaba presente en las duchas; creemos que estaba ayudando o simplemente vigilando. Puede haber ayudado a mover el cuerpo. Verán en este mapa de la cárcel que el cuerpo fue trasladado desde este lugar hasta aquí. La evidencia en la escena apoya esta teoría. Además, el forense indicó que el cuerpo había sido trasladado, post mortem. No hemos determinado por qué el cuerpo fue movido, a menos que fuera para retrasar el descubrimiento o simplemente para confundir la investigación. Esa podría ser la razón, ya que no descubrimos ese hecho hasta dos días después.

"Buen trabajo, hombres," dijo Mike. "Creo que esto termina su fase de la investigación, a menos que o hasta que recibamos más órdenes de más arriba. Hablaré con el Fiscal del Distrito. Y ver si quiere que traigamos a los tres sospechosos, o simplemente esperar a que surjan nuevas pruebas. Como saben, en casos como este, las posibilidades de arrestar al asesino son casi nulas. Él o ella podría estar en Argentina ahora mismo o en cualquier otro lugar en el mundo. Volveré con ustedes después de que vea al Fiscal del Distrito; así que por ahora, oigamos a nuestro otro equipo. ¿Leo? ¿Sam?"

Leo informó, "Hemos estado interrogando a los dos matones restantes dos veces al día en tiempos escalonados tratando de desgastarlos. Aún están aterrorizados. Han empezado a hablar, un poco, pero nada que sea novedad para nosotros. Hasta el momento, su información ha corroborado lo que ya sabíamos por Norton y otras fuentes. Hemos aprendido lo suficiente para creer que ambos saben mucho más. Sam y yo no estamos listos para rendirnos. Creemos que estamos cerca de llegar a un acuerdo. La clave será: ¿podemos garantizar su seguridad?"

CAPÍTULO DIECINUEVE

Fiscal del Distrito Blissfield

Mike salió del ascensor y saludó a Ethel, "Buenos días, Ethel. Tengo una cita con el fiscal de distrito."

"Sí, Mike, te está esperando." Abrió el intercomunicador, "El Teniente McBride está aquí, señor Blissfield."

"Hágalo pasar, por favor, Ethel."

Duane Blissfield estaba vestido con un traje azul oscuro y camisa blanca. Su corbata rayada conservadora flotaba suelto en su cuello. A finales de los cuarenta o principios de los cincuenta, su cabello ya se mostraba gris en las sienes. Una serie de fotos de la familia cubría la credenza. El fiscal del distrito se levantó de su escritorio desordenado y saludó a Mike con un apretón de manos. "Buenos días, Michael, y bienvenido."

"Gracias, señor, por recibirme," dijo Mike.

"Por supuesto. ¿No quieres sentarte, por favor?"

"Gracias. Estoy aquí para discutir la evidencia en los casos de asesinato en la cárcel," dijo Mike.

"Muy bien," dijo Blissfield.

"Sentimos que necesitamos su opinión antes de seguir adelante. Me gustaría mostrarle la evidencia, y obtener su opinión en cuanto a lo lejos que debemos ir con ella. También si tiene tiempo me gustaría revisar el caso de violación."

"De acuerdo, oigamos lo que tienes," dijo Blissfield.

"Para revisar, arrestamos a cuatro de los presuntos cómplices de John Jacobs con la ayuda de Norton. Servían como su chofer, sus guardaespaldas y supuestos agentes de seguridad. Creemos que han cumplido sus órdenes de cometer asesinatos e intentos de asesinato. Más tarde Norton los reconoció en una alineación. Él está dispuesto a testificar contra ellos. Sin embargo, no estamos seguros de que sea suficiente para condenarlos."

"Nos sorprendió cuando el cartel no hizo ningún movimiento para poner en libertad bajo fianza para los guardaespaldas. Por lo tanto, continuamos reteniéndolos, en espera de juicio. Dos de los matones fueron asesinados mientras los teníamos en la prisión del condado. Desde entonces, hemos duplicado la guardia y tenemos a los dos restantes en aislamiento.

Mis hombres y yo estamos trabajando en los asesinatos de los dos primeros matones. El primero fue descubierto colgado en su celda, con una herida de bala en el pecho. Murió de bala, no ahorcado. El segundo fue estrangulado y encontrado muerto en la ducha. Hemos reducido a tres sospechosos en el segundo asesinato, mediante el análisis del paradero de todos en la cárcel durante el tiempo en que se cometió el asesinato."

"Creemos que uno o dos empleados dejaron al asesino entrar por una puerta lateral. Creemos que un guardia mantuvo una mirada hacia fuera, y posiblemente ayudó a mover el cuerpo. Encontramos ropa de cárcel desechada en un contenedor de basura. Contenían manchas de sangre que igualaron la sangre de la víctima. También encontramos impresiones en la cremallera y botones. No hemos encontrado ninguna coincidencia con las huellas."

"Hmm, ya veo," dijo Blissfield.

"La evidencia que tenemos es buena, pero solo hasta donde llega. No tenemos al asesino. Sin él, pensamos que la evidencia es demasiado delgada para detener a cualquiera de los tres cómplices. Sin embargo, usted tendría una mejor estimación respecto a eso. Nuestra pregunta es, ¿quiere que arrestemos a los tres cómplices, o simplemente que mantengamos nuestros ojos en ellos y esperemos que nos lleven hasta sus jefes, algún día?"

"En relación con el caso de la violación, el de Mary Beth Baker, la hija del capitán, el caso en sí se ha enfriado. No tenemos nuevas pistas sobre el paradero del traficante que administró la droga. Se ha desvanecido. El mejor testimonio contra él es de un joven llamado Isaac Samuel Monroe. Él y sus padres están siendo vigilados. Fueron forzados a ocultarse debido a los atentados contra la vida del muchacho. Ahora, ha desaparecido y tememos que haya sido secuestrado por el cártel, posiblemente asesinado. El Capitán Baker se ha encargado de un grupo de trabajo que trabaja en el caso del secuestro."

"Suponemos que estos casos aparentemente no relacionados se remontan a la cabecera del cártel de la droga de la costa oeste, John Jacobs, alias Joseph la Rata. El Departamento de Policía de San Francisco tiene cargos contra él. Estamos coordinando con ellos en intentar construir un caso. Sin embargo, se resguarda con varias capas. Hasta ahora, todo lo que hemos podido hacer es sacar a algunos de los jugadores pequeños. Cuando se trata de derribar al hombre grande, en sí, estamos frustrados."

"Espero que pueda ayudarnos a solucionar esto y dar alguna dirección, desde el punto de vista del fiscal." Mike se detuvo y se recostó en su silla.

Duane tomó su taza de café y caminó por el suelo, sumido en sus pensamientos. Por fin habló.

"Es una guerra, Mike. Toda nuestra sociedad está involucrada en una guerra contra las drogas y ha sido desde los años 60 y 70 cuando nuestras fuerzas militares lucharon en Vietnam. Durante esa época, las drogas ilegales adictivas tuvieron su amplia presencia en nuestra población general, un punto de apoyo que amenaza con convertirse en un estrangulamiento. ¿Fue este un legado espantoso de ese conflicto, o habría sucedido de todos modos? La respuesta es de poca importancia para aquellos de nosotros que peleamos esta guerra."

"Como fiscal, tengo que decidir si detener a la gente pequeña o aguantar a los mayores. ¿De qué manera puedo ser más eficaz? Cada caso es un juicio diferente. No hay una respuesta correcta. Simplemente se elige un bando y se hace lo que se puede.

"Tú y yo hemos elegido el lado de la aplicación de la ley. Parece que estamos peleando una batalla interminable. Ahora que las drogas ilegales han tomado su insidiosa retención en América, se pregunta, ¿alguna vez terminará? ¿Cómo terminará si es que termina? Verás, incluso si se corta la cabeza del cártel, este vivirá; como a una serpiente mortal simplemente le crecerá otra cabeza. O alguien se levantará de las filas para tomar su lugar o un rival señor de la droga se hará cargo. Hay muchos que desean esa posición de poder."

"Así que, habiendo dicho todo eso, ¿qué hago? Tengo que sopesar varios factores. Considera esto, ¿qué persona inocente está más en peligro ahora?"

"La respuesta, por el momento, es clara: el joven Isaac Samuel Monroe. Por alguna razón desconocida, el cártel ha decidido poner todos sus recursos en la protección del joven traficante que drogó a Mary Beth Baker. Debe haber una razón. Nos parece que es solo un jugador menor y por lo tanto es prescindible. No tiene sentido que, al mismo tiempo, estén permitiendo que los leales guardaespaldas personales de Jacobs languidezcan en la cárcel y sean asesinados. ¿Nos ayudaría el entender esta discrepancia?"

"La pregunta es la siguiente: Dejando a un lado las posibilidades de las condenas futuras, en primer lugar, debo usar todos los recursos a mi disposición para rescatar a Isaac. ¿Podemos sacar más información de los que ya tenemos bajo custodia? Si es así, ¿cómo? Debemos usar las armas a nuestra disposición: miedo, intimidación, escucha espontánea, negociación y recolección de pruebas. Como oficiales de la ley, tenemos que luchar con justicia. Pero, Empresas Monroe tiene una fuerza de seguridad civil que no está tan limitada."

"Operando dentro de nuestras limitaciones, ¿podemos cooperar con esa fuerza de seguridad para combinar nuestras fortalezas?" Duane se quedó en silencio.

El fiscal del distrito siguió caminando y pensando. Mike se sentó en silencio. Estaba cautivado por estar en presencia de este soliloquio, para observar cómo funcionaba la mente de Blissfield.

Por fin, Blissfield se sentó detrás de su escritorio y se dirigió a Mike. "Lo más egoísta para mí, como Fiscal del Distrito, sería elegir la condena de los criminales sobre la prevención del crimen; que es acumular tantas condenas como sea posible en mi expediente independientemente de las consecuencias. A veces ese es realmente el mejor rumbo; pero en este caso no es lo correcto. Debemos inclinar todos nuestros recursos para encontrar a Isaac Samuel. Si tenemos que dejar que algunos delincuentes escapen en el proceso, que así sea."

"Por lo tanto, Mike..." Por primera vez, Duane pareció recordar la reunión... "Pensemos en cómo podemos concentrar nuestros recursos en rescatar a Isaac Samuel."

Duane comenzó a enumerar los recursos.

"Primero-tenemos seis sospechosos que podemos usar: Norton, los dos matones, el guardia de la cárcel y los dos empleados."

"Dos: tenemos la fuerza de seguridad de Empresas Monroe."

"Tres: tenemos conexiones con la policía en San Francisco."

"Cuatro: tenemos a la Guardia Costera de Estados Unidos y posiblemente a la Marina de los Estados Unidos."

"Cinco, tenemos al FBI."

Duane se acarició la barbilla y frunció la boca en sus pensamientos.

Los tres últimos están allí. No tenemos control sobre ellos. Eso nos deja con los números uno, dos y posiblemente tres." Él levantó tres dedos. "¿Cómo podemos utilizar estos tres recursos para rescatar a Isaac Samuel? Después de que consigamos que el muchacho esté en casa podemos pensar en acusaciones de los jugadores restantes. ¿Tiene sentido?" preguntó el fiscal del distrito.

"Perfecto sentido", respondió Mike.

"Entonces, ¿*ahora* sabes qué hacer?"

"Sí, creo que sí. Parece que tengo su permiso para usar a los seis sospechosos de cualquier manera legal que sea necesaria para lograr el rescate de Isaac Samuel Monroe, a quien conocemos como Sammy, aunque al hacerlo, dañe el caso que usted pueda traer contra ellos." Dijo Mike. "Además, debo traer a la seguridad de Empresas Monroe a trabajar con nuestra gente de cualquier manera para que ese rescate resulte, aunque ni usted ni yo ni el Departamento de Policía de la Ciudad de Carson obtenga el crédito".

"Nos entendemos perfectamente," dijo Blissfield. "Estaré feliz de hablar con mi buen amigo, Judd Warner, en Empresas Monroe, si él les da cualquier problema. Ahora, tengo un día ocupado. ¿Hay algo mas?"

"No señor. Gracias, señor, por su ayuda. Buen día," dijo Mike mientras se levantaba para darle la mano."Dios esté contigo, Mike, y con Isaac Samuel."

***

Mike guió su automóvil en el tráfico y llamó a su compañero, "Hey, Leroy, es Mike."

"Sí, Mike, ¿qué pasa?"

"¿Puedes salir en, digamos, quince minutos?"

"Claro, Mike."

"Bueno, te recogeré en el frente en quince."

"Esta bien, nos vemos."

Mike marcó una serie de números.

"Empresas Monroe, ¿cómo podemos ayudarte?"

"Jefe de Seguridad, por favor."

"Lo conectaré con su asistente administrativo."

"Gracias," dijo Mike.

La oficina del jefe Warner.

"Hola, ¿puedo hablar con el jefe Warner, por favor? Es el Teniente McBride, Departamento de Policía de la Ciudad de Carson."

"El jefe Warner está con alguien en este momento. ¿Es una emergencia, teniente McBride?"

"Tengo que verlo lo antes posible. Estoy en camino ahora. ¿Estará libre en media hora?"

"Creo que sí. Le diré que lo espere."

"Gracias. Por favor, deje dicho en la entrada que me esperen, también."

"Sí, señor, me encargaré de eso inmediatamente."

"Gracias. Adiós."

"Adiós, teniente."

Mike se detuvo en la acera frente al recinto. Leroy Bratowski bajó los escalones, abrió la puerta del coche y entró. "Hola, Mike," cerró la puerta y se sujetó el cinturón de seguridad.

"Hola, Brat, gracias por venir. Acabo de llegar de la oficina del Fiscal del Distrito. Me dio media hora de su tiempo y un buen consejo. Él cree que nuestra prioridad debe ser tener a Sammy en la casa segura. Dio su bendición a cooperar con el equipo de seguridad de Empresas Monroe. ¿No es algo grande?"

"Increíble," dijo Leroy.

"Eso no es todo. Nos instruyó a usar a los sospechosos que tenemos de cualquier manera legal que nos ayude a llevar a Sammy a casa. Podemos preocuparnos de construir nuestros otros casos, más tarde.

"Bueno, eso *es* interesante," dijo Leroy.

"Sí y jodidamente grande viniendo de él, también. No le importaba que tuviéramos que estropear sus casos, siempre que ayudara a que Sammy saliera sano y salvo."

"¡Es un gran tipo!"

"Eso es lo que yo pensé, también."

"Entonces, ¿hay algún cambio de planes?"

"Vamos a Empresas Monroe."

"¿Está bien? Bueno, esto podría ser interesante."

"Esperemos," dijo Mike.

Mike se detuvo en el puesto de guardia y bajó la ventanilla. "McBride y Bratowski para ver al Jefe Warner."

"Sí, señor, se les espera. ¿Puedo ver su identificación?"

Mike abrió su I.D. Y su placa.

"Muy bien, señor. ¿Y la suya, por favor?" dijo, indicando a Leroy.

Leroy le entregó la suya a Mike que la pasó al guardia. Después de una cuidadosa inspección, se lo devolvió. "Gracias, caballero.

Bienvenidos a Empresas Monroe. Si esperan aquí, una anfitriona vendrá directamente."

Un minuto más tarde, una joven de uniforme elegante subió en un carrito de golf. El carro giró en frente de ellos. La anfitriona hizo un gesto alegre. Un letrero colocado en la parte trasera de su carro, decía "Sígueme" Ellos condujeron alrededor de varios edificios. "No tenía ni idea de que este lugar era tan grande," dijo Leroy. "¿Sabes lo que hacen?"

"Creo que tienen varias divisiones. Uno de ellas se ocupa de contratos gubernamentales."

"La seguridad es bastante restringida," observó Leroy.

Mike siguió a la anfitriona a un área de estacionamiento y se acercó a ella. Ella los condujo a un edificio sin descripción. Introdujo un código y mostró su huella digital para abrir la puerta. El mismo procedimiento los dejó entrar en un ascensor. Una llave especial le permitió operar el ascensor. No había números visibles para indicar los pisos. El ascensor se detuvo. Una segunda llave abrió las puertas para revelar una sala de espera lujosa pero de negocios.

Ella habló por primera vez. "Si desean, tomen asiento, alguien estará con ustedes en breve."

"Gracias señorita…¿?"

"Sean bienvenidos, señor McBride y señor Bratowski. Por favor, siéntanse cómodos. Los dejaré ahora, y volveré cuando estén listos para irse. Tengan un buen día." Ella entró nuevamente en el ascensor y desapareció.

Unos momentos más tarde, una atractiva mujer de unos treinta años se acercó. "Hola, Sr. McBride y Sr. Bratowski. Creo que hablaste conmigo por teléfono. Soy Doreen Middleton, la asistente del señor Warner."

Los dos hombres se levantaron y la saludaron.

"Si vienen conmigo, los llevaré a la oficina del jefe Warner."

Los condujo por un pasillo hasta un despacho con vistas a un patio ajardinado. Warner se levantó de su escritorio, los saludó y señaló una pequeña mesa cuadrada que asentaba cuatro. La Sra. Middleton se quedó y se sentó con los hombres.

"Bienvenidos a nuestro campus, Teniente McBride y Sargento Bratowski. Mi nombre es Judd Warner, Jefe de Seguridad de Empresas Monroe. Supongo que están aquí por algún asunto policial."

"Sí, así es, Jefe Warner."

"Por favor, llámenme Judd."

"Claro, Judd. Por favor, llámame Mike y él es Leroy. Ambos somos oficiales en el Departamento de Policía de la Ciudad de Carson. Ahora estamos trabajando en varios casos; pero el propósito de nuestra visita es discutir la desaparición de Isaac Samuel Monroe. Simplemente, pensamos que podríamos ser más eficaces si coordinamos nuestros esfuerzos."

Warner se recostó y cruzó los brazos. "Bueno, naturalmente la fuerza de seguridad de Empresas Monroe está 100% enfocada en regresar vivo a Isaac Samuel a sus padres. Francamente, hay consternación entre nuestras fuerzas respecto a que el Departamento de Policía de la Ciudad de Carson no haya hecho más."

"Oh, puedo asegurarle, señor Warner, que el DPCC está trabajando duro para encontrar a Isaac. Hemos hecho mucho, ya. Sin embargo, repito, estamos aquí para ofrecer nuestra cooperación con ustedes, con la esperanza de que fortalezca nuestros esfuerzos combinados."

Warner se cuidó de revelar cualquier parte de su operación a las autoridades por temor a comprometer sus operaciones en el futuro. Además, no podía estar completamente seguro de que sus métodos pasaran por alto el escrutinio.

Mike observó atentamente, sus ojos de policía notaban cada matiz revelador de emoción. Claramente Mike todavía tenía que hacer una venta.

"Sin duda, esta idea parece bastante poco ortodoxa," Mike sonrió y se inclinó hacia delante. "Comprendo perfectamente que hay detalles de su organización que debe mantener en secreto. No tenemos ningún deseo de interferir, en absoluto. Por favor, créame, queremos rescatar a Sammy por cualquier medio. ¿Cómo puedo decir esto?" hizo un gesto. "Digamos que, como civiles, son libres de usar métodos que nosotros, como oficiales de la ley, no podemos usar. Por otro lado, tenemos acceso a ciertas personas que ustedes no."

Warner se recostó y consideró las palabras de Mike. ¿Quién era este tipo? ¿Era una especie de trampa? Tuvo toda una vida de experiencia tratando de sacar información de un policía. ¿Qué era esa oferta para cooperar? Lo más probable es que la cooperación sea unilateral. "Adelante," dijo.

Mike se dio cuenta de que Warner no estaba seguro de poder confiar en las palabras de Mike. "He venido aquí por sugerencia del Fiscal del Distrito Blissfield. Me ha dado carta blanca para trabajar con ustedes."

Warner alzó la vista, sorprendido. Alzó una ceja.

Mike continuó, "Me sorprendió también, y me dio una nueva apreciación del hombre. Cuando me fui, me sugirió que lo llamaría. ¿Le importaría? Creo que podría acelerar nuestro trabajo si lo hace ahora, antes de perder más tiempo."

Doreen dijo, "Lo llamaré por teléfono." Se acercó a la mesa y le dio órdenes a su secretaria. "Por favor llama al Fiscal del Distrito Blissfield en nombre del jefe Warner." Trajo el teléfono con ella y volvió a su asiento. Mike estaba en silencio.

"Gracias, Doreen," dijo Judd. Se sentó y estudió a sus dos visitantes. El teléfono zumbó. Lo cogió y contestó, "Jefe Warner, aquí, señor Blissfield. Duane, tengo dos caballeros del Departamento de Policía de la Ciudad de Carson en mi oficina con una proposición asombrosa. Supongo que lo que necesito saber es: ¿Puedo confiar en estos tipos?"

Duane se rió con ganas. "Si esto no fuera tan grave, me encantaría jugarte una broma con Mike y Leroy, pero hoy no lo haré. Sí, Jefe Warner, esos dos chiquillos tienen mi bendición y mi mayor esperanza de que juntos hagan un trabajo rápido con este caso de secuestro. ¿Está claro?"

"Muy claro," dijo Judd.

"Muy bien, entonces, Judd," Duane se rió, "¡Vuelve a trabajar!"

"Sí, señor," dijo Judd. Miró a Mike con ojos nuevos. "Dime lo que sabes."

"Sí, señor," dijo Mike. "Parte de esto serán viejas noticias para usted, por supuesto, pero déjeme darle una rápida descripción de lo que sabemos hasta ahora." Mike informó a Judd sobre el caso hasta la fecha, resumiendo con esto, "Así que, pensamos que por alguna razón inexplicable, el cártel está dispuesto a lanzar a sus guardias de seguridad y personal bajo un autobús, al mismo tiempo que están sacando todas sus cartas para salvar la piel de un traficante de poco tiempo."

Warner se tocó un dedo en los labios. "Creo que tenemos la respuesta a eso."

"¿Ah sí?" dijo Mike, "Bueno, es su elección compartir lo que pueda con nosotros."

Warner no dudó, "Sabemos quién es el traficante, pero no dónde está".

"Ah," dijo Mike.

"Él es el sobrino favorito de John Jacobs. Uno que acaba de entrar en el negocio. Fue enviado aquí para aprender el oficio y probarse a sí mismo antes de que se le diera una responsabilidad mayor. Parece que sus hormonas estaban en sobremarcha y literalmente arruinó su primera misión."

"Ya veo," dijo Mike. "Así que el cártel lo tiene congelado y está limpiando su desastre."

"Exacto," dijo Judd.

"Eso no explica qué tienen que ver los cuatro guardaespaldas con eso," observó Mike.

"Ah, pero sí," replicó Judd. "Los guardias lo conocían. Prácticamente creció alrededor del cuartel general, cabalgando con su tío John, o tío Joe, como lo llamaba. Creemos que los guardias

212

también saben dónde están los escondites. Es por eso que dos de ellos están muertos, ahora."

"Cielos," dijo Mike, "los dos guardias restantes son la clave en esto."

"Así es," dijo Judd.

"Estamos interrogándolos dos veces al día," dijo Mike.

"¿Han dicho algo?"

"No," dijo Mike.

"Eso es lo que figura, ¿no?"

"Tienen miedo del cartel".

"Supongo que tienen más confianza en el poder del cártel que en la policía," comentó Judd con un tono de alegría.

Mike hizo una mueca, "¡Ay!"

Leroy intentó moderar, "Podrían ser que teman a ambos lados."

Doreen dijo, "Estoy de acuerdo con Leroy." Le sonrió a Leroy. Él se enderezó, se ajustó la corbata y sonrió. Sus ojos se cerraron durante unos segundos.

Mike sonrió a los dos. "Gracias chicos. No importa a quién teman, el hecho es que no confían en la policía para que los proteja indefinidamente, y con razón. Lo que tenemos que hacer, ahora, es averiguar cómo usar eso a nuestro favor. Necesitamos obtener la información sobre sus escondites. Créame, todo el departamento ha estado investigando el condado en busca de ellos. Hemos estado exprimiendo a todos nuestros informantes para obtener pistas. Hasta ahora, nada de nada."

"Como nosotros," dijo Warner.

"No se nos permite usar la tortura, aunque me gustaría hacerlo," dijo Mike con ironía. "Hemos intentado todos nuestros trucos. Estos tipos son inteligentes. Han estado en el lío por mucho tiempo y han utilizado todos los trucos y más, ellos mismos."

"Déjeme hablar con ellos," dijo Warner, con una amenaza en su voz.

"Puedo hacer eso," dijo Mike. "Puedo hacerlo entrar en la cárcel; o, ¿qué sugeriría?"

"Déjeme pensar en eso," dijo Judd. "Tenemos que planificar nuestra estrategia con cuidado y rapidez. El fracaso no es una opción."

***

Mike y Leroy tomaron la ruta de regreso a la puerta exterior. Leroy comentó, "Doreen Middleton parecía una buena persona".

Mike levantó una ceja, "¿De verdad? No me di cuenta."

"Estabas ocupado," dijo Leroy.

"Supongo que tienes razón," dijo Mike, "¿qué te pareció el jefe Warner?"

"Me alegro de que esté de nuestro lado," dijo Leroy.

Mike rió, "Cierto."

El Yate Falso

El yate de lujo de varios millones de dólares cruzó serenamente hacia aguas sudamericanas a lo largo de la costa del Pacífico de Columbia. El Cruiser de los Estados Unidos bajo el mando del Comandante Green había seguido al yate haciendo pausas ociosas en Puerto Vallarta y Acapulco, en México y en San José, en Costa Rica. Desde allí el yate había cambiado de curso para cruzar el océano abierto y pasar cerca la Isla de Malpelo.

Aunque el Cruiser permanecía fuera de la vista del yate, los marineros a bordo del mismo se habían entretenido todos los días, viendo a las hermosas muchachas tomando el sol en la cubierta del yate. Sus payasadas eran monitoreadas por satélite y transmitidas a receptores en el Cruiser. Algunos de los tripulantes más expertos en tecnología habían descubierto cómo conectar la alimentación por satélite a una gran pantalla plana en el comedor y otra en la sala de día. Las chicas normalmente usaban bikinis muy descubiertos, que se quitaban de vez en cuando con el fin de facilitar un bronceado entero.

En esos momentos, los aullidos y silbidos se escuchaban en todo el camino hasta el puente.

El Comandante Green, al principio toleró estas payasadas, pero se cansó después de tantos días con tan poco para mostrar por ello. La alimentación por satélite se acercaba a medida que, en cada parada, el yate tomaba combustible y víveres. Una parada en la estación de vertedero terminó su negocio en el puerto. Evidentemente, no se llevó a bordo ninguna carga de seis toneladas de cocaína

El Comandante Green estaba completamente convencido de que había sido engañado y asignado equivocadamente. Los intentos de despertar al USCGC Merrimac fueron infructuosos. Con cada ronda de gritos de alegría su temperamento se hacía cada vez más difícil como los más cercanos a él podían confirmar.

A mediados del camino hacia Columbia, el Comandante Green dejó la persecución. Ordenó un giro a la izquierda de 90° hacia Panamá. En el momento en que el Cruiser entró en el Canal de Panamá, el barco de transporte de cocaína, alias yate de lujo, ya estaba atracado en Ecuador, listo para tomar dieciocho toneladas de cocaína en su espacio secreto debajo del casco-que era suficiente para albergar tres submarinos. Una vez más, el cártel había superado a la Armada de los Estados Unidos.

CAPÍTULO VEINTE

La Despedida de Soltero

Solo había un lugar adecuado para la despedida de soltero de Sam. Debía celebrarse en el bar de O'Grady. Eso era una tradición, y la tradición no podía ser irrespetada. Después de eso, las mujeres mantendrían el control, pero, por esa noche, los hombres gobernarían.

Los amigos de Sam habían hecho planes. Mantuvieron a Sam en suspenso, y más que un poco nervioso, preguntándose qué bromas diabólicas estaban reservadas para él. De hecho, la pandilla había meditado durante semanas cómo atormentarían a Sam y se burlarían de él. De vez en cuando de repente interrumpían la conversación cuando Sam se acercaba. Cuando llegaba a la oficina, apresuradamente escondían los papeles, colgaban los teléfonos diciendo "No puedo hablar ahora", y se inclinaban hacia sus escritorios, ocultando sonrisas. Nada de esto pasó desapercibido para Sam. Su respuesta sería: "Muy bien, chicos, ¡he oído eso! Solo les advierto, tengan cuidado con el tiempo de recuperación."

Todo el mundo soltaba una buena carcajada y respondían. "De ninguna manera."

La broma era esta: no había broma. Sam sudó toda la noche esperando lo peor; nada malo sucedió. En cambio los chicos habían planeado una noche de diversión tradicional. Por otro lado, era una extraña despedida de soltero: los hombres tenían que renunciar a la cerveza a favor de los refrescos. Además, llevaban armas y llevaban chalecos antibalas. La razón de eso se haría evidente más tarde en la noche.

Además del típico poker, piscina y buena comida, habían organizado un video collage de la secundaria de Sam, y los días de la universidad mostrando a Sam con varios cortes de cabello y trajes divertidos. Su primer auto, su primer baile, sus premios, y clips de sus días como un héroe de los deportes fueron incluidos. Algunos eran clips donde ganaba en atletismo y en fútbol. Algunos eran momentos vergonzosos cuando llegaba de en último o se caía. Había un flujo constante de viejas novias. Finalmente, terminó con fotos de sus mascotas infantiles, que ya se habían ido.

Ninguna despedida de soltero estaría completa sin besos de muchachas hermosas. La pieza de resistencia era un telegrama cantado entregado por dos rubias en vestidos escasos que terminaban con dos besos en ambas mejillas. Sam se sonrojó.

La noche terminó abruptamente cuando sus buscapersonas se apagaron. La convocatoria prevista llegó a las 11:30 PM. Los policías corrieron en busca de sus autos, poniéndose cascos y camisas marcadas con letras en negrita. Cada uno se dirigió a su asiento asignado en uno de los tres coches. En cuestión de segundos, se dirigieron a la calzada.

Las incursiones planeadas se realizarían en forma de comando en tres escondites identificados por los matones. La policía se asoció con las fuerzas de seguridad de Monroe para abrumar a los guardias del cartel que protegían las casas. Las incursiones dependieron de la segunda división de tiempo. Era vital llegar a Isaac Samuel antes de que se levantara una alarma. Todos los coches mantuvieron el silencio por la radio y siguieron un cronograma preestablecido.

A cambio de información, Empresas Monroe había ofrecido un acuerdo inmejorable. En este momento, los dos matones se relajaban a bordo de un jet de la compañía, volando hacia una isla remota del Pacífico Sur. Los dos serían ubicados en una de las lujosas villas de la empresa, donde serían mimados durante seis meses mientras recibían sus nuevas caras e identidades. Después de eso podrían elegir trabajar para Monroe en una de sus empresas lejanas, o podrían optar por ser instalados en un negocio legítimo de su elección.

***

Por su parte, Sammy no tenía ni idea de lo que estaba a punto de suceder. Había estado acurrucado en esa cama durante más de una semana. Había intentado seguir la pista de los días y las noches por la luz que se arrastran en las dos minúsculas ventanas, pero finalmente había perdido la pista. El dolor que sufrió los primeros días lo mantuvo despierto durante largas horas mientras los segundos pasaban. Eventualmente, el dolor se convirtió en un entumecimiento. Se quedaba dormido durante dos o tres horas. Dos veces al día sus carceleros le traían un tipo de gachas que se veía obligado a chupar a través de una paja, con dificultad. No había ninguna posición en la que pudiera contorsionarse. A la hora de las comidas, se le daba la oportunidad de orinar en un recipiente. Dos corpulentos guardias lo sostenían. Con el movimiento el dolor regresaba con toda su fuerza.

Durante los primeros días, Sammy mantuvo su mente ocupada planeando su huida. A medida que pasaba el tiempo, la futilidad de eso se volvió abrumadora. Su única esperanza era un rescate. Sammy sabía que la gente de seguridad de su padre era la mejor en el negocio, pero ¿sabían dónde estaba? ¿se habían dado cuenta de que había sido secuestrado? Tal vez pensaron que había huido de su casa. ¿Qué pensaría Mary Beth cuando no apareciera en el hospital? La desesperación de Sammy se profundizó. ¡Qué tonto había sido!

Se había llevado a cabo una amplia vigilancia en las veinticuatro horas que precedieron a la incursión. Se conocía el número y ubicación de las habitaciones, y el número de guardias, así como una estimación de sus hábitos. La vigilancia infrarroja mostró los patrones de calor de las casas. Grabaciones de sonido super sensibles recogido poco más que los pasos y cierres de puertas; se hablaba muy poco. Simplemente no había tiempo suficiente para hacer más.

Los líderes acordaron que la demora adicional era demasiado peligrosa para Sammy. Los equipos se habían formado una idea de dónde podría estar Sammy, pero eso estaba lejos de ser cierto. Desafortunadamente, las tres casas estaban claramente ocupadas para que Sammy pudiera estar en cualquiera de los tres. Los tres tenían que ser retirados a la vez.

Los policías habían considerado si, en vista de la incursión planeada, debían posponer la despedida de soltero de Sam Mulholland. Finalmente se decidió que la fiesta proporcionaría una buena táctica de diversión. Tal vez eso engañaría la red de espionaje del cártel y los convencería de que no había posibilidad de ninguna incursión policial esa noche.

La policía y las fuerzas de seguridad de Monroe se reunieron en un lugar prefijado. Recurrieron a inteligencia de última hora y revisaron sus planes. Luego, cada uno de los tres grupos de ataque se reunió individualmente para revisar y revisar sus armas y revisar sus asignaciones.

Estudiaron el diseño de su casa objetivo, y las posibles posiciones de guardia. Al menos dos hombres fueron asignados al perímetro y dos a cada habitación. Sigilosos desactivarían y silenciarían a cualquier guardia. Ellos, entonces, se moverían en silencio de un lugar a otro para buscar a Sammy y para proporcionar asistencia cuando fuese necesario. Solo cuando tuviesen todo despejado conversarían usando sus comunicadores. Antes usarían señales manuales y mensajería instantánea.

Mike y Leroy trabajaron como un equipo. Se les asignó el perímetro de la casa que menos probablemente sería el escondite de Sammy. Sin embargo, realizarían sus tareas con tanto cuidado como si fuera la misma habitación de Sammy. Sabían que cada parte de la operación apoyaba el resultado final. No podían usar la luz, así que Mike había traído a la perra Lady para ayudarlos a eliminar a sus enemigos ocultos en la oscuridad. Mike y Leroy estaban completamente vestidos de negro y llevaban guantes negros, con negro en la cara. Mike era el experto en karate, así que intentaría deshacerse de cualquier guardia. Leroy lo ayudaría a atar al guardia y a amordazarlo. Lady sería invaluable para localizar a los guardias ocultos.

Otros tres otros entrarían en la casa y despejarían las habitaciones.

Mike y Leroy entraron primero por la puerta. Mike se aferró firmemente al arnés de Lady. Dado que todo estaba negro fuera, Lady fue entrenada para dirigir a Mike, así como un perro guía conduce a una persona ciega. La luna no había salido aún. Los ojos de Mike se habían ajustado a la luz de las estrellas lo suficiente para distinguir formas oscuras. Él y Leroy estaban bien ocultos en la sombra de un gran arbusto hasta que pudieron distinguir una figura caminando por los terrenos y viniendo a su manera. Mike tocó el brazo de Leroy y apuntó hacia la figura.

El guardia sostenía un arma. Como un rayo, Mike tomó el arma en sus manos y le clavó la rodilla en el estómago, quitándole rápidamente el aliento. Entonces, mientras el guardia seguía sobresaltado, Mike lo llevó al suelo en un rápido movimiento de brazo cruzado. Ahora, con el guardia en el suelo, Mike lo golpeó en la garganta para darle un golpe final y silenciarlo. Veinte segundos de presión sobre la arteria carótida cortaron la sangre al cerebro. El hombre cayó al suelo, inconsciente. Mike agarró un brazo, le dio un golpe en el estómago, le esposó la primera muñeca y luego la otra. Leroy rápidamente ató los pies. Le llevó los pies y las manos a la espalda. Mientras tanto, Mike colocó una mordaza alrededor de su boca, en caso de que se despertara.

Mike y Lady se deslizaron sigilosamente por la casa. Se encontraron con otro guardia. Mike lo despachó de forma similar. Leroy estaba sobre el hombre, lo ató, amordazó y lo arrastró a los arbustos en cuestión de segundos. Juntos hicieron un paso más alrededor del perímetro.

Asumiendo que sus colegas se mantenían dentro de la casa, Mike, Lady y Leroy iniciaron una búsqueda más minuciosa en los terrenos y pequeñas dependencias. Al no encontrar nada, Mike habló suavemente, "Lady, ve a buscar a Sammy." Lady miró a Mike, con las orejas atentas. "Ve a buscar a Sammy, Lady."

Con la nariz en el suelo, Lady comenzó a rastrear en círculos cada vez más lejos de Mike, olfateando el suelo, el aire, los arbustos. De pronto se detuvo y volvió unos pasos. Luego se dirigió en línea recta hacia la parte trasera de la propiedad. "Encontró," susurró Leroy.

"Vamos," respondió Mike.

Ellos iniciaron la persecución. Lady se movía rápidamente, ahora, a través de una amplia extensión de césped abierta hasta una valla. Olisqueó la puerta y la rascó con las patas. Mike tomó el arnés de Lady y abrió la puerta. Se puso el arnés, pero Mike se mantuvo firme. Lady lo atrajo con toda su fuerza hasta la entrada trasera de un pequeño bungalow. En ese momento observó atentamente la puerta y meneó la cola. Mike le impidió ladrar con una señal de mano.

Le dio unas palmaditas en la cabeza y la recompensó. "Buena perra," susurró Mike en su oído. "Vuelve, Lady, vuelve."

Mike la atrajo hacia las sombras donde esperaba Leroy. "Brat, saca tu comunicador y envía un mensaje, 'Necesitamos refuerzos. La perra siguió el olor de Sammy a la segunda dirección desconocida de la casa. Hay que seguir detrás de la casa de destino #3 a través de patio trasero, a través de valla.

Esperaré allí. Respondan."

Leroy terminó de escribir el mensaje y pulsó "enviar".

Ellos esperaron. Leroy miró la pantalla.

Apareció un mensaje. "Casa # 3 segura. Vamos en camino."

"Esperaré aquí," dijo Mike. "Reúnete con ellos en la puerta." Dos minutos después, Leroy regresó con otros cuatro del grupo de Monroe. "La perra cree que Sammy está en esta casa," explicó Mike. "Sospecho que los secuestradores nos han engañado moviendo a Sammy por aquí. No he visto a ningún guardia. En primer lugar, rodeen la casa y despejen el área. Luego nos separaremos. Cuatro irán delante. Dos tomarán la sala delantera, dos subirán las escaleras. Bratowski y yo tomaremos la puerta trasera."

Tres fueron a la izquierda; Tres fueron a la derecha. Mike se apretó contra Lady, temiendo que pudiera hacer ruido. Recorriendo con cuidado su camino, para que no resbalarse, no encontraron nada. Sabiendo que su equipo estaba en la parte delantera, hicieron señas y se separaron de nuevo. Mike y Leroy se trasladaron a la puerta trasera. Protegían una pequeña linterna de pluma con sus cuerpos, mientras Leroy usaba una piqueta para abrir la puerta, rezando para que no hubiera una cadena en su lugar. Estaban preparados para eso, pero cortar una cadena era difícil de hacer en silencio.

En el interior se detuvieron y escucharon, con los oídos tensos por el más leve sonido. Un leve ronquido resonó en el costado de la habitación. Mike levantó un dedo y señaló. Mike se indicó "Yo" con el pulgar. Leroy asintió ligeramente. Mike le dio el arnés a Leroy, y se movió a través de la habitación. Con un rápido movimiento, le hizo una llave martillo al guardia y lo puso a dormir. Mike lo amordazó, lo esposó y lo ató a la silla. Silenciosamente se trasladaron a la habitación contigua, encontrándola vacía. Mike decidió que era hora de usar los poderes de su perro. Tomó el arnés y susurró al oído de Lady. "Ve a buscar a Sammy." Los oídos de Lady inmediatamente subieron y su nariz bajó, buscando un rastro. Rápidamente tomó un rastro y condujo a los hombres hacia un dormitorio trasero. La puerta estaba cerrada. Lady dejó claro que estaba emocionada. Mike se movió para controlarla y se retiró. "Prueba con esta puerta, Leroy."

Leroy presionó contra la pared. Extendió la mano con una mano y giró lentamente la perilla.

Dentro de la habitación, Sammy oyó sonidos débiles que entraban por la puerta. Se esforzó por oír, todos sus sentidos en alerta. ¿Pasaba algo? Se volvió las orejas hacia la puerta tanto como fuera posible. ¿Qué era ese sonido? Vino de nuevo. Un leve arañazo en la puerta. Sonaba exactamente como Lady cuando rascaba para entrar. Sammy había preparado un plan para esto. Si alguien venía a rescatarlo, trataría de rodar desde la cama al suelo hasta el otro lado de la cama, lejos del guardia. Se dirigió al borde de la cama tan lejos de su guardia como pudo. Sus piernas estaban entumecidas por el desuso y las restricciones, pero podía empujar con su torso y su cabeza. El guardia estaba apenas medio despierto, hundido en una silla blanda detrás de la puerta

Sammy observó asombrado y temeroso mientras la puerta se abría muy lentamente y bloqueaba la vista del guardia. Lady saltó de la mano de Mike y saltó a la cama. Sammy gritó, "¡Detrás de la puerta!" y golpeó el piso. El guardia saltó a la vista y disparó salvajemente en el lugar de donde Sammy se había quitado, golpeando a Lady en el hombro. Lady gritó y cayó sobre la cama. Dos cuerpos negros volaron hacia la sala, ardiendo. Un pequeño punto rojo apareció en el centro de la frente del guardia. Una mirada de asombro cruzó su rostro y cayó muerto. Mike y Leroy se dirigieron hacia la puerta mientras otros dos guardias entraban corriendo en la habitación. Mike derribó a uno con una patada de karate y Leroy se enfrentó al otro. Cuatro de las Empresas Monroe aparecieron en cuestión de segundos y terminaron de someter a los guardias. "Está todo despejado," dijo uno. "Despejado en la planta baja," dijo otro. "¿Dónde está el chico?" preguntó un tercero.

"Aquí abajo," gritó Sammy desde debajo de la cama. Leroy apartó su arma y se arrodilló junto a la cama.

"¿Puedes moverte?" preguntó a Sammy.

"En realidad no," fue la respuesta.

"¿Entonces cómo demonios bajaste aquí?" preguntó Leroy.

"No tengo la más mínima idea," dijo Sammy.

Leroy se rió, "Toma, toma mi mano."

"No puedo, sargento Bratowski," dijo Sammy. "Mis manos y mis pies están atados."

"Espera, te sacaremos de allí." Leroy se levantó y señaló a dos de los otros hombres. "Vamos a separar esta cama del muchacho," dijo. Mike ya había cogido a Lady en sus brazos y estaba camino a la puerta con ella. Con un poco de esfuerzo, los hombres levantaron la cama y la apartaron. Allí estaba el muchacho, atado como un pavo de Acción de Gracias, pero vivo. Uno de los hombres de Monroe ya estaba llamando a la Unidad de Emergencia y reportando al resto de la fuerza de Asalto.

Leroy se agachó y sacó un cuchillo de su bota. Cortó las cuerdas de Sammy lo más suavemente posible. Dos de ellos levantaron al niño en la cama y comenzaron a darle masajes para devolverle la vida. "Esto va a doler cuando la sensación comienza a regresar, Sammy. Lo siento."

"Todo está bien. Va a valer la pena. Gracias por venir a buscarme. Tenía miedo... Me preocupaba que nadie supiera que me habían secuestrado."

"Lo descubrimos el primer día, Sammy, con la ayuda de Lady. Ella rastreó todo el camino hasta la parada de autobús y luego examinó los autobuses de esa ruta y sabía que nunca habías subido en un autobús. Después de eso quedó claro que habías sido atrapado. Lo que nos llevó tanto tiempo fue averiguar dónde estabas. Empresas Monroe fue clave para eso. Tendrás un montón de tiempo para conocer toda la historia. Pero, ahora mismo, la Unidad de Emergencia va a darte un emocionante paseo. ¿Estás preparado para eso?"

Sammy sonrió por primera vez. "¿Voy a ir a San Lucas?"

"Creo que lo harás."

"Bueno, bueno, finalmente daré a mi chica la visita que le prometí; solo que será una semana tarde."

"Eso es correcto, chico, ¡seguro tomaste el camino largo!"

Se cargaron dos camillas en la parte trasera de la unidad de emergencia. Una llevaba a un muchacho de unos cinco pies seis pulgadas y una llevaba a una heroína peluda con una nariz negra, orejas puntiagudas y una cola espesa.

CAPÍTULO VEINTIUNO

¡Aloha!

Todas las miradas se volvieron hacia la novia mientras ella caminaba sobre la alfombra blanca, con la mano apoyada en el brazo de su padre. Resplandeciente en su esmoquin blanco, con una orquídea al cuello, Harold Carolle miró a Suzanne cariñosamente, esperando que la lágrima en su ojo no se derramara.

"¿Estás absolutamente segura?" le susurró al oído.

"Estoy segura," respondió y le sonrió.

"Está bien, entonces, vamos." Ellos avanzaron en perfecto paso juntos a los sonidos de Hawai.

Las damas de honor y los huéspedes llevaban collares de orquídeas. La novia llevaba un ramo de flores hawaianas intrincadamente tejidas junto con encajes de orquídeas y el novio lucía elegante con un traje negro.

El corazón de Sam estalló cuando él recibió su mano de Harold y la miró a los ojos.

Suzanne se volvió y entregó su ramo a su hermana, Juliette, su dama de honor. La dama de honor Junior, Kelly McBride, arregló el tren nupcial. Michelle McBride, la hermana mayor de Mike, volvió a arreglar el velo de encaje de la novia ya que la suave brisa marina le había hecho volar.

A un lado de Sam estaba su padrino, Mike McBride y dos ujieres, Leroy Bratowski y Tom Turbulo. Los tres policías estaban ciertamente guapos con sus uniformes azules vestidos, insignias y botones relucientes.

Las damas de honor estaban descalzas según la tradición hawaiana. Llevaban vestidos a la altura del tobillo en colores que combinaban los pétalos de las orquídeas. Sus uñas de manos y pies fueron pintadas a juego. Sus faldas flotaban en la suave brisa sobre sus finos pies vestidos de brazaletes de oro y plata.

La fiesta de bodas entera se detuvo mientras el público tomaba sus asientos. Las olas golpeaban sin cesar la orilla. Las aves marinas chillaron y giraron contra el brillante cielo azul.

Primero, socaba la canción de amor hawaiana tradicional en las cuerdas del ukelele y la guitarra hawaiana, y entonces el predicador comenzó el servicio, "Queridos, estamos reunidos a la vista de Dios para presenciar la unión de este hombre y esta mujer en santo matrimonio."

***

"...tener y mantener... desde este día adelante... te prometo mi honor..."

La solemnidad de la ocasión estaba llegando a Mike. Su mirada se posó en Juli. Lucía impresionante hoy. Las emociones de Mike habían estado en una montaña rusa con todo lo que había estado pasando en su vida: su trabajo, la ruptura con Juli, las situaciones de Mary Beth y Sammy, la lesión de Lady, salir con Alison. ¡Qué error tan estúpido! Mike no podía quitar los ojos de la dama de honor. De repente se dio cuenta de que estaba completamente en su corazón. Nadie más iba a estarlo. No importaban las chicas caseras de la pequeña ciudad, tenía que tener a Juli...

"El anillo, por favor," repitió la clériga. Leroy dio un codazo a Mike subrepticiamente. Mike, que había estado mirando a Juliette, recuperó su ingenio y buscó en el bolsillo el anillo. Una risita pasó entre la multitud.

"Repite conmigo, con este anillo, yo, Samuel James, te acepto..." continuó la clériga.

Mike pensó Oh Dios mío, arruiné lo único que debía hacer, por estar mirando a Juli. ¿Qué me ocurre?

***

"Ahora los declaro hombre y mujer. Puedes besar a la novia."

El enorme cuerpo de Sam envolvió a Suzanne en un abrazo de oso y un tierno beso, mientras la audiencia miraba. Al fin, Sam la soltó. Se giraron hacia la multitud. "¡Señoras y señores, ahora os presento al señor y la señora Mulholland!", anunció la clériga. Los aplausos los envolvieron. Todos sonreían, pero nadie más brillante que la novia y el novio. La música se reanudó. Los Mulhollands caminaron por la alfombra, tomados del brazo. Mike le ofreció un brazo y una cálida sonrisa a Juli. Fueron seguidos rápidamente por Leroy con Michelle y Tom con Kelly.

Grace McBride miró a Kelly, su bebé, todo adulta al lado del magnífico Tom Turbulo, el chico de propaganda del Departamento de Policía de la Ciudad de Carson. Por primera vez, se sintió llena de lágrimas. Pop tomó su mano en la de él y la palmeó con comodidad. Él susurró, "Ella ya es toda una adulta, ¿no?"

Grace sorbió con su nariz. "Oh Michael," suspiró, "no estoy preparada para esto."

"Vamos, cariño," dijo Pop, "es tu turno."

Grace le pegó una sonrisa en la cara y tomó el brazo de su hijo mientras él la escoltaba hacia fuera.

***

Todo el cuerpo de seguridad de Empresas Monroe asistió a la boda, al igual que el Departamento de Policía de la Ciudad de Carson. Abraham Monroe tuvo que pedir prestado aviones ejecutivos extra a sus amigos con el fin de abastecer a la fiesta de la boda y los invitados. Para celebrar el regreso de su hijo, Isaac Samuel, reservó todo el hotel durante cuatro días como su regalo a la novia y el novio.

El personal del hotel estaba acostumbrado a orquestar bodas con perfección; pero era inusual tener todo el hotel ocupado con solo una. Con frecuencia, había de cuatro a ocho cada fin de semana. Todo era responsabilidad del planificador de bodas. Se le instruyó que no ahorrara ningún gasto para esta boda.

Una suntuosa comida de manjares hawaianos, así como opciones tradicionales estadounidenses esperaban a unos 150 invitados en la sala de banquetes. Una fuente de champán relucía sobre un delfín de hielo tallado. Un arpista tocaba durante la cena y una orquesta hawaiana tocaba para bailar. Sam y Suzanne se retiraron a la suite nupcial, más tarde; pero por el momento, se alinearon para saludar a sus invitados y recibir besos, abrazos y buenos deseos.

Los invitados estaban en su primer plato cuando la fiesta nupcial tomó sus asientos en la mesa principal. Mike y Juli estaban sentados juntos, al igual que Tom y Kelly. El marido de Michelle, Jake, se había unido a ella. Leroy se sentó con el pastor. Los camareros que flotaban de un lado a otro inmediatamente sirvieron el primer plato y vertieron el vino. Tan pronto como la novia tomó su asiento los invitados clamaron por un beso.

Como padrino, Mike se levantó para ofrecer el primer brindis. "Suzanne," empezó, "te he conocido desde que usabas coletas, cuando ibas junto a tus padres y los míos que resultaron ser mejores amigos. Creo que es seguro decirte, ahora, que mi madre te miró durante años, con la esperanza de hacerte la pareja de su único hijo. Quiero agradecer públicamente a Sam por salvarte de ese destino." Esa declaración fue recibida con risas. "He conocido y admirado a Sam desde que se unió a la fuerza. No hay ningún hombre más fino que yo conozca. Él es honesto y recto y amable, un caballero hasta la punta de los pies. Suzanne y Sam, les deseo felicidad siempre. Que su unión sea fructífera. Hagan de mi madre una mujer feliz." Con eso, levantó la copa.

Las fiestas continuaron, con más comida, más vino y más tostadas. Por fin, la novia y el novio se levantaron para cortar el pastel. Estaba lleno de trozos de piña hawaianos mezclados con crema batida dulce y queso crema, y rematado con una novia que tenía una falda de hierba y un collar de flores y el novio con un taparrabos y un collar de flores. Más flores de glaseado decoraban los bordes.

Era hora de que los solteros se alinearan para el lanzamiento de la liga. La planificadora de bodas, actuando como anfitriona, tuvo que instar a todos los hombres solteros hacia adelante. Mike tuvo cuidado de ubicarse detrás de un hombre alto cerca de la parte trasera. Sin embargo, Sam apuntó y golpeó a Mike directamente en el pecho donde la liga se enredó en su insignia. Para la diversión de la multitud, Mike no podía hacer otra cosa que tomarla e intentar zafarla mientras los hombres se alejaban simulando de horror. "Gracias, Sam," dijo Mike burlón, "eres un verdadero amigo."

"Me alegro de ayudar", Sam sonrió y le dio a Suzanne un apretón, "Tu turno es el siguiente, Mike."

No se requería persuadir a las mujeres solteras para reunirse para el lanzamiento del ramo de la novia. Todos esperaban que Juli la atrapara. Imagina la sorpresa de Evelyn cuando el ramo aterrizó en sus brazos. "¡Oh, Dios mío!" exclamó, algo nerviosa. "No quise... uh..." miró a Juli que tenía cierto disgusto.

"Está bien, Evelyn," dijo Juli con un centelleo. "Tengo la idea de que cierto caballero podría estar de acuerdo con la elección."

Evelyn se ruborizó y volvió a sentarse con el capitán Allen Baker en su mesa redonda para ocho. Los otros ocupantes eran la hija del Cap, Mary Beth, sentada junto a Sammy Monroe y sus padres Abraham y Rose. Hal Hardy tenía la séptima silla. La octava estaba vacante. Evelyn puso apresuradamente su ramo sobre la mesa. Rose le hizo espacio junto a la pieza central. "¡Qué hermoso ramo!" exclamó Rose.

La conversación se reanudó alrededor de la mesa para alivio de Evelyn. Había mucho que discutir, con la hospitalización de Mary Beth y su reciente liberación, el secuestro, rescate y recuperación de Sammy. La horrible experiencia de Abraham y Rose culminó en este día increíblemente feliz. Cada uno de ellos compartió partes vitales en la saga. Esto causó una unión inmediata similar a la de los sobrevivientes. Evelyn estaba especialmente cautivada con la información del Cap en todo esto. Sus ojos brillaban de admiración. Él apretaba su mano debajo de la mesa.

El baile empezó con las cámaras parpadeando mientras la novia y el novio salían a la pista. Luego Suzanne bailó con su padre y Sam tomó a su madre viuda en sus brazos. Luego Suzanne y Sam bailaron juntos, al igual que Harold y Nan, la madre de Sam y su otro hermano. La planificadora de bodas tenía todo esto orquestado. Ella repasó su lista. Mike bailó con la novia y las madres hasta que finalmente sostuvo a Juli en sus brazos. "Juli," susurró y la abrazó.

"¿Qué pasa, Mike?" respondió ella.

"Mmm," dijo Mike y cerró los ojos. Cada terminación nerviosa estaba en llamas. Tenía ganas de volver a casa. Habían pasado semanas desde que él la había tocado... parecía una vida. *Oh, Dios mío*, pensó, *estoy perdido*.

Juli dejó que su pelo creciera. Apenas tocaba sus hombros y se enroscaba alrededor de sus orejas. Mike apoyó su mejilla en su cabeza y la condujo al lugar más oscuro de la pista de baile, donde se movía lentamente saboreando sus curvas. Demasiado pronto, la planificadora de la boda llamó a otra formación "Necesito hablar contigo, Juli... más tarde", le prometió y de mala gana la dejó ir.

Finalmente, el programa y los bailes se terminaron y el baile se abrió a todos los invitados. La fiesta se estableció en la mesa principal para terminar la cena, murmurar entre ellos y ver el baile. De vez en cuando, unos cuantos salían a la mesa entre los invitados, para pasear por el borde de la playa o ir a los baños.

Leroy había esperado pacientemente esta vez en las fiestas. Ahora estaba en libertad de invitar a la asistente del Jefe Warner a bailar. "Discúlpeme, por favor," dijo mientras se levantaba para dejar la mesa.

Leroy se abrió camino entre la multitud a una mesa en el otro lado donde Doreen Middleton estaba sentada con un grupo de empleados de Empresas Monroe. Leroy se acercó a su mesa y se quedó esperando mientras Doreen hablaba animadamente con una de las personas de seguridad. Asintió con la cabeza a unas pocas personas que apenas reconocía. Se aclaró la garganta y golpeó a Doreen en su hombro desnudo. Se giró y alzó la mirada. "Discúlpeme, señorita Middleton," dijo.

"Oh, hola," dijo ella. "No te vi allí de pie. Lo siento."

"Está bien, señorita Middleton," dijo Leroy. "Me preguntaba... er... um... ¿le gustaría bailar esta pieza conmigo?"

"Oh," dijo, "Um... No soy una bailarina muy buena."

"Seré gentil," dijo Leroy.

Ella se levantó y le tomó la mano. "Discúlpame," le dijo a su acompañante.

Leroy la condujo silenciosamente por la habitación a través de las puertas francesas y hacia el patio que daba al océano. Él extendió los brazos. Doreen se movió hacia ellos, colocó su mano izquierda sobre su hombro y su mano derecha en su izquierda. Leroy colocó su mano derecha en medio de su espalda y empezó a balancearse con pequeños pasos. "Yo tampoco bailo," respiró.

Doreen lo miró directamente a los ojos y sonrió. Leroy no había tenido una mujer en sus brazos desde su divorcio, cinco años antes. Tampoco había deseado hacerlo. Algo en esta mujer era diferente. Ella encajaba bien. Doreen puso cuidadosamente su mejilla en su pecho. Leroy acomodó su cabeza contra la suya y ambos suspiraron. La música había parado hace tiempo. Por fin Leroy la giró hacia el borde del patio. Apoyó las nalgas contra la barandilla y extendió sus largas piernas. Ella se metió entre ellas, colocó sus brazos alrededor de su tronco y descansó contra su pecho. Leroy la rodeó con los brazos. El oleaje que se rompía debajo de ellos brillaba de blanco iridiscente a la luz de la luna. "Ah," respiró Leroy. "Esto se siente maravilloso."

Doreen asintió con la cabeza, ligeramente y se acurrucó más cerca.

"Espero que no te importe demasiado," dijo Leroy tímidamente.

"No," dijo Doreen.

"Debes pensar que estoy..." continuó.

"Shh," dijo Doreen, "Solo relájate y escucha. Estoy bien."

"Bien," dijo Leroy mientras suspiraba y se relajaba.

Después de eso, Leroy y Doreen se hicieron inseparables, con el desayuno, el almuerzo y la cena juntos y la playa en los ratos libres.

***

De vuelta en la recepción, Mike intentó romper la tensión con Juli alcanzando apenas un éxito moderado. Sabía lo que tenía que hacer. "Juli, quiero pasar el resto de la noche bailando contigo; pero hay una cosa, como caballero, que tengo que hacer, primero. Te pido comprensión. ¿Por favor?"

"Bueno," dijo Juli, "supongo que eso depende. No tengo ni idea de lo que estás hablando."

"Juli, por favor escucha antes de que te decidas, ¿de acuerdo?"

"Está bien," dijo ella con recelo.

Mike aspiró un gran suspiro, "Juli," soltó. "Alison es una buena chica..." Juli se dio la vuelta.

"No, Juli, no te apartes. Escúchame, por favor." Julie se giró lentamente a medio camino con un ceño fruncido.

"Alison no se merece la forma en que la usé, y tú tampoco. He sido un idiota... un idiota. No quise hacerte daño, pero sucedió y lo siento."

"Oh," dijo Juli en voz baja.

"Ahora, cariño, necesito compensarte. Pero antes de eso, tengo que romper con Alison, y tengo que hacerlo bien. Ya no soy un adolescente. Déjame hacer esto."

"Adelante, haz lo que tengas que hacer," Juli se burló y se giró.

Mike suspiró. Con pies de plomo, cruzó la habitación. Se inclinó ligeramente y tendió la mano a Alison. Se levantó para unirse a él y bailaron en el suelo. "Alison, yo..." comenzó.

"Mike, yo..." dijo al unísono. Se rieron. Mike la rodeó con otra pareja. "Tú primero," dijo.

"De acuerdo, pero no olvides lo que ibas a decirme," dijo. "Bailas muy bien," le dijo él.

"¿Eso es todo?" preguntó.

"No en realidad no. Alison," empezó de nuevo. "Me preguntaba si podríamos ser amigos."

"¿No somos amigos?" bromeó ella.

"Bueno, sí, por supuesto, pero, ah, quiero decir, bueno, sólo amigos, no novios... ese tipo de cosas." Mike se puso rojo.

"Oh, bueno, en ese caso, no tendré que decir lo que iba a decir," se rió.

-¿Qué ibas a decir? -preguntó.

"¿Seguro que quieres saberlo?"

"Ahora que lo pones así, no lo sé," dijo Mike.

"Oh, está bien, Mike," dijo. (Era hora de sacar al pobre de su miseria.) "Oye, Mike, eres un buen tipo. Pero después de nuestra primera cita, sabía que no íbamos a ir a ninguna parte juntos. Sí, me gustaría mucho ser amigos. Es decir, si a Juli no le importa," ella sonrió.

Mike se sonrojó por la culpa, pero suspiró aliviado.

"Escucha, Mike, siempre supe que tú y Juli tengan problemas, eres bienvenido a venir a verme. Puedes llorar en mi hombro en cualquier momento." Pasaron a estar bailando junto a la mesa principal en ese momento. Alison pilló a Juli por encima del hombro de Mike y le guiñó un ojo. Le dio a Juli un pulgar arriba de su espalda y siguió bailando.

Mike se quedó pensativo. "Tal vez sea un poco pronto, Alison, pero cuando estés lista, hay alguien a quien realmente me gustaría que conocieras."

"Oh, Mike, mi corazón no está roto. En lo más mínimo," sonrió.

Ouch, pensó Mike, *bueno me lo merecía.* "Tengo un amigo, un tipo muy agradable. Él es soltero, nunca se ha casado. Él es un poco tímido. Pero, creo que te gustará."

"¿Es un policía?" preguntó.

"Bueno, sí, ¿pero qué hay con eso?" Mike se encogió de hombros.

Alison se rió, "Te atrapé," dijo ella. "¿Está él aquí?"

"Sí," dijo Mike. "Se llama Harold Hardy. Lo llamamos Hal. Es uno de mis amigos."

"De acuerdo," dijo Alison, "llévame con él."

"Te lo presentaré," dijo Mike. La música se detuvo y Mike la llevó a la mesa de Hal. La gente saludó a Mike con entusiasmo. Mike presentó a Alison alrededor de la mesa, Sammy Monroe, Mary Beth Baker, Rose y Abraham Monroe, Evelyn Stanley y el capitán Allen Baker, explicó cuidadosamente un poco sobre cada uno mientras iba alrededor de la mesa. Alison reconoció las presentaciones con confianza e intercambió una o dos palabras. Mike dejó a propósito a Hal hasta el final. Hal se sentó en silencio observando a Alison, haciendo su propio juicio.

"Y este es mi muy buen amigo y socio, el sargento Harold Hardy," dijo Mike, moviendo ligeramente su cuerpo para que Alison pudiera volverse y sonreír a Hal. Le tendió la mano y le miró a los ojos, "¿Cómo está?" preguntó cortés y educadamente.

Hal se levantó y tomó su mano, "Estoy bien, gracias. ¿Y tú?"

"Muy bien, gracias, señor Hardy," dijo Alison en su mejor voz.

"Llámame Hal, por favor," dijo, aún sosteniendo su mano.

"Hal," dijo ella. "Me dicen Alison o Alice o Hey Tú, lo que sea que se te ocurra," se rió.

"¿No quieres unirte a nosotros?" preguntó Hal.

"Encantada," dijo Alison.

Hal sacó la silla vacía y la sentó. Giró la copa vacía de la mesa y la llenó a la mitad con vino. Se la entregó. Ella tomó la copa. Hal cogió su propia copa y la tocó ligeramente. Tomaron un sorbo cada uno con los ojos cerrados.

"Entonces, cuéntame sobre ti," dijo Hal, con una sonrisa, contradiciendo la calificación de Mike de que Hal era tímido.

Alison sonrió con cierta diversión. Al parecer, Hal ya se había permitido algo de vino, quitándole así el borde de sus inhibiciones.

Al notar que ya no era necesario aquí, Mike murmuró, "Disculpen," y regresó al lado de Juliette.

"Estoy de vuelta," anunció.

"Sí, veo que has vuelto," dijo Juli, olvidando que debía enojarse con él.

"Misión cumplida," dijo Mike.

"Buen trabajo," dijo Juli.

"Ella estuvo de acuerdo en que siguiéramos siendo amigos, siempre y cuando no te importe."

"Oh, no me importa, si a ti no te molesta," dijo Juliette.

"Bueno, entonces," dijo Mike con cierto alivio, "supongo que a nadie le preocupa. ¿Más vino?"

Juli lo miró a los ojos y le tendió la copa. "Solo la mitad por favor."

***

Los huéspedes de la boda se aprovecharon del complejo, disfrutando inmensamente. Hubo días largos en la playa, con buceo y pesca, excursiones en la isla con sus muchos lugares de interés, buena comida y bebida, y entretenimiento nocturno. Sam y Suzanne desaparecieron después de la recepción para una luna de miel de dos semanas de duración en un lugar no revelado, presumiblemente facilitado por uno de los aviones privados de Monroe. Juli y Mike definitivamente se habían reconciliado. Ahora consciente de sus sentimientos por ella, Mike comenzó a cortejarla en serio. Tom y Kelly pasaron un tiempo maravilloso jugando juntos, haciendo wave surf, kite surf, ciclismo, y senderismo. Grace McBride, la mamá de Kelly, no estaba demasiado contenta de ver a Kelly con un hombre mayor, pero Pop le aseguró que no se preocupara, que solo era una diversión inocente.

Mike, Leroy, Hal, Leo y Tom tuvieron que tomar el primer avión de regreso a casa en la Ciudad de Carson, ya que debían volver a trabajar el lunes por la mañana. Abraham y algunas de las personas de Empresas Monroe tuvieron que irse también. Los otros se quedaron hasta el martes por la mañana.

CAPÍTULO VEINTIDÓS

Persiguiendo al Automóvil

Mike y Leroy estaban acabados después de su vuelo a casa desde Hawai. ¡La diversión había sacado toda energía de ellos! Era hora de volver a trabajar para descansar un poco.

Incluso el jet más lujoso que la compañía Empresas Monroe tenía para ofrecer no podía compensar la pérdida de horas al volar hacia el este. Afortunadamente, tuvieron el cambio de turno esta semana. Eso funcionó bien porque sus cuerpos todavía estaban en el tiempo de Hawaii.

Mike estaba ansioso por volver a la ciudad y comprobar cómo estaba la perra Lady. Tenía a los mejores cirujanos del hospital de St. Luke trabajando en su herida de bala. Después de una noche en el hospital donde fue tratada como la heroína que era, Lady fue trasladada a una clínica veterinaria cerca de la casa de Mike. Convaleció mientras Mike estaba en Hawai. Mike estaba feliz de verla salir bien. "¿Se comportó bien, Doc?" preguntó Mike al veterinario.

"Esta pequeña dama se ha vuelto loca," dijo el doctor.

"¿Qué necesito hacer por ella cuando lleguemos a casa?" preguntó Mike.

"Déle estas píldoras tres veces al día y cambie su apósito una vez al día. Limpie su herida con alcohol y ponga un poco de este ungüento antibiótico en él, cada vez que lo haga. Asegúrese de darle mucha agua y vitaminas y una dieta rica en proteínas. Debería descansar y no correr durante dos semanas. Trata de evitar que se cuele en la tierra y se ensucie la herida."

"Claro, Doc," dijo Mike mientras se inclinaba para acariciar a su perra. Lady lamió su cara y meneó la cola. Mike recogió la bolsa de pastillas, el bálsamo y los vendajes y se dirigió hacia la puerta. "Gracias por todo, Doc." Lady se movió lentamente. Mike estaba a medio camino del coche antes de darse cuenta de que no estaba corriendo detrás de él. "Oh, lo siento, Lady," dijo Mike-, "debería haberme dado cuenta de lo adolorida que estarías."

Mike puso la bolsa en el coche y volvió para Lady. La levantó y la llevó al coche. "Vamos, muchacha, vas a estar bien." Él la abrazó cuidadosamente.

***

Leroy tomó un sedán nuevo de Ford como auto para la patrulla del lunes por la noche. Menos personas compitieron por los autos en ese intervalo de tiempo, así que ¿por qué no disfrutarlo? Era un buen auto, aunque no se sentía como en casa. Su conocido Vic Crown estaba desesperado al final de la parcela, rechazado por todos.

El Teniente Leo MacGrady tenía planes de entrevistarse con sus informadores esa noche. Todavía esperaba encontrar al tipo que le proporcionó la droga de la violación -GHB- a Mary Beth Baker.

Un artista policial trabajaba a tiempo parcial para el departamento de policía. Antes de irse a Hawai, Leo se dispuso a reunirse con los cuatro chicos de la Academia de St. Luke, los estudiantes de primer año Albert y Joey, además de los dos chicos mayores del equipo de baloncesto. Juntos construyeron un bosquejo compuesto del sospechoso que resultó tener una semejanza notable.

Albert y Joey estaban tan ansiosos por ayudar que Leo decidió darles una oportunidad para sacarlos de su culpa. Los puso a cargo de sacar copias y distribuirlas en la ciudad mientras él estaba fuera. Los dos se entregaron a su tarea, trabajando después de la escuela y el sábado con notable tenacidad. Utilizaron dinero de sus propios ahorros para pagar la factura en la tienda de copias.

Los carteles se leen como sigue:

¿CONOCE A ESTE HOMBRE?

SE BUSCA PARA INTERROGATORIO

Por favor notifique a su departamento de policía local.

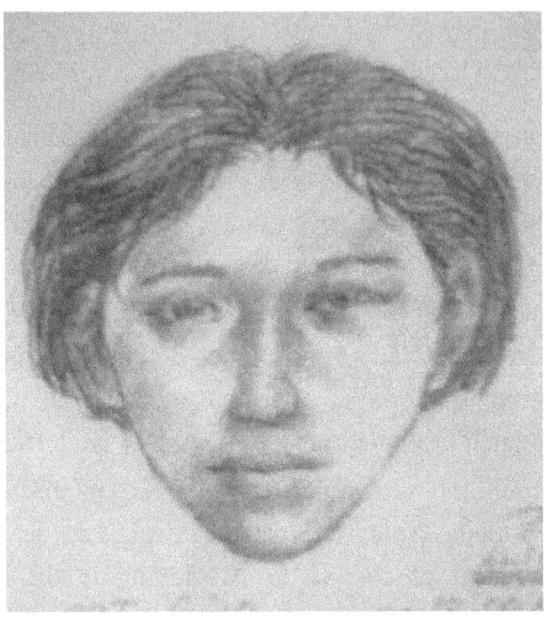

Cinco pies diez pulgadas, ciento cuarenta libras, flaco, blanco, levemente bronceado, cabello castaño, avellana u ojos grisáceos, tatuaje en el brazo superior derecho: esvástica, en el brazo izquierdo superior: cráneo y huesos cruzados, anillo de oro en el vientre, pendiente de diamante en la oreja derecha, voz media, acento, en edad universitaria. Visto por última vez con un collar de oro pesado con un amuleto turquesa, anillo de dedo meñique en la mano derecha, una camiseta negra y blue jeans.

Cuando Leo MacGrady volvió de Hawai, fue recibido por la foto del sospechoso mirando desde casi todas las ventanas de la tienda. El retrato se imprimió en la Gaceta de la ciudad de Carson; y recogido por las agencias de noticias. Los carteles fueron colocados en los tablones de anuncios de la escuela secundaria de St. Luke y exhibidos en varios negocios, incluso en iglesias y escuelas.

Leo se vistió con sus ropas de ocio, se llevó algunos de los carteles y se fue a hacer las rondas de sus informantes. Se sentía bien estar haciendo algo productivo. La Ciudad de Carson no tenía un sitio donde se reunieran los desadaptados como tal. En su lugar, Leo conducía de un lugar a otro visitando bares, comedores, salas de billar, galerías y centros comerciales dispersos por toda la ciudad.

Leo era el especialista del departamento de policía en recabar información. Tenía un tipo de personalidad extrovertida y relajada que atraía a la gente hacia él. Siempre tenía tiempo para charlar y podía adaptar su conversación y comportamiento a la situación. Aunque nunca se presentaba de otra forma -la gente sabía que era un policía- de alguna manera eso no les impedía confiar en él. Simplemente mostraba la combinación correcta de simpatía e interés que hacía que la gente se relajara y quisiera ayudarlo.

Leo había pasado años desarrollando sus contactos. Conocía a cientos de personas por sus nombres y nunca dejó de saludarlos personalmente. Tenía una memoria casi perfecta. De alguna manera, podía mantener sus historias en su mente para poder expresar interés en lo que fuera importante para esa persona. Trató de tocar la base con sus "amigos" -no los llamó informantes- al menos una vez a la semana.

Los tipos de personas que prefería cultivar eran los que servían al público; camareros, barberos y camareras, predicadores y fontaneros, sastres, taxistas y vendedores de boletos, ujieres y funerarios eran algunos de los mejores. Pero, sus favoritos eran las personas de seguridad en el aeropuerto local, el tren y las estaciones de autobuses. Estas personas estaban entrenadas para observar con cuidado.

Como resultó, la persona que había visto al hombre recientemente fue un asistente que trabajaba en una estación de gasolina de 24 horas/mini-mercado, no lejos de la estación de autobuses y la autopista. Leo se detuvo para cargar gasolina y comprar una barra de caramelo. Siempre buscaba una excusa para pagar dentro, para poder charlar con el cajero. Nadie estaba más atento a su entorno que este tipo. Lo habían robado más de una vez.

Los turnos nocturnos eran el momento favorito para los ladrones y los mercados de 24 horas eran sus blancos favoritos. Así, este mini-mercado estaba cubierto con cámaras de video y espejos. Nada escapaba a los ojos atentos del asistente.

Leo dejó su tarjeta de crédito y le dio su saludo habitual, "Hey, Tweeter, ¿cómo te va esta noche? ¿Ha estado bien?"

"Hola, Leo, bueno, ha sido bastante buena," dijo Tweeter.

"¿Cómo está tu tobillo? ¿Te sientes mejor?"

"Sí, estaré corriendo de nuevo, pronto. Gracias por preguntar."

"¿Te importa si te pido una información?"

"Siempre ayudo a los policías con gusto. ¿Qué necesitas?"

"Estoy mostrándole este cartel a todos," dijo Leo, poniendo una copia en el mostrador. "¿Has visto a este tipo?"

"De hecho, viene aquí un par de veces a la semana."

"¡Bingo!"

"Supongo que no tendrías la información y la firma de su tarjeta de crédito," dijo Leo. "No podría ser tan afortunado."

"Lo siento," dijo Tweeter. "Lo curioso del tipo es que siempre paga con un billete de cincuenta dólares. Muy pocas personas pagan con dinero en efectivo. Es algo que hace que una persona se destaque."

"¿Te importaría leer esta descripción, solo para estar seguro."

"Hombre, no puedo ver demasiado bien," dijo Tweeter, no queriendo admitir que no sabía leer.

Oops, error, pensó Leo. Nunca avergüences al cliente.

Rápidamente recuperándose de su error, Leo dio a Tweeter un resumen de la descripción.

"Sí, ese es el tipo," dijo Tweeter.

"¿Algo en particular se destaca de él?" preguntó Leo.

"Siempre compra comestibles y un perro caliente de un pie de largo con mostaza y cebollas, papas fritas y una cerveza; y conduce un auto elegante, un modelo muy bien equipado, el McLaren F7 LM."

"Buen trabajo, Tweeter. Eres mi clase de tipo." Leo le dio un puñetazo en el brazo. "Aquí tienes de mi parte." Leo puso un billete de veinte.

"Oh, no tienes que hacer eso," dijo Tweeter. "No tomaré dinero por ayudar a los policías. Los necesito chicos."

"Sé que no lo harías, pero quiero mostrarte mi agradecimiento," dijo Leo. "Considéralo un regalo de cumpleaños."

"Bueno, gracias," dijo Tweeter.

"Una cosa más," dijo Leo. "Aquí está mi tarjeta. Todos mis números de teléfono están en la parte de atrás. No quiero que te arriesgues. ¡Por favor! Pero si el chico entra, solo actúa naturalmente. No cambies nada en la forma en que lo esperas. No hables con él más de lo habitual. Simplemente observa su ropa y si lleva alguna joya. Si puedes echar un vistazo a su número de matrícula, anótalo. Incluso si solo obtienes un número, eso ayudará. Pero, como he dicho, no te arriesgues. Después de que él se vaya, puedes ver a dónde se va, y después me llamas. ¿Puedes hacerlo?"

"Claro que sí," dijo Tweeter, parado firmemente.

"Con un auto así será fácil de detectar. Podemos ser capaces de atraparlo antes de que lo veas de nuevo."

"Sí," dijo Tweeter.

"Muchas gracias por la información," dijo Leo, "Has sido de gran ayuda."

"¿Quieres que ponga ese cartel en la ventana?" preguntó Tweeter.

"No, definitivamente no. No queremos asustarlo. Y guarda esa tarjeta de visita, también."

"De acuerdo, gracias de nuevo."

"Nos vemos," dijo Leo.

***

Leo no perdió tiempo en emitir una orden de búsqueda para un McLaren F7 LM. Luego habló con Mike. Le dio a Mike el resumen completo de su conversación con Tweeter.

"Brat," dijo Mike, "tenemos que abandonar este nuevo Ford."

"Oh, no," gimió Leroy. "Este auto y yo nos acabamos de conocer."

"Lo siento," dijo Mike, "es un buen auto con mucha velocidad y sirve para la mayoría de los propósitos, pero no es rival para un McLaren F7 LM. Tenemos que pasar por mi casa y cambiar de automóvil."

"Así que," se burló Leroy, "¿crees que puedes atraparlo con esa camioneta 2002 que tienes?"

"Tuve que deshacerme de la camioneta," dijo Mike, más que un poco avergonzado. "Duele. Esa camioneta era un amigo de la familia. Pero, tenía que tener algo con más clase si voy a estar llevando a mi chica a lugares de lujo."

Leroy se acercó a donde Mike. Sus ojos cayeron sobre un brillante y nuevo Aston-Martin B-12 Vantage deportivo en gris metálico. Leo soltó un silbido bajo. "¿No crees que podríamos parecer un poco sospechoso al conducir eso?" preguntó Leroy.

"¿Tú crees?"

"Bueno, tiene los caballos, eso es seguro," dijo Leroy. "¿Necesitamos detenernos en la estación y equiparlo con sirena, luz de burbuja y comunicador?"

"Sí. Te seguiré hasta la estación," dijo Mike. "Pero, dame un minuto para revisar a mi perra." Con eso salió y cerró la puerta del coche. Mike abrió la puerta de su casa y dio un silbido a Lady. Ella se acercó a él, estirándose y bostezando. "Ve a hacer lo tuyo, Lady," dijo

Mike. Lady se dirigió al jardín, olisqueó, se agachó y volvió. "Vamos a dar un paseo."

¡Oh si! Lady cobró vida con saltos, movimientos y sacudidas. Buscó la camioneta de Mike y luego miró a Mike preguntándose dónde iría.

"Tenemos un coche nuevo. Lady, vamos," dijo Mike y la condujo hacia el coche nuevo. "Salta," dijo Mike, abriendo la puerta trasera para ella. Lady olisqueó profundamente dentro y fuera del coche. Satisfecha de estar a salvo, saltó al asiento del pasajero. "No, Lady, necesito que vayas atrás." Mike la levantó y la movió hacia el asiento trasero.

Mike tomó unos minutos para localizar los controles. "Esta maldita cosa requiere un grado de ingeniería para operar," murmuró Mike.

Después de dejar el Ford y equipar al Aston-Martin, Leroy y Mike se fueron a hacer su ruta de patrulla. Leroy llamó al despacho por la radio, "Reportándose para el deber," dijo él.

"Hola, Leroy," dijo Martha Vining. "¿La pasaste bien en Hawai?"

"Fue lo mejor," dijo Leroy.

"Entonces, supongo que conduces la unidad doble-o seis, como de costumbre," dijo Martha.

"Bueno, no, en realidad, tenemos un nuevo juguete sobre ruedas," dijo Leroy. "Vamos a llevar el coche de Mike esta noche."

"¿No es un poco raro?" preguntó.

"Pensamos que podríamos necesitar más velocidad esta noche."

"Bueno, muchachos, tengan cuidado. ¿Cómo voy a llamar a esta unidad?"

"No estoy seguro, Martha. Es un Aston-Martin."

"¿Qué? Estás bromeando. No puede ser."

"Es verdad."

"Sabes, esto podría ser un poco sospechoso," dijo Martha. "Los policías no pueden permitirse autos lujosos. ¿Qué ha estado haciendo Mike?"

Mike interrumpió: "¡Por todos los cielos, los dos, cállense ya!"

"¡Bueno!" exclamó Marta en un arrebato. "Lo siento, señor Alto y Poderoso."

"Nuestro número de matrícula es MTF718," dijo Mike irritado.

"Sí, señor, ahora son la unidad 718. ¡Cambio y fuera!" exclamó Marta y los cortó.

"Ella lo superará," dijo Mike. "Necesito acostumbrarme a este bebé." Mike se metió en un estacionamiento abandonado y practicó algunas maniobras: algunas vueltas rápidas, paradas y arranques, zigzags y ochos. Probó para ver qué tan rápido podía girar sin volverse. "Este es un auto increíble," dijo Mike. "Vamos a sacarlo de la autopista y dejarlo correr." Mike subió la rampa y la pisó. La aceleración fue impresionante, cero a noventa en segundos. La cabeza de Leroy estaba apoyada contra el reposacabezas.

"¿Debería llevarlo hasta 120?" preguntó Mike.

"No hace falta," dijo Leroy. "Te creo sobre eso."

***

Leo MacGrady sintió que su teléfono celular le vibraba en el bolsillo. Inmediatamente desaceleró el auto hasta 35 y lo sacó del bolsillo.

"¿Hola?" dijo Leo.

"¿Es Leo?" dijo una voz. "Estoy tratando de comunicarme con Leo, el policía."

"Es Leo."

"Es Tweeter."

"¡Tweeter! Oye, hombre, ¿tienes algo para mí?"

"¿Sabes al tipo que buscabas? Acaba de entrar. Vestía el mismo traje, camiseta negra y pantalones vaqueros, anillo de diamantes, el mismo coche, la licencia de California, el número es ZT algo. No pude ver el resto. Lo siento. Salió hacia el este del estacionamiento. Miré y, después de un par de cuadras, giró a la derecha hacia la autopista. ¿Quieres que lo siga?"

"De ninguna manera, Tweeter. Quédate a salvo. Conseguiremos al tipo. Solo, haz esto por mí. Guarda el billete de cincuenta dólares para nosotros, y cualquier otra cosa que haya tocado, y coloca una señal de fuera de servicio en la bomba de gasolina. No la toques, coloca una bolsa de plástico alrededor del mango, si puedes. Podemos conseguir algunas huellas dactilares. Voy a enviar una patrulla por ahí para revisar las impresiones. ¿Está bien?"

"Claro, Leo."

"Un millón de gracias, Tweeter. Has sido de gran ayuda."

"De nada. Yo me encargaré del resto."

"Entonces adiós."

Leo ya estaba en la radio enviando una orden de captura para el auto y la licencia parcial. Ordenó revisar el número de licencia de California. En unos minutos, los autos de la policía comenzaron a radiodifundirse después de detectar el McLaren F7 LM. Leo obtuvo el número de licencia completa de California. Se registró a nombre de Elizabeth Doring, 11427 Alameda Boulevard en Burbank, CA. No había órdenes de pago pendientes para nadie en esa dirección. Leo se dirigió hacia la autopista para unirse a la persecución.

***

Mike dio una vuelta para girar y se estacionó. "¿Qué piensas, Brat?"

"Bueno, a juzgar por los informes, creo que podríamos echarle un vistazo a este tipo, si sigue viniendo en esta dirección. Por supuesto, hay dos rampas de salida entre aquí y allá. Podría salirse."

"No lo creo. Con ese auto rápido, va a intentar salir corriendo de los policías, ¿no crees?" preguntó Mike.

"Sí, podríamos apostarlo," comentó Leroy.

"Esperemos hasta que llegue a una milla de nuestra posición," dijo Mike, "y luego empezaremos y lo seguiremos hasta que nos pase. Luego nos meteremos detrás y le daremos caza."

"Ese es un buen plan," dijo Leroy.

Mike y Leroy conducían a una velocidad modesta de 55 mph, escuchando a los policías que le estaban dando caza. "Esta es la unidad #718 en la milla con el marcador 32. Estamos por delante del sospechoso," informó Leroy.

"El sospechoso está subiendo en la milla con el marcador 31 a 90 mph," informó la unidad 23.

"Entendido," dijo Leroy. "Iremos detrás del vehículo objetivo cuando nos pase."

Mike vio el F7 LM acercarse en su espejo retrovisor. "Lo tengo," dijo Mike.

El F7 los pasó como si estuvieran parados. Mike encendió su luz parpadeante izquierda y se fue detrás de él. Iban a 90 mph en una fracción de segundo. Mike se detuvo a seis pies del parachoques trasero y encendió su sirena y la luz de la burbuja. El F7 aceleró inmediatamente a 95, luego a 100, luego a 103 y se estabilizó. Mike lo siguió con facilidad.

La radio chisporroteó "¿Qué diablos estás conduciendo, Bratowski?" preguntó la unidad 23 con Hal Hardy al volante.

"El nuevo deportivo Aston-Martin de Mike," respondió Leroy. "Vamos a ver si podemos atrapar a este tipo."

"Wow, ¡esa cosa puede volar!" dijo Hal.

"Sí, ya estamos a 105 y no ha empezado a sudar," dijo Leroy.

"Estoy sudando mucho," dijo Mike. "Vamos a la ciudad."

Leroy habló con el despacho "Pregúntale a los policías de la ciudad si pueden dirigir el tráfico hacia un lado con sus sirenas y luces. Si pudieran bloquear las rampas de la ciudad eso también ayudaría. Pasa la voz entre los camioneros para que se cuiden."

"La carretera se amplía a tres carriles alrededor de la ciudad," dijo Mike. "Tal vez, entonces, puedo subir a su lado para que le dispares."

La carretera se abrió a tres carriles en una curva de barrido largo. El F7 iba 110 cuando Mike se le tiró al lado. Leroy abrió la ventana y disparó al F7, fallando los neumáticos, pero haciéndole agujeros en el lateral. El joven conductor se sacudió e hizo que su auto se moviese de un lado a otro. Leroy pudo verlo bajar. "Creo que está buscando un arma," dijo Leroy.

"Bien, dispara un poco más. Lo asustarás," dijo Mike.

Leroy lanzó varios disparos. "Ah, tengo un neumático," dijo Leroy. El F7 se salió de control, subió por el terraplén y voló por el aire, girando y aterrizando en posición vertical cerca de una rampa.

Mike se detuvo en un instante. "Llama por radio al helicóptero de la policía y la unidad de emergencia," gritó Mike. Podía ver al sospechoso corriendo en dirección a una calle transversal. Las sirenas se oían por toda la ciudad, convergiendo en la zona. Mike vio a dónde iba el criminal, hacia un estacionamiento del supermercado. *Probablemente cree que puede colarse en una tienda o forzar un auto.* Mike tenía un plan. "Mantén los ojos en él, Leroy." Mike condujo para salir de la rampa hacia el estacionamiento del supermercado.

Mike salió del auto. Antes de que pudiera cerrar la puerta, Lady saltó por el asiento y salió por la puerta. Empezó a ordenarle que volviera, pero ella lo miró y lanzó un grito. "Oh, está bien, vamos," dijo Mike.

Mike y Lady se escondieron detrás del coche. "Está llegando al final del edificio," informó Leroy.

Mike pasó el brazo hacia el sospechoso del corredor. "Lady, ve, busca, atrápalo." Lady se limitó a mirar a Mike con curiosidad. Mike intentó de nuevo. "Lady, ve, busca al hombre malo," ordenó. Lady lo sabía. Trotó hacia el sospechoso. Mike se desvaneció detrás de la esquina para esperar.

El sospechoso había estado mirando hacia atrás para asegurarse de que nadie lo perseguía. Su confianza estaba volviendo, así que se detuvo a dar un paseo, con el pecho levantado. Pensando que se había zafado de los estúpidos policías, ni siquiera vio a la perra acercarse a él. Lady se detuvo y gruñó. El hombre simplemente intentó ahuyentarla. "¡Vete, perro, fuera!" dijo él. Lady rodeó detrás de él y le mordió el talón. "¡Oye! ¡Maldito perro, vete!" gritó el hombre, frotándose el tobillo. Lady ladró y ladró. El hombre se movió hacia atrás. Lady avanzó. Se dio la vuelta y corrió con Lady tras sus talones.

Mike podía oír los sonidos de los ladridos de Lady y los pies corriendo. Reunió su energía y planificó su movimiento perfectamente. Justo cuando el maleante dobló la esquina a toda velocidad, un policía girando se le acercó. Una barrida limpia tomó al hombre a través de las espinillas y lo lanzó tendido de cabeza sobre su cara. Lady le agarró una pierna. Mike estaba sobre él en un instante, colocando las esposas en su lugar antes de que el hombre pudiera recuperar el aliento. Leroy corrió y le presionó un un arma en la cara. "¡No te muevas!" gritó. "¡Policía! Estás bajo arresto."

Otras tres unidades de policía descendieron. Un helicóptero de noticias apareció sobre sus cabezas. Finalmente llegó la Unidad E. Un hombre y una mujer salieron y caminaron hasta la escena. "Ve a verlo," dijo Mike. "Pero, primero, Leroy, léele sus derechos."

Mike comenzó a emitir órdenes para asegurar la escena, detener a la multitud y ordenó a los investigadores de la escena del crimen que confiscaran el LM F7. Leo ya había enviado a otro equipo a revisar la estación de servicio de impresión y entrevistar a Tweeter. Dos policías de la patrulla acompañarían al sospechoso a la sala de emergencia y se quedarían en guardia. Leo llamó a Lars Caruthers en San Francisco para informarle sobre el arresto y pedirle que compruebe el nombre y la ubicación del registro del F7 LM.

"Hay otra persona que creo que va a querer entrar a este interrogatorio," dijo Mike.

"¿Quién es?" preguntó Leroy.

"El Capitán Baker," respondió Mike. "Estará despegando de HNL en aproximadamente seis u ocho horas. Creo que esperaré hasta después del desayuno para llamarlo."

"Buen plan," dijo Leroy.

"¿Quieres conducir?" preguntó Mike.

"No, hazlo tú," respondió Leroy.

Mike encendió el auto y salió del estacionamiento con mucha precaución. Condujo a 35 mph. "He tenido suficiente velocidades aterradoras por un día," sonrió, encendiendo una música calmante.

"Puedo entender eso." Leroy inclinó su cabeza hacia atrás y cerró sus ojos.

EPÍLOGO

Fiesta en donde los McBrides

"¿Necesitas ayuda en la cocina, Gracie?" preguntó Pop, mientras entraba en la habitación.

"No, gracias, Michael. Todo va bien." Grace estaba en su gloria, feliz como un burro que comía peras espinosas; nunca era más feliz que cuando preparaba la cena para su familia." "Asegúrate de que la batería de la cámara esté cargada," dijo Grace.

"Todo en orden," dijo Pop con una sonrisa. Le encantaba ver a su chica de pueblo hacer su espectáculo como un general orgulloso. Sabía que era mejor quedarse fuera de su cocina.

"Estás a cargo de preparar la mesa y las sillas para los invitados, por supuesto," dijo Grace.

"¿Vienen todos?"

"Sí, por lo que sé hasta ahora."

"Veamos, ¿cuántas sillas necesitaré?" preguntó Pop, contando con los dedos.

"Necesitaremos una mesa para niños," dijo Grace. "Tenemos a los dos nietos y los hijos de Leroy, Angel y Bud, que hacen cuatro."

"Pueden comer en una mesa de cartas," observó Pop.

"Puede que necesite poner todas las bandejas extra en la mesa del comedor," dijo Grace. "Una de sus primeras adquisiciones para su matrimonio fue una enorme mesa con capacidad para veinte; y ella insistió en que quería un gran comedor en su casa.

"¿A quién más invitaste, además de nuestra familia?"

"Bueno, está el compañero de Mike, Leroy, por supuesto, y su nueva amiga," dijo Grace. "Yo olvido su nombre. Ya sabes, estaba con ella en la recepción de Sam y Suzanne."

"Su nombre es Doreen Middleton," dijo Pop con amabilidad.

"Oh, sí," dijo Grace. Estaba preparando los rollos caseros para la cena, dándoles palmaditas con harina, sumergiéndolas en mantequilla, doblándolas una vez, y colocándolas en una bandeja de galletas grande. Tenía un poco de harina en la nariz. Pop quería besarla justo allí.

"¿Sam y Suzanne estarán aquí?" preguntó Pop.

"No creo que hayan regresado aún de su luna de miel," dijo Grace. "Pensé que estarían de vuelta, a estas alturas, cuando escogí esta fecha. Eso habría sido perfecto," suspiró Grace. No importaba cuántas personas vinieran a cenar a la vez, ella se afligía por los que no estaban allí.

"¿Quién más?" preguntó Pop.

"Bueno, Harold y Nan, por supuesto, y Juliette," dijo Grace, poniendo su primera tanda de rollos en un lugar cálido para que levantaran, y se extendió hacia otra bandeja de galletas.

"Ven, déjame ayudartecon eso," pidió Pop.

"Lo tengo, pero gracias de todos modos," Grace respondió mientras se subía a la silla que solía alcanzar para lugares altos en su cocina.

¡Condenada mujer! Es demasiado independiente, pensó Pop. Él le tomó el brazo cuando bajó. "Vas a caer y te romperás el cuello," le advirtió.

"¿He mencionado a los Monroes?" preguntó Grace.

"Eso serían tres más, Abraham, Rose e Isaac," dijo Pop.

"Eso me recuerda a Mary Beth y a su padre, el Capitán Baker," dijo Grace. "Asegúrate de sentar a Isaac con Mary Beth."

"Creo que le gusta ser llamado Sammy," dijo Pop.

"Lo sé," dijo Grace, "pero su madre prefiere Isaac."

Eso explica muchas cosas, pensó Pop.

"No olvides a la amiga de Allen Baker, Evelyn Stanley," dijo Grace. Rodó hábilmente tres bolas de masa y las colocó juntas en la bandeja.

"Eso da diecisiete, contando nuestra familia," dijo Pop.

"Bueno, veamos, ¿a quién olvidé?" preguntó Grace.

"¿Has invitado a los otros policías?"

"Oh, sí, a Leo MacGrady y Hal Hardy y su nueva amiga, Alison Aldrich."

"Eso son veinte, justos," dijo Pop.

"¿He mencionado a Tom Turbulo?" preguntó Grace.

"Veintiuno," dijo Pop.

"Asegúrate de que Tom esté lejos de Kelly," dijo Grace."

"¿Qué? ¿Y hacerlos a ambos miserables?" se rió Pop.

Grace simplemente le frunció el ceño.

"¿Alguien más?" preguntó Pop, haciendo una mueca.

"Bueno, estoy segura de que el padre O'Malley estará aquí. Siempre viene el domingo," mencionó Grace.

Los Padres son aprovechadores expertos, Pop se rió para sí mismo.

"¿Qué es tan gracioso?" lo acusó Grace.

Pop ignoró su pregunta. Después de treinta y tres años de matrimonio, sabía cuándo permanecer en silencio. "¿Puedo poner a Sammy ya Mary Beth en la mesa de los niños?"

"Prefiero que no tengamos que hacer eso," dijo Grace.

"No te preocupes, Gracie, los meteré de alguna manera. Subiré en el ático y buscaré más sillas," dijo Pop.

"Bueno, puedes poner a Isaac y a Mary Beth en el banco del piano," dijo Grace.

"Bien, cariño, yo me encargaré." Pop le dio un beso en la mejilla y un apretón de harina.

El Fin

Para más aventuras emocionantes del Teniente Detective Mike McBride,
visita MercerPublications.com.
Muy Pronto:

"El Inmigrante y la Moneda Dorada"
Libro Tres, La Serie McBride

Sigue escuchando para un adelanto:

La Serie McBride está dedicada a todos los honorable hombres y mujeres que protegen y sirven a la patria, especialmente a quienes han perdido su vida durante el servicio.

El Libro Tres está dedicado a los hombres y mujeres que prestan servicio en la Patrulla Fronteriza de los Estados Unidos.

El Inmigrante y la Moneda Dorada

Por Dorothy May Mercer

Narrado por

Nicolás Villanueva

Prólogo

Fiesta de Despedida

Francisco Pisarro alcanzó la mano de Consita bajo la mesa. Ella bajó la mirada mientras un rubor de doncella le subía por las mejillas. Con la otra mano tocó el anillo de amistad que colgaba de una cadena, acurrucado entre sus pechos. Miró a Francisco bajo sus gruesas pestañas. *Oh, Francisco, ¿cómo podré soportar que nos separemos?* Su amado le dio un apretón en la mano como si pudiese leer sus pensamientos. "Sé valiente," parecía decir.

Una fresca brisa de montaña llevaba las canciones de la noche y olores del bosque. Una fogata ardiente se defendía de las profundas sombras y de los reflejos de la docena de pares de ojos marrones oscuros reunidos alrededor de la mesa tallada a mano. Desde el otro extremo, Consita oyó la voz profunda de su tío mientras se levantaba para comenzar con el primero de muchos brindis. Consita sabía que la alegría continuaría hasta bien entrada la noche, ya que cada uno de los bienaventurados recibía alegrías, palmadas en la espalda y grandes tragos en las copas de vino casero cuidadosamente cultivado y guardado solo para las ocasiones más especiales, como bodas, funerales y despedidas como esta.

Los habitantes de la pequeña aldea de montaña, aislada en lo alto de las Serranías Azules, en las montañas de América del Sur, se habían reunido para desearle un paso seguro a uno de sus pocos jóvenes. Todas sus esperanzas y sus sueños estaban fijados en el éxito de su peligroso viaje hacia el norte, a la tierra prometida de la oportunidad. Desde su nacimiento, toda su familia había ahorrado, una moneda pequeña a la vez, hasta reunir lo suficiente para enviar uno de los suyos.

Al principio, se entendía que el padre sería el que haría el sacrificio que proporcionaría el camino para salir de generaciones de pobreza demoledora; pero a medida que pasaban los años, el cuerpo del padre sucumbió a los estragos del tiempo y se hizo evidente que ya no podía hacer el viaje. Como su hijo mayor, Francisco, creció hasta hacerse hombre, el manto cayó sobre él.

Una vez al año, cuando el agente se acercaba, los aldeanos escuchaban con asombro mientras él describía las maravillas de la tierra mágica que estaba en el norte. Los jóvenes pedían que se los llevara en el próximo viaje, mientras los ancianos de la aldea se burlaban y cuestionaban la veracidad de sus historias. "¿Cómo podría un tren atravesar las montañas más accidentadas del hemisferio occidental?" "¿Qué es este trabajo que lo espera?" "¿Tendrá un permiso de trabajo?" "¿Cómo podemos saber dónde estará?" "¿Dónde se quedará?" "¿Por qué el viaje cuesta tanto?" "¿Estará a salvo?"

El agente respondía a cada consulta con paciencia. "El tren es cómodo y tiene aire acondicionado. Cada cliente tiene su propio asiento acolchado durante el día día y una litera espaciosa por la noche. Una selección de varios trabajos bien pagados está disponible. Nuestra empresa tramitará sus permisos de trabajo. Los empleadores hacen filas para competir por los trabajadores fuertes y saludables del sur. Los trabajadores del Norte son suaves, enfermizos y mimados. Ellos no saben cómo trabajar en la forma que lo hacen sus fuertes chicos de la montaña. Los empleadores proporcionan viviendas para sus trabajadores, con cocinas grandes con refrigeradores bien surtidos con cubitos de hielo ilimitados y lavavajillas automáticos que lavan todo por ustedes. Baños blancos relucientes con agua caliente y fría, duchas, inodoros que funcionan, habitaciones con colchones muy gruesos," entonaba el agente haciendo gestos con las manos ante los oohs y ahs de las mujeres jóvenes y las sonrisas de los chicos.

Cada año hablaba en términos más llamativos sobre las escuelas y hospitales gratuitos, de los millones de automóviles, de las calles más anchas que una docena de chozas, de edificios tan altos como montañas, de enormes supermercados con miles de bienes y de vastas exhibiciones de cientos de frutas y verduras de todo el mundo.

"Las horas de trabajo están limitadas a 8 horas al día, cinco días a la semana con vacaciones pagadas cada año. Francisco volverá a verlos con frecuencia," le prometió el agente. "Él les traerá muchos regalos y oro para todo el mundo con lo que pagará mil veces por su inversión."

El agente terminó preguntando, "¿Ya están listos para enviar a alguien?"

Cada año los ancianos sacudían tristemente la cabeza, "No señor, no hemos ahorrado suficiente dinero."

Este año, cuando el agente hizo la pregunta, se encontró con sonrisas a través de los dientes y los asentimientos de aprobación. "Tenemos el dinero," contestó el portavoz del pueblo.

"¿Y quién es el afortunado, el joven fuerte al que has elegido ir?"

"Francisco Pisarro."

"Tráiganmelo," dijo el agente. "Debo inspeccionarlo para ver si vale la pena. Además, debo ver el dinero. Recibiré la mitad ahora y la mitad cuando Francisco sea entregado con éxito a la tierra llamada Arizona."

El mayor mandó a un muchacho a buscar a Francisco. Mientras tanto, abrió una bolsa de cuero y extrajo un paquete lleno de monedas de oro. Los ojos del agente brillaron al caer sobre las monedas. "¿Dónde encontraste esto?" preguntó. El anciano se encogió de hombros mientras las monedas desaparecían en la bolsa de cuero. Golpeó las manos para que Francisco se acercara y se dirigió a él en su lengua materna. "Tú acompañarás al agente a una de las chozas y te desnudarás para su inspección. Muéstrale tu grueso pelo, tus músculos y tus sólidos dientes."

El agente sintió los músculos abultados de Francisco, comprobó sus dientes para detectar signos de decaímiento y su cabello en busca de piojos. Examinó su piel en busca de cualquier señal reveladora de enfermedad y escuchó su corazón y sus pulmones mientras tosía. El agente asintió satisfecho y dejó que Francisco se pusiera la ropa.

Volviendo a los ancianos, el agente dijo, "Tomaré unas monedas conmigo ahora como un signo de buena fe. Mañana volveré a primera luz para buscar la parte restante de la cuota y recoger al joven. Asegúrense de que esté listo para partir al amanecer."

El portavoz de la aldea entrecerró los ojos, "También tendré una moneda suya," dijo.

"Ah, muy sabio de su parte," sonrió el agente. "Tenga la seguridad de que estaré aquí como lo prometí. Sin embargo, para probar mi buena fe te dejaré mi valioso anillo, por la noche. Eso es todo."

El anciano examinó el pesado anillo de oro y observó el gran rubí rodeado de diamantes más pequeños. Asintió y lo dejó caer en las entrañas de su bolsa de cuero. A su vez, extrajo unas pequeñas monedas de oro y las colocó en la mano extendida del agente.

Palpando las monedas, el agente se inclinó ligeramente, "Hasta mañana, entonces," dijo.

"Hasta mañana," dijo el anciano, sin cambiar su expresión. Los aldeanos observaron en silencio mientras el agente avanzaba por el sendero.

Capítulo 1

Mike y Leroy

Martha Vining, la despachadora de la noche del Departamento de Policía de la Ciudad de Carson, bostezó y habló en su micrófono, "Llamando a despacho a la unidad doble-o 6."

"Unidad doble-o seis respondiendo, cambio," respondió Mike.

"Vayan a Peach Street y Desert Ridge," dijo Martha, "pelea doméstica en curso."

"Vamos en camino," dijo Mike. "¿Algo más?"

"Vecino en el apartamento contiguo reporta sonidos de gritos y chillidos, cuerpos golpeándose. Dice que pelean mucho. Cree que han estado bebiendo todo el día. Apartamento 2B, 1093 Peach Street, edificio de 2 pisos, 8 unidades. Es un delincuente reincidente."

"Entendido, apartamento 2B en 1093 Peach Street. Cambio y fuera," dijo el Teniente Detective Michael McBride, Jr. Miró a su compañero, Leroy Bratowski, al volante. "Bueno, ¿qué opinas, Brat?"

"Odio estas patrullas de sábado por la noche," dijo Leroy, "especialmente cuando hay luna llena."

"Sí, justo después del día de paga, además. Los cheques del bienestar salieron ayer."

"Eso y el sustento de los hijos," replicó Leroy con tristeza, pensando en el gordo cheque que había enviado a su ex esposa Lorraine hacía dos días.

"Eso también," dijo Mike con cierta simpatía, aunque nunca había oído a Leroy quejarse de que Lorraine gastaba el dinero en novios y/o en bebidas alcohólicas. "¿Tus hijos todavía están bien?" preguntó Mike, esperando así cambiar el tema.

"Oh, sí, son geniales. Lorraine dice que están creciendo demasiado rápido; pero no crecen lo suficientemente rápido para mí."

"Ya veo," Mike hizo una pausa. "Gira aquí a la derecha."

"Vale," dijo Leroy mientras daba un giro a la rueda. "¿Qué tan lejos crees que sea?"

"Otras cinco o seis cuadras, diría yo," respondió Mike. "Entonces, ¿cómo te va con Doreen?"

"¿Doreen quién?"

"Vamos, Brat. Sabes muy bien cuál Doreen. La Doreen, a la que le estuviste cayendo durante nuestros tres días en Hawaii, ¿recuerdas? La Doreen de la boda de Sam y Suzanne, esa misma."

"Ah, *esa* Doreen," dijo Leroy, fingiendo inocencia. "Supongo que todo bien con ella."

"Por lo que vi, estaban locos el uno por el otro," dijo Mike, no más que para burlarse un poco de burla de su socio y amigo de mucho tiempo.

"Dudo que hayas visto demasiado, pues tenías la cabeza enterrada en Juliette Carolle... um... bueno, debemos estar llegando," dijo Leroy, mirando por la ventana. "¿Es este?"

"1093," dijo Mike. "Sí, detente cuando puedas."

Leroy encontró un sitio para estacionarse entre dos coches. Con mucha experticia se ubicó allí, apagó el motor y guardó las llaves. Los dos policías subieron por la acera, entraron en el edificio y subieron las escaleras hasta el 2B. Mike tocó el timbre, se paró a un lado y esperó. Nadie respondió. Tocó de nuevo y golpeó fuertemente en la puerta esta vez. Aún sin respuesta. Golpeó fuertemente una tercera vez, "Policía, abra," gritó.

El pomo giró despacio. La puerta se abrió un poco. "Policía, abra," repitió Mike. La puerta se abrió tanto como permitía la cadena de seguridad. No había nadie a la vista. "Abra la puerta," dijo Mike, "Policía de la Ciudad de Carson."

"Demasiado fah," sonó una voz pequeña desde el suelo.

"¡Es un niño!" dijo Mike bajando la voz. "Oh, no quise asustarte," dijo. "Ve a buscar a tu mamá o papá por mí, por favor."

Unos pequeños pies regordetes y descalzos se fueron hacia la parte trasera del apartamento.

Pasaron los minutos. Pronto, Mike oyó que los pasos volvían. Un rostro mugriento miraba a través de la pequeña abertura de la puerta. Era una niña pequeña, que parecía tener unos 3 años, con pantalones de pijama desgastados, con el cabello desaliñado y mocos saliendo de su nariz. Grandes ojos azules miraron a Mike.

"¿Y bien?" preguntó Mike.

Sacudió la cabeza y se metió un dedo en la boca y otro en la nariz.

"¿Qué significa eso?", Preguntó Mike, "Por favor, no solo agites la cabeza. ¿Dónde están tus padres?"

"Bueno, señor," dijo la niña, mientras se levantaba.

"¿Entonces? ¿Les dijiste que vinieran a la puerta?"

Ella sacudió su cabeza.

"¿Por qué no?"

"Porque," ella murmuró alrededor de su pulgar.

"¿Por qué?"

"Pueee," dijo la niña.

Mike suspiró. "¿Tocaste la puerta?"

"Un-huh," ella asintió.

Mike hizo un gesto para que Leroy fuera al lado. "Vea qué tiene que decir el vecino," instruyó.

Volviendo a la niña, le dijo "¿Así que crees que tu mamá y papá están durmiendo?"

"No lo sé," dijo la niña.

Leroy estaba teniendo más éxito con el vecino, un hombre de mediana edad vestido con pantalones casuales y una camiseta que decía "El mejor tío del mundo".

"Sí, fui yo quien lo llamó al 911," dijo el vecino. "Ellos estaban dándose muy duro justo después de llamé," dijo. "Supongo que decidieron besarse y reconciliarse. Lo siento, oficiales, no quise molestar, pero estaba un poco preocupado, la forma en que él estaba golpeándola, la hacía gritar y todo. Nunca sé qué hacer. Y me preocupé por esta pequeñita de aquí," indicó a la niña, mirando solemnemente hacia ellos.

"Está bien," dijo Mike. "Hiciste lo correcto."

"¿Qué pasa con la niña?" preguntó el vecino.

"¿Qué pasa con la niña?" preguntó Mike de vuelta. "¿Tiene qué decir algo más sobre eso?"

"Bueno, solo creo que es demasiado joven para quedarse sola así, mientras sus padres están bebiendo. Quizás no es asunto mío."

"¿Sola? ¿Está seguro?"

"Oh sí, muchas veces. Sucede con regularidad. A veces está sola allí todo el día. Ni siquiera estoy seguro de que sepa ir al baño. Quiero decir, mírela. A veces huele mal."

"Ya veo," dijo Mike. "Bueno, señor, usted tiene todo el derecho y la obligación de informar a los servicios de protección a la infancia. Su trabajo es investigar este tipo de casos."

"Bueno, no lo sé. Sabe, odio involucrarme. ¿No puede contárselo?"

"Sí, señor, podemos hacer eso. Necesitaremos darles su nombre y dirección. ¿Está dispuesto a hablar con ellos sobre lo que ha observado? Pueden mantener su nombre confidencial, si eso es lo que usted quiere."

"Eso suena bien, oficial. ¿Dónde firmo?"

"Todo lo que necesito es tu nombre y número de teléfono. Tenemos su domicilio aquí. Un trabajador social se pondrá en contacto con usted." Mike entregó un portapapeles al hombre.

El hombre escribió rápidamente. "Añadí el teléfono de mi oficina, también," dijo mientras le devolvía el portapapeles.

Mike y Leroy estaban a punto de darse la vuelta cuando se dieron cuenta de que la niña había cerrado la puerta y regresado a su apartamento. Oyeron una serie de sonidos de rasgado en el interior del apartamento seguido del sonido de la cadena siendo liberada. Escucharon un ruido sordo y más ruidos. Entonces el pomo de la puerta comenzó a girar lentamente.

Leroy y Mike retrocedieron cuando la puerta se abrió lentamente. Esperaban ver a un adulto, no a un enano.

"Bapa," dijo una voz pequeña y levantó los brazos al vecino.

"Oh, cariño, Bapa no puede cargarte ahora. Estás toda hedionda y húmeda. ¿Abriste la puerta sola, Tracey?"

Ella asintió con la cabeza, "Uh-huh."

"¿Qué edad tiene esta bebé?" preguntó Mike.

"Tiene apenas dos años y medio," dijo Bapa "y es inteligente como un rayo. Por cierto, mi nombre es Dean Lewis, pero ella piensa en mí como un abuelo. Ven mi problema, oficiales. Vivo solo. Lo que me gustaría hacer es llevar a esta dulce niña a mi apartamento, darle de comer y darle un baño; pero, a estas alturas y a esta edad, no puedo hacer eso o podría ser enviado por molestar a un menor."

"Quizá haya una mujer en alguno de los otros apartamentos que pueda ayudarlo. Entonces estaría cubierto," sugirió Leroy.

"Nunca pensé en eso." Dean vaciló, mirando su reloj. "Es tarde. ¿Han notado luces en cualquiera de los otros apartamentos?"

"En realidad, no, no lo hicimos. Sabe qué, entraré con usted. Mientras tanto, mi compañero, aquí, irá a la patrulla y pedirá ayuda. Podemos hacer que una oficial nos acompañe aquí en unos minutos. ¿Cuál es el nombre de la gente en este apartamento? ¿Tiene un número de teléfono de ellos?" preguntó Mike.

"Bueno, creo que el apellido es Richardson, o algo así. No, no sé cuál es su número."

"Eso está lo suficientemente cerca." Mike se volvió hacia Leroy. "El despacho puede buscarlo." Leroy se movió para marcharse y Mike se volvió hacia Dean.

"Ahora, señor Lewis, traiga un poco de cereal para esta pequeña. ¿Tiene cereal?"

"Claro que tengo. Ven aquí, Tracey, Bapa y este buen oficial te traerán algo de comer."

"Quiero mi Buffie," gimoteó Tracey.

"¿Quién es Buffie?" preguntó Mike sintiéndose más que un poco desquiciado.

"Ese es su animal de peluche. Ella nunca va a ninguna parte sin Buffie," explicó Dean. "Bueno, Tracey, puedes traer a Buffie. Dos pequeños pies gordos se alejaron. Se detuvieron por un instante. Cuando regresaron su propietaria estaba arrastrando un mugriento conejo regordete por el suelo."

"Dejemos las dos puertas abiertas, en caso de que los padres se despierten y empiecen a buscar a su hija. He tenido que hacer esto más de una vez," explicó Dean mientras guiaba el camino hacia su inmaculada cocina. "Bueno, Tracey, cariño, siéntate con Buffie y te traigo un plato de Frosty-O's."

Tracey se dejó caer en medio del suelo de la cocina. Dean echó una pequeña cantidad de cereal en un recipiente de plástico. Mojó una toalla de papel limpio en agua tibia y agregó un poco de jabón. Tracey sabía la rutina. Ella se obligó al sujetar las patas de Buffie. Dean fingió lavar a Buffie. Luego se acercó a las manos de Tracey, una a la vez, terminando por envolver su nariz. "Ahora sopla para Bapa," le ordenó Dean. Tracey le dio un ligero soplido. Dean la secó con una segunda toalla y los arrojó a la basura.

"Todo limpio," dijo Dean.

"Ay," Tracey mostró ambos lados de sus manos y sonrió. "O's, O's," pidió Tracey mientras señalaba hacia el plato.

"Aquí tienes," dijo Dean. "Di, gracias, abuelo."

""Gracias, Bapa," dijo Tracey mientras cogía un puñado de cereal, lo aplastaba en su boca y derramaba la mitad en el suelo.

"Ya ves por qué nos sentamos en el suelo para comer," dijo Dean mientras sonreía a Mike.

"Tiene sentido," dijo Mike. "No hay mucho problema si la comida cae."

"Exacto," dijo Dean. "Se ahorra en limpieza."

"¿Dónde aprendiste todo esto?" preguntó Mike conversando. "¿Tienes hijos?"

"No, solo me gustan los niños. Me crié en una gran familia, nueve hermanos y hermanas."

Mike soltó un silbido cuando Leroy entró desde fuera. "Los refuerzos están en camino," dijo Leroy. "También tengo el número de teléfono aquí," le entregó un trozo de papel a Mike.

"¿Puedo usar el teléfono?" preguntó Mike.

"Por supuesto. Aquí tienes." Dean le entregó el teléfono a Mike.

Mike marcó el número y esperó mientras sonaba.

"Lo oigo sonar," dijo Leroy mientras escuchaba la puerta.

El teléfono siguió sonando. Después de una docena de repiques, el contestador automático se activó. Mike colgó y esperó unos minutos, dándole a la máquina la oportunidad de reiniciarse. Luego volvió a marcar. El mismo resultado. Después del tercer intento, Mike dejó un mensaje: "Sr. y Sra. Richardson, les habla el Detective Teniente Michael McBride Jr. del Departamento de Policía de la Ciudad de Carson. Si escuchan esto, por favor, atiendan el teléfono. Tenemos a su hija con nosotros. Necesitan despertar y venir a buscarla. Salió del apartamento sola. ¿Están ahí? Atiendan, por favor." Mike negó con la cabeza. "No sirve de nada. Solo tendremos que esperar a que se despierten. Tan pronto como llegue esa oficial, pondremos a la pequeña Tracey en la bañera. Creo que tenemos un par de pañales en ese equipo de emergencia en la parte trasera de la patrulla, Leroy."

En pocos minutos Leroy regresó con los pañales y una mujer policía que respondía al nombre de Brenda Goodfellow. Brenda no perdió tiempo en hacerse cargo de la pequeña niña. Las dos fueron a la parte trasera del apartamento, tomadas de la mano, arrastrando a Buffie por detrás.

"Bueno, ¿qué te parece, Bratowski, tenemos una causa probable para entrar en el apartamento de Richardson?" preguntó Mike.

"Vaya, Mike, no veo donde hay ningún crimen en progreso, o cualquier razón para pensar que podría haber gente que necesita nuestra ayuda. ¿Tú sí?"

"¿Menor descuidado, tal vez?" ofreció Mike.

"Bueno, sí, pero la niña no está en peligro. Eso no nos da una razón para entrar en el apartamento de alguien en medio de la noche. ¿Por qué no lo llamamos de nuevo?"

"Buena idea," dijo Mike marcando de nuevo el teléfono. Después de la espera habitual, colgó y volvió a intentarlo. Sin respuesta.

"Tal vez podríamos entrar en bajo sospecha de mala conducta. Después de todo tenemos una queja de un vecino que oyó gritos," reflexionó Leroy.

"Tienes razón," respondió Mike. "Estoy empezando a tener un mal presentimiento sobre esto, ¿no?"

"¿Qué quieres decir?" preguntó Leroy.

"Bueno, en serio, me parece extraño que las luces estén encendidas, la bebé está corriendo, todo está en silencio y no pueden oír este teléfono sonar."

"Si, tienes razón."

"Voy a pedir una orden," dijo Mike. Colocó una cinta en el recinto.

"Policía de la Ciudad de Carson," dijo una voz. "Habla Kransberger."

"Krans, habla Mike McBride. Estoy aquí con Leroy Bratowski. Estamos investigando una perturbación doméstica. Encontramos todo tranquilo, las luces están encendidas, la puerta está abierta y una niña de dos años está desatendida. Las personas no responden las llamadas telefónicas, ni al timbre de la puerta ni a tocar la puerta misma. Solicitar una orden para entrar en el apartamento para investigar. Tal vez alguien necesite ayuda. Tenemos que conseguir ropa para la niña y ponerla a dormir. Ahora tenemos una mujer oficial con la niña."

"Muy bien, McBride. Pondré tu solicitud ante el juez de guardia y volveré a llamarte."

Mike le dio el número. "Estaremos en este número, o en nuestra patrulla. Llámame lo antes posible."

"Entendido, McBride." Kransberger repitió el número y colgó.

Ambos hombres sacaron taburetes y se sentaron a esperar. Leroy se apoyó en el mostrador. "¿Dónde se fue Lewis?"

"¿No está con la oficial Goodfellow?" preguntó Mike.

"No lo vi irse con ella," respondió Leroy.

Justo en ese momento, Brenda caminaba llevando a Tracey envuelta en una toalla, oliendo como un bebé debe oler. "Nos sentaremos aquí en la mecedora durante un rato," dijo Brenda mientras tomaba la silla, abrazaba a Tracey y Buffie de cerca y empezaba a retozar.

""¿No estaba contigo el señor Lewis?" preguntó Leroy.

"No, pensé que estaba aquí." Los tres se miraron.

"Oh-oh, ¿a dónde fue Bapa?" dijo Tracey y empezó a fruncir el ceño. "Quiero a Bapa."

"Sh," consoló Brenda. "Todo está bien. Bapa volverá pronto. Descansa tu cabeza en Brenda y te contaré una historia.

"Histodia," balbuceó Tracey mientras se acomodaba. Un pulgar rosado se hundió en su boca cuando Brenda empezó, "Había una vez... una hermosa princesa..." Mientras Brenda seguía balanceándose y contando su historia, los párpados de Tracey se hicieron pesados. Pronto, los párpados ligeramente púrpura cerraron y las suaves pestañas tocaron las mejillas regordetas. Brenda sonrió, se balanceó y tarareó suavemente.

El teléfono apenas tuvo tiempo de chillar antes de que Mike lo descolgara. Mike le dio la espalda a la escena doméstica, colocó su mano sobre su boca y respiró suavemente, "McBride".

"Tengo tu orden," dijo el Oficial Kransberger. "Permiso limitado para entrar en el apartamento para ofrecer asistencia, únicamente. No está permitida ninguna invasión de privacidad o la búsqueda de pistas."

"Muchas gracias," dijo Mike, "eso es todo lo que necesitamos."

Mike y Leroy salieron por la puerta y cruzaron el pasillo en cuestión de segundos. Entraron en el apartamento barriéndolo con la mirada de derecha a izquierda. "Las órdenes de los jueces no dijeron nada acerca de no mirar," dijo Leroy.

"Bien, mira y no toques," convino Mike. "¡Uf! Esos olores me dicen algo."

"Casa sucia. No se ha limpiado en semanas," dijo Leroy.

"Tal vez nunca," dijo Mike.

"Oh-oh," dijo Mike entrando en la cocina. Platos sucios, cajas de pizza vacías, bebidas alcohólicas y contenedores para llevar llenaban cada superficie disponible. Sus zapatos hacían sonidos pegajosos con cada paso. Basura apilada, pañales usados, olores de leche azucarados y cosas peores, asaltaron sus narices. Una papelera estaba hasta el tope y a punto de desbordarse. Mike sacó un lápiz y sacudió cautelosamente un montón de escombros. "Leroy, mira esto."

Leroy asintió. Creo que conocemos el problema.

"Sí," dijo Mike, "Crack cocaína, marihuana, alcohol, tal vez incluso preparaban algo de metanfetamina. Combinación letal." Instintivamente, Mike se agachó y desabrochó la cubierta de su arma. Poniendo la mano ligeramente sobre la pistola, señaló hacia el fondo del apartamento y susurró. "Vamos."

Cautelosamente, se dirigieron hacia el vestíbulo. "Whoa, ¿qué es esto?" Mike se detuvo frente a una figura solitaria sentada con la espalda contra la pared y la cabeza entre las piernas. "¿Lewis?"

Dean Lewis levantó la cabeza revelando un pañuelo blanco presionado a su boca y nariz. Se quedó mirando sin comprender, respirando pesadamente, su rostro fantasmalmente blanco, gotas de sudor en su frente.

"Hombre, ¿estás bien?" preguntó Leroy, estúpidamente. Obviamente, el hombre no estaba bien.

"Enfermo," Lewis apretó entre dientes apretados. De repente, estrechó ambas manos sobre su boca, se levantó de un salto y se dirigió al cuarto de baño. Los sonidos de los vómitos se produjeron, seguido de enrojecimiento y más vómitos.

"Va a sobrevivir," observó Leroy, respirando por su boca.

Mike logró esbozar una débil sonrisa y se apoyó contra la pared. "Lo mejor es respirar profundamente y esperar a que tus nervios olfativos se ajusten al olor."

"Es exactamente lo que pensaba," observó Leroy mientras ocupaba un lugar en la pared junto a Mike.

"Sí, aprendí eso en la escuela de detectives." Mike bromeó.

"Funciona como un encanto," replicó Leroy.

"Siempre."

"Seguro que sí."

"Ten fe."

"Estoy creyendo, duro como un paracaidista haciendo su primer salto."

"Vaya truco," dijo Mike mientras el color desaparecía de su rostro.

"Huele como la cena de Acción de Gracias en la casa de la Abuela."

"Tarta de manzana saliendo del horno."

"Pavo y aderezo."

"Tarta de calabaza, también."

"¿Listo?"

"¿Quieres ir primero?"

"Claro, primero después de ti."

Mike sacó su arma con la mano derecha. La otra mano cubierta por su bolsillo alcanzó la manija de la puerta y se volvió. "No toques nada," advirtió, tanto para él como para Leroy. Mike empujó la puerta con el pie y retrocedió mientras se abría lentamente. "Nada sorprendente aquí," dijo Mike mientras guardaba su arma. "No tienes que mirar, Brat. Saca a Lewis de aquí y asegure las instalaciones. Llama al carro de la morgue. Aquí tenemos un par de cadáveres."

Mike tomó nota de los cuerpos, con todos sus sentidos detectivescos en plena alerta. Las botellas vacías de bebidas alcohólicas diseminadas en la cómoda, la pipa de marihuana, la parafernalia de crack y las agujas de heroína eran pruebas de que una fiesta sexual salvaje se celebraba aquí. La condición y la posición de los cuerpos desnudos cerró el escenario. Solo una cosa puede causar esa mueca, la distorsión sombría de los miembros y la decoloración y llagas en la piel. Había muy poco relleno entre la piel y los huesos. Excepto por el color espantoso, los cuerpos le recordaron a Mike los grises fotografías tomadas de cuerpos apilados en las cámaras de gas alemanas durante la Segunda Guerra Mundial.

Mike examinó cuidadosamente cada centímetro de espacio en la habitación mientras esperaba. Se quedaría allí mientras el fotógrafo de la policía, los expertos forenses y el médico forense hacían su trabajo. Leroy y la oficial Goodfellow se encargarían del señor Lewis y de la niña, mientras más oficiales aseguraban el apartamento y preguntaban a los vecinos. Mike confiaba en que la decisión sería la muerte por sobredosis accidental, autoinfligida; pero la policía haría un trabajo minucioso de reunir todas las pruebas antes de que la decisión se volviera definitiva.

Esto concluye el adelanto de "El inmigrante y la moneda dorada" de Dorothy May Mercer, narrado por Nicolás Villanueva. Búscalo en mercerpublications.com o en tu minorista preferido.